눈으로 하는
작별

옮긴이 도희진

연세대학교 사학과 및 한국외국어대학교 통역번역대학원 한중과를 졸업했다. 현재 서울외국어대학교 통역번역대학원 한중과 조교수로 재직 중이며, 중국어 국제회의 동시통역사 및 전문 번역가로 활동하고 있다. 옮긴 책으로 《중국 과학 이야기》, 《잠재규칙》, 《번역학 비판》 등이 있다.

目送 눈으로 하는 작별

1판 1쇄 인쇄 2016년 5월 3일 | 1판 1쇄 발행 2016년 5월 10일

지은이 룽잉타이 | 옮긴이 도희진
펴낸이 조재은 | 펴낸곳 (주)양철북출판사 | 등록 제25100-2002-380호(2001년 11월 21일)
책임편집 조연주 | 편집 임중혁 김연희 이정우 | 표지와 본문 디자인 김모 | 디자인 육수정
마케팅 조희정 | 관리 정영주
주소 서울시 마포구 양화로8길 17-9 | 전화 02)335-6407 | 팩스 02)335-6408
ISBN 978-89-6372-194-1 03820 | 값 14,000원

카페 cafe.daum.net/tindrum 블로그 blog.naver.com/tin_drum
페이스북 facebook.com/tindrum2001

※ 잘못된 책은 바꾸어 드립니다.

目送

가족
일상
인생
그리고
떠나보냄

눈으로 하는 작별

룽잉타이龍應台 지음
도희진 옮김

아버지, 어머니 그리고 형제들에게 바친다.

서문

이 꽃을 바라보는 순간

1

침실 서랍을 정리하던 중이었다. 서랍 구석 깊숙이, 무언가 손가락에 걸렸다. 손으로 더듬어 꺼내보니, 붉은 상자였다.

속옷과 손수건, 양말 같은 잡동사니로 꽉 차 있는 서랍이었다. 한구석, 손이 잘 닿지 않는 귀퉁이에 사람들 눈에 띄지 않게 잘 숨겨놓은 것이다. 당연히 내가 넣어둔 것일 텐데, 무엇인지 기억나지 않는다.

상자를 열어보니 무언가가 검은색 비단으로 잘 싸여 있었다. 풀어보니 묵직해 보이는 금목걸이 두 개와 반지, 귀고리, 브로치 등이었다. 장신구들은 가을날 활짝 핀 해바라기처럼, 검은색 비단을 배경으로 은은한 황금빛을 내뿜고 있었다.

어떤 기억이 떠올랐다.

예쁜 것들을 좋아했던 엄마는 평생 장신구를 즐기셨다. 병원에 계신 아버지가 언제 돌아올지 기약이 없는 어느 날 밤이었다. 침실로 나를 부른 엄마가 상자를 꺼내 장신구를 하나하나 조심스럽게 닦았다.

"가져가렴."

나는 웃으며 엄마의 손을 물리쳤다.

"엄마, 저 반지 안 끼는 거 아시잖아요. 두고 끼세요."

엄마는 잠시 머뭇거리더니 나를 가만히 바라보았다.

부모님의 침대를 바라보았다. 비어 있었다. 아버지는 다시는 이곳으로 돌아오지 못할 수도 있었다. 침대 머리맡에는 고향에서 가져온 자수가 걸려 있었다. 달빛을 연상시키는 미색 바탕에 은은한 색감으로 수놓은 네 폭의 춘란, 연꽃, 국화, 매화가 시원한 돗자리가 깔린 더블침대를 내려다보는 듯했다. 천장에 달린 선풍기가 천천히 돌아가며 바람소리를 내고 있었다. 세월의 흔적과 사람의 손길을 고스란히 담은 방이었다.

엄마가 조용히 입을 열었다.

"얘야, 나중에 어디에 두었는지 기억조차 못하는 것보다는, 지금 너에게 주고 싶구나."

엄마는 상자를 내 손 위에 올려놓고는 두 손으로 내 손을 감싸쥐었다. 시선은 어둑해져가는 창밖에 둔 채, 더이상 아무 말도 하지 않았다.

뚜껑을 덮어 상자를 다시 서랍에 넣은 후, 거실로 나가 엄마에게 전화를 걸었다. 수화기를 들고 신호음을 들으며 나는 바다 쪽 발코니로 나갔다. 막 해가 저무는 참이었다. 바다는 금가루를 뿌려놓은 듯 반짝이고 있었다. 만약 저 멀리, 바다를 건너 섬들을 지나 구름을 뚫고 날아갈 수 있다면, 아마도 마카오에 닿겠지. 더 가면 베트남, 미얀마. 다시 더 가면 인도, 결국 아프리카까지. 하지만 타이완은 해 뜨는 방향에 있다. 저 바다 쪽으로는 가도 가도 결코 닿을 수 없다. 수화기를 꽉 움켜쥔 채 황금빛 바다를 향해 선 나는, 저 바다 건너 누군가에게 소리쳤다.

"저예요, 샤오징小晶. 당신 딸…… 기억하시나요?"

2

나는 걷는 것을 좋아한다. 책을 읽고 글을 쓰다가 지치면 밖으로 나가 걷는다. 가끔은 친구를 만나 함께 걷기도 한다. 하지만 두 사람이 함께 걷게 되면 동행에게 마음의 절반을 빼앗겨, 주변 풍경에는 나머지 절반의 마음만 쏟게 된다.

풍경을 즐기고 싶다면 혼자 걸어야 한다. 그래야 풍경과 온전하게 만날 수 있다.

희미한 여명 아래 돌계단을 내려가는 꼬부랑 할머니가 보인다. 산꼭대기까지 이어진, 수백 개는 되어 보이는 계단을 배경으로 한 할머니의 모습은 벼이삭처럼 작고 연약해 보인다.

버려진 폐가의 무너진 담장 아래 누운 게으른 얼룩 고양이 한 마리가 보인다. 짙푸른 나팔꽃이 향기를 내뿜고 있지만, 얼룩 고양이는 무심하게 허리를 쭉 편다.

어슴푸레한 밤의 가로등이 보인다. 흰색 담에 비친 변전상자의 그림자와 늘어진 가로수 가지의 그림자가 겹쳐, 로미오와 줄리엣이 사랑을 속삭이던 발코니처럼 보인다.

시인 저우멍뎨周夢蝶*의 얼굴이 보인다. 손을 흔들고 있는데, 마침 지나가던 버스가 그 앞에 멈춰 선다. 버스가 멋진 액자라도 된 듯, 네모난 창문 속에 그의 얼굴이 쏙 들어간다.

봉황목 가지에 내려앉은 물까치가 보인다. 붉은 꽃이 만개한 어린 가지가 그 무게를 못 이기고 축 늘어진다. 운동화만한 고깃배가 보인다.

• 1921~2014, 본명은 저우치수(周起述). 중국 허난(河南) 출신의 타이완 시인으로, 타이완 제1회 '국가문학상'을 수상했다. 가정 형편과 전란으로 인해 학업을 중도에 포기하고 입대했다가 퇴역 후 1952년부터 시를 발표했는데, 평생 다섯 권의 시집만 남길 정도로 과묵하고 외로운 삶을 살았다.

소리도 없이 어느새 내 왼쪽 창에 나타났다.

내 사진 솜씨는 유치원생 수준이다. 이론은 물론이고 작동법조차 배운 적이 없다. 하지만 나는 구름처럼 자유롭게 떠돌며 풍경과 만나면서, 세상 모든 것을 눈에 담았다. 그러다 문득 깨닫는다. 이 세계를 제대로 이해하는 것은 어쩌면, 눈도 마음도 아닌 카메라가 아닐까.

당신이 이 꽃을 보기 전에는,
이 꽃은 당신처럼 외로운 존재.
당신이 이 꽃을 바라보는 순간,
비로소 꽃의 빛깔이 선명해지니,
이 꽃이 당신의 마음속으로 들어간다.

세상의 풍경이 내 마음에 이토록 뚜렷한데, 어찌 내 마음 밖에 있다 하겠는가? 사실 중요한 것은 카메라가 아니다. 카메라는 내 눈의 독백이고 내 마음의 주석註釋일 뿐이다. 그래서 길을 나설 때 늘 카메라를 배낭에 챙긴다. 그리고 내킬 때마다 꺼내 '이 꽃을 바라보는 순간'의 마음을 담는다.

눈에 들어온 모든 순간을 나는 놓치지 않고 잡아낸다. 차곡차곡 모은 모든 순간에서 나는 어떤 절박한 아름다움을 느낀다. 아름다운 순간은 조금만 느슨하게 쥐어도 금세 사라져버리기 때문이다. 아주 조금만 느슨해도……

3

타이완, 홍콩, 싱가포르, 말레이시아 그리고 미국을 통틀어 가장 널리 읽힌 글이 〈눈으로 하는 작별〉이다. 사람들 말로는, 이 글을 읽어보라고 이메일을 보내는 친구가 최소한 열 명이 넘는다고 한다. 하지만 중국에서 가장 널리 읽히는 글은 〈믿음과 불신 사이〉다.

그동안 앞만 보고 달려온 중국이라는 집단 영혼이 어떤 벽에 부딪히면서, 그동안 절대적으로 믿었던 어떤 것들에 대해 문제의식을 느끼고, 이제 다시 새로운 길을 찾아야 할지 모른다는 위기의식에 사로잡혔기 때문일까. 하지만 타이완이나 다른 나라에서 믿음의 문제는 이제 더이상 절실하지 않은가보다. 그들에게는 은밀하고 개인적이어서 말로 표현하기 힘든 '상실'과 '떠나보냄'이 가장 큰 아픔이 아닐까.

알 수 없다. 사람은 같은 '꽃' 앞에 서서, 서로 다른 모습들을 그려내고 서로 다른 빛깔을 찾아내는 존재니까.

여행자인 나는 한동안은 믿었다가 다시 한동안은 믿지 못했지만, 지금 이 순간까지도 여전히 어떤 믿음을 찾아 헤맨다. 하지만 이제 세월 앞에서 믿음이나 불신 모두 별것이 아님을 깨닫는다. 이 책은 그 긴 세월에 대한 침묵과 생명에 대한 작별의 결과물이다.

4

정말, 어렵다.

차례

서문

1부

목송 目送

2부

풍경

3부

시간

1부

목송
目送

나는 천천히, 아주 천천히 이해해가고 있다.
부모와 자식의 관계에 대해. 부모와 자식은 이 세상을 살아가는 동안
점차 멀어지는 서로의 뒷모습을 가만히 바라보며
이별하는 사이가 아닐까.

눈으로 하는 작별

안드레아가 첫 등교를 하던 날, 나는 아이의 손을 잡고 몇 블록을 걸어 빅토리아 초등학교에 도착했다. 때는 9월 초, 집집마다 정원의 사과나무와 배나무에 크고 작은 열매들이 잔뜩 매달려 있었다. 주렁주렁 달린 열매 때문에 담장 밖으로 축 처진 나뭇가지에 지나가는 행인들의 머리카락이 걸리기도 했다.

아이들은 운동장에서 엄마 아빠의 든든한 손에 고사리손을 맡긴 채 겁먹은 눈으로 주위를 살피며, 생애 첫 수업을 알리는 종소리를 기다리고 있었다. 유치원을 졸업하긴 했지만, 하나의 끝이 곧 또다른 시작이라는 세상의 이치를 깨닫기에는 아직 어린 아이들이었다.

수업 종소리가 울리자, 잠시 우왕좌왕하던 사람들이 이내 서로 다른 목적지로 흩어졌다. 하지만 그 많은 사람들 속에서도 내 눈에는 내 아이의 뒷모습만이 정확하게 들어왔다. 마치 갓난아기 수십 명이 동시에 울음을 터뜨려도 자기 아이의 울음소리를 정확하게 구별해내는 엄마들처럼. 알록달록한 책가방을 등에 메고 걸어가던 안드레아가 자꾸만 뒤를 돌아보았다. 마치 아득한 시공의 강을 건너가기라도 하는 듯. 안드레아의 시선과 아이의 뒷모습을 지켜보던 내 눈빛이 허공에서 마주쳤다.

건물 안으로 사라지는 아이의 자그마한 뒷모습이 내 눈에 들어왔다.

안드레아는 열여섯 살이 되던 해에 교환학생으로 일 년 동안 미국에 가게 되었다. 공항에서 우리는 작별의 포옹을 했다. 내 머리가 아이의 가슴께에 겨우 닿았다. 마치 기린의 다리를 붙들고 선 기분이었다. 안드레아는 엄마의 깊은 사랑을 간신히 참아내고 있는 듯 보였다.

출국심사를 기다리며 지루하게 늘어선 줄을 따라 천천히 나아가는 아이의 뒷모습을 나는 줄곧 눈으로 뒤쫓았다. 마침내 안드레아의 차례가 되었다. 창구 앞에서 잠시 멈춰 섰던 아이는 여권을 돌려받더니 순식간에 문 안으로 사라져버렸다.

나는 기다렸다. 잠깐이라도 뒤돌아보지 않을까. 하지만 아이는 한 번도 돌아보지 않았다.

이제 스물한 살이 된 안드레아는 공교롭게도 내가 강의하는 대학교에 입학했다. 그러나 아이는 등교할 때 내 차에 타길 꺼린다. 어쩌다 차를 타도 언제나 이어폰을 귀에 꽂고 혼자서 음악을 듣는다. 이어폰은 굳게 닫힌 문을 떠오르게 한다. 가끔씩 나는 아파트 창밖으로 버스를 기다리는 안드레아의 모습을 내려다보곤 한다. 늘씬한 청년이 회색빛 바다를 바라보고 있다. 나처럼 저 아이의 마음속에도 물결이 일렁이는 바다가 있겠지만, 상상에 그칠 뿐 그 안에 들어갈 수는 없다. 버스가 도착한다. 아이의 뒷모습이 버스 안으로 사라진다. 버스가 떠나자 텅 빈 길가에는 우체통만 덩그러니 남는다.

나는 서서히, 아주 서서히 깨닫고 있다. 나의 외로움은 어쩌면 또 다른 뒷모습 때문일지도 모른다는 사실을.

박사학위를 받고 타이완으로 돌아온 나는 대학에서 학생들을 가르치게 되었다. 강의 첫날, 아버지는 사료를 나를 때 쓰던 낡고 작은 트럭을 몰고 학교까지 나를 데려다주셨다. 도착하고 나서야 깨달은 사실이지만, 아버지는 학교 정문으로 가지 않고 옆문이 있는 좁은 골목에 차를 세웠다. 아버지는 손수 짐을 내려주고 나서 다시 차에 올라타 시동을 걸었다. 하지만 바로 출발하지 않고 창문을 내리고는 얼굴을 내밀고 말씀하셨다.

"이 차는 대학교수가 탈 만한 차가 아닌데, 너한테 미안하구나."

아버지의 초라한 트럭이 조심스럽게 방향을 돌려 털털 소리를 내며 검은 연기만 남긴 채 골목 밖으로 사라지는 모습을, 나는 가만히 지켜보았다. 트럭이 안 보일 때까지 나는 그 자리에 한참을 서 있었다. 옆에 짐을 부려둔 채로.

주말마다 병원으로 아버지를 찾아뵌 지도 벌써 십 년이 되었다. 휠체어를 밀면서 산책을 하다보면, 아버지는 어느 틈엔가 잠이 들어 고개를 가슴께로 떨어뜨리곤 했다. 가끔 아버지의 바짓가랑이가 배설물로 흠뻑 젖을 때면, 나는 무릎을 꿇고 손수건으로 바지를 닦아냈다. 그런 날에는 치마에 배설물을 묻힌 채 타이베이로 출근해야 했다. 간호사에게 휠체어를 넘긴 후 나는 핸드백을 들고 아버지의 뒷모습을 바라보았다. 아버지의 휠체어가 자동 유리문 앞에 잠시 멈춰 서더니 이내 안으로 사라졌다.

항상 나는 어둑해질 무렵에야 서둘러 공항으로 향했다.

나무관이 마치 크고 무거운 서랍처럼 천천히 화장장 아궁이 속으로 미끄러져들어갔다. 나는 아궁이에서 채 오 미터도 되지 않는 곳에 서 있었다. 그렇게 가까이 있어도 되는 줄은 몰랐다. 가랑비가 바람에 날려 회랑 안으로 들이쳤다. 비에 젖어 눈을 가리는 머리카락을 뒤로 넘기면서도 나는 눈을 떼지 않고 간절하게 바라보았다. 마지막으로 떠나보내는 이 순간을 영원토록 눈 속에 담으려는 듯.

나는 천천히, 아주 천천히 이해해가고 있다. 부모와 자식의 관계에 대해. 부모와 자식은 이 세상을 살아가는 동안 점차 멀어지는 서로의 뒷모습을 가만히 바라보며 이별하는 사이가 아닐까. 우리는 골목길 이쪽 끝에 서서, 골목길 저쪽 끝으로 사라지는 그들의 뒷모습을 묵묵히 바라본다. 그 뒷모습이 당신에게 속삭인다. 이제 따라올 필요 없다고.

엄마 딸

세계 어느 곳에 가든 나는 하루에 한 번씩 전화를 건다. 전화가 연결되면, 첫마디는 언제나 같다.

"저예요, 엄마 딸."

국제전화일 경우, 나는 기다린다. 세 마디 말이 아득한 대기권을 건너 엄마의 귀에 가 닿을 때까지 조금은 시간이 걸릴 테니까. 그러면 대답이 돌아온다.

"위얼雨兒? 내게 자식이라곤 위얼 하나뿐인데."

"네, 저예요."

"오, 위얼이구나. 지금 어디니?"

"홍콩이에요."

"왜 통 날 보러 오지 않니? 언제쯤 올래?"

"어제 갔다가 오늘 아침에 헤어졌잖아요."

"그래? 기억이 안 나는구나. 그럼 언제 또 올 거니?"

"일주일 후에요."

"그런데 누구세요?"

"엄마 딸이에요."

"위얼? 내게 자식이라곤 위얼 하나뿐인데. 지금 어디니?"

"홍콩이에요."

"왜 통 날 보러 오지 않니? 언제쯤 올래?"

……

핑둥屛東•으로 엄마를 찾아뵐 때면, 이제 혼자 자는 게 편하지만 꼭 엄마 곁에서 같이 잔다. 아이를 돌보듯이 이불을 잘 덮어주고, 좋아하는 옛날 노래를 틀어주고, 화장실의 작은 등만 남기고 불을 끈 다음 옆에 누웠다가, 엄마가 잠들면 그제야 일어나 글을 쓴다.

조금씩 어둠이 걷히는 새벽, 엄마는 어느새 깨어나 아무 말 없이 내 곁에 앉는다. 나이든 여인은 다 그런 걸까? 몸이 점점 왜소해지면서 발걸음도 가벼워지고 목소리도 작아진다. 마치 그림자처럼 존재감이 점점 희미해진다. 나이든 여인은 다 그런 걸까?

나는 쓰던 글을 멈추지 않고 말한다.

"왜 이렇게 일찍 일어났어요? 우유라도 데워드릴까요?"

엄마는 아무 말 없이 한참 동안 나를 뚫어져라 쳐다보다가 가만히 속삭인다.

"그쪽은 내 딸을 닮았네요."

나는 고개를 들고 엄마의 성근 흰머리를 어루만지며 말한다.

"엄마, 맞아요. 제가 엄마 딸이에요."

엄마는 깜짝 놀라 나를 쳐다보고는 금세 기뻐하며 말한다.

"어쩐지, 아무래도 닮았다 했더니 정말로 너로구나. 그러고 보니 이상하지. 어젯밤에 누군가 곁에 누워 계속 보살펴주면서 내 딸이라고 하더라고. 정말 이상한 일이야."

• 타이완 섬 최남단의 행정구역으로, 타이완 섬의 북쪽 끝에 해당하는 타이베이에서는 직선거리로 사백 킬로미터, 고속도로로 오백 킬로미터의 여정이다.

"어젯밤의 그 사람이 바로 저예요."

나는 차가운 우유를 유리컵에 따라 전자레인지에 넣고 돌린다. 멀리서 수탉의 울음소리가 아련하게 들려온다.

"넌 어디서 왔니?"

엄마의 얼굴은 조금 당황한 듯 보인다.

"타이베이에서 엄마 보러 왔잖아요."

"왜 타이베이에서 와?"

어떻게든 이해해보려 애쓰면서, 엄마는 따뜻한 우유를 받아든 채 계속 캐묻는다.

"내 딸이라면, 왜 내 곁에 있지 않지? 내가 키우지 않아? 누가 널 데려가 키우는 거니?"

나는 다시 옆에 앉아 엄마의 깡마른 손을 감싸쥐고 엄마의 눈을 들여다본다. 엄마의 눈동자는 여전히 맑다. 어슴푸레한 여명 속 눈동자의 맑은 빛이 젊은 시절 찬란했던 광채의 여운인지, 촉촉이 고인 눈물의 반짝임인지 모르겠다. 나는 차근차근 얘기를 시작한다.

"엄마에게는 자녀가 모두 다섯 명 있어요. 그중 하나는 중국에 두고 왔고, 넷은 타이완에서 자랐죠. 엄마는 네 아이를 모두 훌륭하게 키웠어요. 셋이나 박사가 되었고, 나머지 하나는 돈을 무지 잘 벌어요. 모두 엄마가 길러내셨어요."

엄마의 눈동자에 놀라움이 가득하다.

"그렇게들 잘 컸어? 그럼…… 너는 어떤 일을 하니? 나이는? 결혼은 했고?"

우리의 대화는 호랑이 담배 피우던 시절부터 시작해 끊임없이 이어진다. 조금씩 환해지던 거실에 어느새 햇빛이 쏟아져들어온다.

가끔씩 도우미 아주머니에게 엄마를 타이베이까지 모시고 오게 한다. 그럴 때는 공식 일정을 줄이고 엄마와 함께 하루 코스의 타이베이 관광에 나선다. 첫 코스는 온천욕이다. 뜨거운 김이 솟는 온천탕 속에 앉은 엄마는 벌거벗은 여인들에게서 호기심 어린 눈길을 떼지 못하다가, 하나하나 품평을 시작한다. 누군가를 가리키려 뻗는 손을 내가 재빨리 잡아 끌어내리면, 엄마는 웃으며 말한다.

"하, 미안하구나. 저 여자는 정말, 크네."

다음 코스는 버스 드라이브다. 먼저 벚꽃길을 통과하는 5번 버스를 탄다. 차창 밖으로는 온통 벚꽃이 만개해 있고, 엄마는 창밖 풍경을 조용히 바라본다. 분홍빛 벚꽃을 배경으로 유리창에 비친 엄마의 얼굴은, 그대로 한 폭의 그림이 된다. 엄마의 눈동자는 시간과 공간을 넘어 먼 곳을 떠돌기라도 하는 듯 아득해 보인다.

버스는 기차역에 도착한다.

"엄마, 고속열차 타는 거 처음이시죠? 여기 앉으세요. 사진 찍어드릴게요."

프레임 속, 양손을 무릎 위에 살포시 얹고 우아하게 앉은 엄마 뒤쪽으로는 푸른 숲이 펼쳐져 있고, 그 옆으로 한 노인의 지친 뒷모습이 함께 들어온다.

"엄마, 웃는 모습이 보고 싶어요."

엄마가 나를 바라보며 희미하게 미소지어 보인다. 그제야 엄마가 하얀 칼라가 달린 검은색 원피스를 입었다는 사실을 알아차린다. 마치 단정하게 교복을 차려입은 소녀 같다.

열일곱 살

강연차 케임브리지를 방문했을 때, 독일에 있는 둘째아들 필립이 나를 보러 오기로 했다. 히드로 공항에서 케임브리지까지는 버스로 두 시간 삼십 분쯤 거리였다. 나는 버스정류장까지 걸어서 마중 나가기로 했다. 우산 위로 보슬비가 떨어지고 하얀 비둘기가 스치듯 날아간다. 16세기 풍의 붉은 벽돌 건물들을 하나하나 지나치고, 싱그러운 연초록의 잔디밭을 가로질러 나는 버스정류장에 도착했다. 작은 정류장 지붕 밑은 비를 피하려는 사람들로 이미 가득했고, 나는 바깥쪽에 서서 기다리기로 했다.

원앙새 한 쌍이 서로의 목을 감은 채 나무 그늘 속에 잠들어 있고, 드넓은 풀밭을 가로지르는 진흙길 위로는 거위들이 줄을 지어 뒤뚱뒤뚱 걸어오고 있었다. 앞서거니 뒤서거니 오일장 장터로 향하는 아낙네들 같았다. 가까이에서 보니, 거위라고 생각했던 것은 케임브리지에서 한 철을 나는 캐나다 야생 기러기였다.

잇따라 버스가 도착했다. 모두 히드로 공항에서 출발한 차들이었다. 버스 문 밖으로 하나둘 내려오는 사람들 가운데 그의 모습은 보이지 않았다. 우산을 쓰고 있어도 보슬비는 점점 신발과 바짓단으로 스며들었고, 추위에 손도 차갑게 얼어붙었다. 그러나 기다림이란—누군가를 이렇게 기다리는 것이 얼마 만인가. 낯선 소도시에서 열일곱 살 된 아들이 타고 오는 버스를 기다리는 느낌이란—달콤한 행복이라고나 할까.

드디어 필립이 내렸지만, 나는 곧장 다가가지 않고 멀찌감치 서서 버스 짐칸에서 가방을 꺼내는 아이의 모습을 지켜보았다. 사내아이 특유의 귀엽고 동그란 얼굴은 흔적조차 사라지고, 열일곱 살 소년은 이제 광대뼈가 불거진 청년이 되어 있었다. 바닥까지 들여다보이는 맑은 물처럼 상쾌했던 그 갓난아이의 눈동자가 아직도 기억에 생생한데, 나를 발견한 아이의 눈동자는 솟구치는 감정을 눌러 숨긴 듯 그윽하고 깊었다.

준비한 우산을 건넸지만 필립은 받지 않았다.

"거의 그쳤어요."

"감기 걸릴라."

"필요 없어요."

가느다란 빗방울에 필립의 머리카락이 젖어들었다.

갑자기 나의 열일곱 살 시절이 생각났다. 기어이 우산을 챙겨 넣어주곤 했던 엄마에게 얼마나 짜증을 냈던가.

날이 개자 우리는 캠 강변을 걸었다. 젊은 시인 쉬즈모徐志摩•가 사랑했던 캠 강이 이토록 작은 다리 밑을 흐르는 냇물이었던가. 풀밭과 고풍스러운 건물들 사이로 구불구불 조용히 흐르는 냇물. 냇물을 따라 조금 더 깊이 들어가자 어느새 주변은 온통 향기로운 들꽃으로 뒤

• 1897~1931, 저장(浙江) 출신의 시인 겸 수필가. 본명은 쉬장쉬(徐章垿)로, 1921년 영국 케임브리지 대학 유학 시절 쉬즈모로 개명했고, 1924년부터 베이징대학 등에서 가르쳤으나 1931년 비행기 사고로 요절했다.

덮여 있다. 이 들꽃이 혹시 《시경詩經》에서 '미무蘼蕪'라고 부르고 《초사楚辭》에서 '강리江離'라고 부르는 향초일까? 꽃이 만발한 풀밭을 지나는데, 반짝반짝 빛나는 시냇물 위에 희끄무레한 무언가가 눈에 들어온다. 누군가 흰 셔츠라도 떨어뜨린 걸까?

가까이 다가가서 보니 그것은 날개 아래 긴 목을 파묻은 채 한가로이 잠든 어미 백조였다. 그 옆에는 새끼 백조가 혼자서 수면에 비친 제 그림자와 놀고 있었다. 나는 풀숲에 무릎을 대고 앉아 사진을 찍었다. 왠지 모를 감동으로 눈시울이 젖어들었다. 당장이라도 울음을 터뜨릴 것 같은 내 모습에, 필립이 무심하게 한마디 던졌다.

"어린애같이!"

로열 칼리지 맞은편에서 아침을 먹었다. 전형적인 '잉글리시 브렉퍼스트'가 나왔다. 달걀, 쇠고기, 소시지, 버섯, 토마토 볶음…… 너무 기름져 부담스러웠다. 포크와 나이프를 집어들다가 불쑥, 나도 모르게 소리쳤다.

"유레카!"

필립이 빤히 쳐다보았다.

"원래 빵이랑 잼 정도의 간단한 아침식사를 '콘티넨털 브렉퍼스트'라고 하잖아. 그래서 이렇게 상대적으로 부담스러운 아침식사를 '영국식'이라고 이름 붙인 것 아닐까."

아이는 웃지도 않고 핀잔을 주었다.

"호들갑은…… 이제야 아셨어요?"

천천히 과일잼을 바르며 필립은 느긋하게 말을 이었다.

"그래서 우리가 영국인과 유럽인을 구분해서 말하는 거예요. 서로 너무나 다르니까요. 영국인은 영국인일 뿐, 유럽인이 아니에요."

트리니티 칼리지 앞에서 나는 말라비틀어진 작은 사과나무를 가리키며 말했다.

"이 나무가 뉴턴의 사과나무 후손이라네."

"어린애처럼 손가락으로 가리키지 마세요. 그냥 말로 하면 되잖아요."

중세풍의 고풍스러운 거리를 벗어나자, 알록달록한 옷을 입은 아프리카인들이 둥글게 원을 그리며 춤을 추고 있었다. 짐바브웨 대통령의 독재 폭압 정치에 항의하는 시위였다. 피켓에 쓰인 것을 읽어보니, 해외 망명자 수와 참혹한 경제지표가 놀라울 정도였다. 그동안 수단 내전에는 관심을 가졌지만 짐바브웨의 독재에 대해서는 몰랐다고 내가 말했다.

"그래요? 짐바브웨는 원래 '아프리카의 파리'라고 불릴 정도로 경제나 교육 수준이 높은 나라였는데, 무가베 대통령의 독재 때문에 이제 아프리카에서 가장 낙후한 나라로 전락했어요. 게다가 심각한 기근으로 수많은 사람들이 굶어 죽고 있고요."

세인트존 칼리지를 지나다 커다란 밤나무 앞에서 긴 꼬리를 가진 산꿩 한 마리를 발견했다. 흥분한 내가 아들에게 보여주려고 산꿩을 가리켰지만, 아이는 몸을 돌려 앞서가버렸다. 다섯 걸음쯤 가더니 그제야 아이는 멈춰 서서 말했다.

"엄마, 제발 손가락으로 가리키지 좀 마세요. 엄마랑 외출할 때마다 정말 난처하다니까요. 태어나서 처음으로 집 밖에 나와 세상 구경하는 다섯 살짜리 꼬마처럼 왜 그러세요!"

사랑

케임브리지에서 런던으로 오는 길에, 우리는 렘브란트 호텔에 묵었다. 네덜란드의 위대한 화가의 이름을 딴 이 호텔은, 그 이름만으로도 위상과 품격을 알리기에 충분했다. 내심 웅장한 빅토리아 앨버트 박물관을 기대하며 커튼을 젖혔지만, 건물 뒤편 정원 쪽으로 나 있는 창밖으로는 저 멀리 벽돌로 지은 낡고 평범한 아파트가 보일 뿐이었다. 살짝 실망하면서 커튼을 치고 돌아서는데, 언뜻 건물의 윤곽과 색감이 눈에 들어왔다. 마침 산들바람이 불어와 엷은 자줏빛 커튼이 살짝 나부끼고 있었다. 순간 건물 자체는 희미해지고 세월에 빛이 바랜 외벽의 색깔과 검은 윤곽이 선명하게 다가왔다. 격자무늬 창틀의 배치마저 신비롭게 느껴지고, 서로 의지하듯 늘어선 건물들이 비밀스러운 대화라도 나누는 듯했다. 비둘기 한 마리가 날아올라 정적을 깰 때까지, 나는 하염없이 창밖만 바라보고 있었다.

우리는 크롬웰 거리를 따라 버킹엄 궁을 향해 천천히 걸었다. 고등학교 2학년인 필립은 독일어 시간에 《젊은 베르테르의 슬픔》을 읽고 토론하고 있다고 했다.

"그래? 선생님은 뭐라고 하시니?"

나는 호기심 가득한 얼굴로 아이를 바라본다. 나도 고등학교 2학년 때 그 책을 읽었다. 1969년, 타이완에서 나는 괴테와 충야오瓊瑤*를 함께 읽었다. 1774년에 《젊은 베르테르의 슬픔》이 처음 간행된 이후 이천 명이 넘는 유럽의 청년들이 사랑 때문에 자살했다고 한다. 나폴레옹이 피비린내 나는 원정중에도 이 소설을 한시도 품에서 떼어놓지 않았다는 말도 있다.

"엄마는 믿기 어렵겠지만, 이렇게 말씀하셨어요." 필립은 웃으며 말을 이었다. "절대로 '순수한' 사랑을 맹신해서는 안 된다. 사랑이 지속되려면 두 사람 사이에 '상호 이익'이 있어야 하고, 그렇지 않을 경우 사랑은 결코 지속되지 않는다."

나는 깜짝 놀라 아이를 쳐다보았다.

"너도 그 말에 동의하는 거니?"

필립이 고개를 끄덕였다.

나는 재빨리 나의 열일곱 시절을 떠올렸다. 나와 또래 친구들은 충야오를 맹신했다. 남자라면 모름지기 고통을 감춘 듯 깊은 눈동자를 가져야 하고, 여자라면 차갑고 작은 손과 미치광이처럼 불꽃 튀는 열정을 가져야 했다. 사랑은 육체가 아닌 영혼으로 하는 것이고, 회오리바람처럼 한순간에 인생이 휩쓸리는 것이라고 믿었다. 그리고, 자신을 희생하는 사랑이야말로 아름답고 낭만적이며 순수한, '진짜' 사랑이라고 생각했다.

필립은 친구 존을 예로 들면서 말을 이었다.

"들어보세요. 존의 부모님은 이혼했는데, 존의 아빠는 지금 사귀는 여자친구랑 오래갈 것 같아요. 첫째, 존의 아빠가 은행 지점장이고

• 1938~, 타이완의 유명한 애정소설 작가로, 대부분의 소설이 드라마나 영화로 제작되어 크게 성공했다.

여자친구는 비서거든요. 그녀는 사회적 지위가 상승하겠죠. 둘째, 존의 엄마는 대학 학장인데, 존의 아빠가 그걸 못 견뎌했어요. 학식이나 지위, 두뇌 모두 자기보다 못한 비서를 사귀면서 존의 아빠는 자신감과 안정을 되찾았죠. 이런 '상호 이익'이 있으니 두 사람은 아마 오래 만날 수 있을 거예요."

나는 두 눈을 동그랗게 뜨고 열일곱의 내 아들을 다시 보았다.

"맙소사, 네가 그런 것까지 어떻게 아니?"

물끄러미 나를 바라보는 아이의 눈길에는 한심하다는 기색이 역력했다.

"엄마, 지금은 21세기예요."

저녁이 되자 빗방울이 떨어지기 시작했다. 우리는 비를 맞으며 극장으로 가는 걸음을 재촉했다. 아르헨티나 페론 총리의 부인인 에바 페론의 일생을 소재로 한 뮤지컬 〈에비타〉가 상연되고 있었다. 〈아르헨티나여, 나를 위해 울지 마오〉의 익숙한 선율이 극장 문틈으로 새어나오고 있었다.

마흔여덟의 페론 장군이 자선 무도회에서 스물넷의 에비타를 운명처럼 만난다. 로맨틱한 조명이 무대를 비추고 부드러운 음악이 깔리는 가운데, 에비타가 춤을 추며 페론에게 다가간다. 나는 필립에게 속삭였다.

"저기, '상호 이익'이 또 나오는구나……"

필립이 작은 목소리로 대답했다.

"엄마, 제발…… 전 이제 겨우 열일곱이에요. 사회의 어두운 면을 자꾸 강조하지 마세요. 독일어 선생님도 엄마도 모두 사랑을 부정하지만, 전 이제 열일곱 살이라고요. 아직은 무언가는 믿어야 할 나이 아닌가요?"

무대를 쳐다보고는 있었지만, 한참 동안 내 눈에는 아무것도 들어오지 않았다. 아이의 질문에…… 휴, 아무 대답도 할 수 없었다.

아침 햇살이 창문으로 쏟아져들어오는데도, 필립은 아직 자고 있다. 커튼을 젖히고 지극히 일상적이고 평범한 풍경을 확인하며 생각해본다. 이 평범한 일상 속에 오히려 크나큰 아름다움이 숨어 있는 것은 아닐까.

홀로 가야 하는 길

오만 명의 사람들이 타이중臺中•의 노천극장으로 모여들었다. 밤바람을 타고 흘러가던 구름들이 살짝살짝 달빛을 가렸다. 그다지 밝지도 둥글지도 않은 달은 대충 손으로 반을 갈라 식탁 위에 놓아둔 자몽 반쪽처럼 일그러져 있었다. 극장에 들어서자 발 디딜 틈 없이 꽉 들어찬 객석이 눈에 들어왔다. 숨이 막히면서도 가슴이 뛰었다. 오만 명이 동시에 자리에 앉는 순간, 침묵조차 엄숙한 선언 같았다.

노랫소리가 부드러운 비단 띠처럼 어두운 동굴 속으로 슬금슬금 들어와 저 깊숙이 묻어두었던 기억들을 끌어내자, 관객들은 박자에 맞추어 손뼉을 치면서 저도 모르게 흥얼흥얼 노래를 따라 불렀다. 힘찬 박수로 감동을 표현하긴 했지만, 젊은이들처럼 함성을 지르며 춤을 추거나 무대로 달려들지는 않았다. 그들은 이미 사오십대였다.

내 오랜 친구인 차이친蔡琴••이 등장하자 우레와 같은 박수가 쏟아졌다. 나는 둘째 줄 정중앙에 앉아 조용히 친구를 바라보았다. 이게 얼마 만인가. 더 마르지는 않았나. 얄밉게도 첫 줄에 앉은 두 사람의 머리가 내 시야를 가렸다. 몸을 살짝 옆으로 움직이자 두 사람의 머리

• 타이완 중부 지역에 위치한 인구 약 300만의 대도시로, 2010년 직할시로 승격되었다.

•• 1957~, 타이완 가오슝(高雄) 출신의 가수 겸 배우, 방송 진행자. 1979년 〈당신의 따스함처럼〉이라는 곡으로 데뷔하여 다수의 음악상을 수상하였다. 1985년 에드워드 양(1947~2007) 감독과 결혼했고 1995년 이혼했다.

사이로 그녀가 겨우 보였다. 오늘 밤 차이친은 미풍에 소매가 살짝 나부껴 더욱 우아해 보이는 파란 드레스를 입고 있었다.

기자들이 무대 앞으로 몰려들고, 카메라 플래시가 쉴 새 없이 터졌다. 그녀는 오늘 '노래'가 아니라 다른 '일' 때문에 다들 몰려온 것 아니냐며 재치있게 인사말을 던졌다. 전주가 깔리면서 그녀의 청아한 노래가 시작되었다. "누군가요, 나의 창문을 두드리는 그대는. 누군가요, 나의 가슴을 울리는 그대는……" 강물처럼 깊고 황혼처럼 쓸쓸한 목소리가 좀처럼 깨지 않는 숙취처럼 관객들을 휘감고 놓아주지 않았다. 노래가 끝나고도 한참을 감돌던 그 여운이 막 사라지려는 찰나, 관객들은 열정적인 박수로 화답했다.

"제가 여러분과 함께 나누고 싶은 이야기는 제 인생이 아니라 제 노래랍니다."

그녀는 그렇게 인사를 대신했다.

나는 우레와 같은 박수소리 속에서 꼼짝 않고 그녀를 주시했다. '일'이란 올해 쉰아홉이었던 에드워드 양 감독의 죽음이었고, '인생'이란 그녀 자신의 인생을 말하는 것이었다. 한 사람의 인생을, 어느 누가 알 수 있겠는가? 제 인생을 걸었던, 그토록 사랑했던 사람이 죽었다. 차이친, 네 노래의 어느 가락이 슬픔에 찬 애도이고, 어느 가락이 작별의 인사이며, 어느 가락이 새로운 약속일까. 또 어느 가락이 너 자신을 위한 영원한 준비일까.

앞자리에 앉아 내 시야를 가린 두 사람 가운데 한 명은 후즈창胡志強•

• 1947~, 타이완의 정치가. 중국 베이징에서 태어나 영국 옥스퍼드 대학에서 유학했고, 타이중 시 시장, 국민당 부주석 등을 역임했다.

이었다. 그는 일 년 전 중풍을 앓고 난 뒤로 다리를 약간 절었다. 그래서인가, 뒷모습이 더 우직해 보인다. 그 곁에 바싹 붙어앉은 이는 큰 사고로 한쪽 팔을 잃은 그의 아내였다. 후즈창은 아내의 가냘픈 손을 들어 자신의 뭉툭한 손과 맞댔다. 백지장도 맞들면 낫다고 했던가. 모진 세월을 함께 견뎌낸 두 손이 합쳐져 박수가 만들어졌다.

나머지 한 사람은 정치가 마잉주馬英九•였다. 오만 명의 관객과 함께 앉아 있긴 하지만 그는 과연 노래를 즐기고 있을까? 지금 이 순간에도 그는 쉬지 않고 달리고 있다. 호탕하고 유쾌한 그의 모습 뒤에는 지독한 외로움이 있다. 마잉주와 그 정적政敵들이 몰고 가는 차에 '후진' 기어는 없다. 물론 '중립' 기어도.

우리 세대는 구불구불한 역사의 산길을 걸어왔다. 끝이 안 보일 정도로 길게 늘어선 채, 우리는 서로 밀치고 밀리며 그 길을 걸어왔다. 때로는 서로 피 터지게 싸우고 또 때로는 상대의 생채기를 보듬어주면서. 묵묵히 앞장섰던 나이 지긋한 이들은 갈림길 앞에서 갈팡질팡하기도 했지만 냉엄한 결단을 내리기도 했다. 그들부터 줄의 맨 끝에 선 이들까지, 우리는 서로 멀리 떨어져 있어도 같은 공기를 호흡했다. 우리는 같은 길을 걸어온 동시대인이었다.

차이친이 〈당신의 따스함처럼〉을 부르기 시작했다. 나지막하게 노래가 울려퍼지자, 사람들이 함께 따라 부르기 시작했다.

• 1950~, 정치가, 중화민국 제12대 대통령. 홍콩에서 태어나 1952년 타이완으로 이주했으며, 타이베이 시 시장, 국민당 주석 등을 거쳐 2008년에 팔 년간 집권한 민진당의 후보를 꺾고 대통령에 당선되었다.

어느 해 어느 날인가요. 세상이 무너진 얼굴이었죠.
어렵게 꺼낸 작별의 말에, 모든 것이 사라져갔어요.
쉬운 일은 아니었죠. 하지만 우리는 울지 않았어요.
소리없이 왔던 사랑을, 이제 아름답게 보내야겠죠.

나는 모자챙을 깊이 내려 시선을 피했다. 참으려 했지만 나도 모르게 눈물이 흘렀다. 오늘은 7월 7일 밤이다. 앞장섰던 이들 중 한 사람인 선쥔산沈君山• 선생이 중풍으로 쓰러져 혼수상태에 빠진 지 이틀째다. 여기 오만 명의 사람들이 함께 모여 즐기고 있다. 박수소리, 웃음소리, 노랫소리가 도시의 화려한 불빛 속에 섞여들며 밤하늘을 화려하게 수놓고 있지만, 지금 이 순간에도 평생을 과학자이자 교육자로, 그리고 위대한 바둑기사로 추앙받던 선쥔산 선생은 홀로 중환자실에 누워 있다. 온전히 혼자서.

그는 알 것이다. 현자라면 누구나 아는 가슴 시리도록 차가운 현실을. 어떤 일은 혼자 해내야 하고, 또 어떤 고비는 혼자 넘어야 하는 것처럼, 어떤 길은 온전히 홀로 가야만 한다는 그 사실을.

• 1932~, 바둑기사이자 물리학자로, 1994~1997년 타이완 국립칭화대학교 총장을 지냈다.

외로움

한때 나는 타이베이 시의회 의사당에 몸담고 있었다. 그 정치판에서는 번뜩이는 언어의 칼날이 사람들의 목덜미를 위협하곤 했다. 의원들이 마이크를 잡고 늑대처럼 포효하면 공무원들이 답변하느라 진땀을 흘리고, 그 사이로 기자들의 플래시가 쉴 새 없이 터지는 난장판을 지켜보던 나는, 카메라 줌을 밀어내듯 눈동자의 초점을 멀리 옮겨보았다. '펑' 하고 사라지는 마술처럼, 싸움판이 저 멀리 자그맣게 밀려나며 소리도 모두 사라졌다. 순간, 벌어진 입, 부릅뜬 눈, 과장스런 몸짓, 책상을 내리치는 손이 모두 흑백 무성영화의 슬로모션처럼 비현실적으로 느껴졌다.

태풍의 눈 속에 앉아 있는 것처럼, 사위가 죽음처럼 고요해졌다. 그리고 그때, 하늘을 누렇게 뒤덮은 황사처럼 재빠르고, 귀신처럼 소리없는 외로움이 다가와 어느새 나를 옥죄어왔다.

언젠가 나는 한 달 동안 산장에 칩거한 적이 있었다. 집 밖으로는 한 발짝도 나가지 않았고, 매일 발코니에 앉아 해가 지는 시각과 해가 산등성이와 만나는 지점의 변화를 기록했다. 가끔 길 잃은 새가 집 안으로 날아들어, 서가 이쪽저쪽으로 파닥거리며 출구를 찾아 헤매기도 했다. 끈적끈적한 날씨 속에서 발코니로 이어지는 큰 창을 활짝 열어젖힌 채, 나는 거실 한가운데 서서 저 멀리 산꼭대기에 걸린

뭉게구름을 지켜보곤 했다. 산봉우리 저쪽에서부터 천천히 다가온 구름들이 발코니를 지나 거실까지 성큼 들어와서는 나를 에워쌌다가, 방방마다 흘러들어가 자그마한 구름 뭉치들로 흩어져서는 창문으로 빠져나가 다시 산속 운무로 돌아가곤 했다.

냉장고는 늘 비어 있었다. 내 생사를 확인하러 산을 찾아올 때면, 친구들은 모두 약속이나 한 듯 냉장고를 열어보았다. 냉장고는 항상 비어 있었다. 동사무소의 자원봉사자가 독거노인을 돌보듯이, 친구들은 늘 우유나 빵을 챙겨왔다. 먹을 것이 떨어지면 나는 해질 무렵 산책을 나갔다. 길옆으로는 농부의 텃밭이 있기 마련이었고, 거기엔 항상 이런저런 채소들이 자라고 있었다. 마음 내키는 대로 몇 줌 뜯어서 집에 돌아오면 한 끼 국거리로 충분했다.

여름 밤하늘은 가끔 짙푸른 색을 띤다. 산등성이 가까이, 낮은 하늘에 샛별이 나타나면 곧 달이 떠오른다. 울창한 숲속의 나무 사이로 바람이 불면 나뭇잎이 사르륵사르륵 소리를 내고, 나무 꼭대기에 올라앉은 늙은 독수리가 시원하게 확 트인 계곡을 조용히 응시할 때면, 나는 상상해본다. 외로움이란 어떤 상태일까. 외로움은 어떻게 구별해낼 수 있을까.

어느 해 12월 31일 밤, 친구들과 산장에 모여 술자리를 가졌다. 열한시 반쯤 되자 모두 일어나 서둘러 길을 나섰다. 묵은해를 보내고 새해를 맞이하는 순간을 가족들과 집에서 함께하려는 것이었다. 떠나기 전에 친구들은 술잔과 접시를 씻어 정리했다. 설거지가 끝나고도 한참을 부산한 자동차 소리와 골목골목에서 개 짖는 소리가 이어졌다. 오 분쯤 지났을까, 그중 한 친구가 운전중에 전화를 걸어왔다.

뭔가 하고 싶은 말이 있는 듯 머뭇거리더니 그는, "한밤중에 떠들썩하던 친구들이 한꺼번에 가버리고 혼자 산에 남았다고 생각하니 아무래도……"라며 말끝을 흐렸다.

그의 따뜻한 마음이 고마웠다. 나는 아마 그렇게 대답했던 것 같다.

"친구, 설마 두 사람이 한 사람보다 덜 외로울 거라고 생각하는 건 아니겠지?"

그는 잠시 말이 없었다.

홀로 앉아 있을 때면, 호심정湖心亭을 노래한 명나라 시인 장대張岱가 떠오른다.

숭정崇禎 5년 12월, 나는 서호에 있었다. 사흘 동안 큰 눈이 내려, 서호에는 사람도 새도 모두 자취가 끊겼다. 그날 딱따기 소리가 그친 후, 나는 작은 배에 올랐다. 털옷에 화로를 끼고 나는 홀로 호심정으로 눈 구경을 갔다. 하늘, 구름, 산 그리고 물까지, 짙은 물안개 속 세상이 온통 새하얗다. 호수에 자취라곤 오로지 긴 방죽, 호심정, 겨자씨처럼 작은 배, 그리고 그 안에 좁쌀처럼 미미한 사람뿐.

혼자 한밤중에 호수에 눈 구경을 간 그에게—미학적으로는 필요했을지 모르지만—외로운 기색은 찾아볼 수 없다. 하지만 조국이 멸망한 후 홀로 자신의 묘비명을 쓰는 순간에도 과연 그랬을까?

촉蜀 사람 장대, 호는 도암陶庵. 고생이라고는 모르는 부잣집 자제로 태어나 화려함을 사랑했다. 깨끗한 방을 사랑하고 아리따운 시녀와 미동美童을 사랑했으며, 새 옷과 맛있는 음식을 사랑하고 준마와 화려한 등불을 사랑했으며, 불꽃놀이와 연극 그리고 음악을 사랑하고 골동품과 화조花鳥를 사랑했으며, 평생토록 마음껏 차와 귤을 즐기면서 책과 시에 반평생을 미쳐 살았으나, 모두 꿈처럼 헛되도다.

쉰이 되던 해, 나라가 망하니 인적을 피해 산으로 들어가 칩거했다. 남은 것이라곤 낡은 침상과 찻잔, 부서진 솥과 거문고 그리고 찢어진 책 몇 권뿐. 삼베옷은 거칠고 배는 늘 주렸다. 이십 년을 돌아보니 다른 세상을 산 듯하구나.

어떤 외로움은 곁에서 얘기를 나눌 누군가와 내 마음을 알아주는 개 한 마리가 덜어줄 수도 있다. 하지만 어떤 외로움은 막막한 천지를 헤매는 "겨자씨처럼 작은 배"와 같이 홀로, 화장을 지운 민낯으로 솔직하게 마주해야 한다.

믿음과 불신 사이

스무 살 전에 우리는 많은 것을 믿는다. 하지만 그 믿음은 하나씩 하나씩 불신으로 바뀌곤 한다.

나라를 사랑해야 한다고 믿었지만, 곧 나라의 정의定義에 문제가 있다는 사실을 알게 된다. 당신에게 나라를 사랑해야 한다고 가르치는 사람들이 정의한 '나라'는 사랑스러운 존재도, 사랑할 가치가 있는 존재도 아니다. 오히려 맞서 싸워야 할 존재일 가능성이 더 크다.

역사를 믿었지만, 곧 우리가 배우는 역사의 절반가량은 조작되었다는 사실을 알게 된다. 한 왕조의 역사는 다음 왕조 사람들이 쓰기 마련이고, 그들은 늘 앞선 왕조를 부정하며, 그들의 후예 또한 그들을 부정한다. 이때 부정의 부정은 강한 긍정으로 이어지지 않는다. 왜곡이 쌓이고 쌓이면 원형은 비틀어질 대로 비틀어져버린다. 그렇게 역사의 본모습은 영원히 파묻혀 복원이 불가능해진다. "청사青史•를 잿더미로 만들어서는 안 된다"는 말이 시사하는 바는, 청사가 때로는 잿더미가 될 수밖에 없다는 뜻일 것이다. 멀쩡한 사슴을 두고 말이라고 우기는 억지도 가끔은 통하기 마련이어서, 급기야 승자와 패자가 뒤바뀌기도 한다.

• 역사(歷史). 종이가 발명되기 전에 대나무의 푸른 거죽에 역사를 기록한 데서 유래한 말이다.

문명의 힘을 믿었지만, 곧 인간의 우매함과 야만성이 문명의 진보와 함께 사라지는커녕 그 형태만을 바꾸는 것임을 알게 된다. 소박한 농민이나 신중한 지식인, 자신만만한 정치가에서 신성한 종교인까지, 모두 그 우매함과 야만성을 서로 다른 모습으로 감추고 있을 뿐이다. 기실 야만과 문명은, 너무 희미해서 지우개로 쉽게 지워버릴 수 있는 가느다란 선에 의해 나누어질 뿐이다.

정의正義를 믿었지만, 곧 두 가지 서로 다른 정의가 있을 수 있다는 사실을 알게 된다. 물과 불처럼 절대 양립 불가능해 보이는 이 정의는, 그러므로 둘 중 하나를 선택할 경우, 나머지 하나는 정의로서의 의미를 상실하게 된다. 정의正義가 곧 또다른 부정不正을 의미하게 되는 것이다. 어떤 사람이 특정한 시점에 특정한 정의를 열렬히 옹호한다면, 알아채기는 어렵지만 그 안 깊숙이 부정이 감춰져 있을 가능성이 크다.

이상주의자를 믿었지만, 곧 이상주의자 역시 종종 권력의 유혹에 굴복한다는 사실을 알게 된다. 권력을 쥐고 나서 그 자신이 목숨을 걸고 반대하던 '악'이 되어버리거나, 현실의 매서운 주먹에 엉망진창으로 두들겨맞고 링 밖으로 쫓겨나게 되는 것이다. 그렇게 되면 이상을 실현할 기회는 영원히 사라진다. 이상주의자가 품위를 가질 때 권력에 의해 타락하지 않을 수 있고, 능력을 가질 때 이상을 실천에 옮길 힘이 생긴다. 그러나 품위와 능력을 겸비한 이상주의자란, 극히 드물다.

사랑을 믿었지만, 곧 그 사랑은 가족의 정으로 발전할 때만이 지속 가능하다는 사실을 알게 된다. 그러나 가족의 정으로 변한 사랑은 물

컵 속에 빠진 얼음 조각과 같다. 물속에서도 얼음이 여전히 영롱하고 투명해 보일까?

'해고석란海枯石爛'* 이 영원한 사랑을 상징하는 말이라 믿었지만, 곧 바닷물이 말라 바닥을 드러내기도 하고, 산이 무너지기도 한다는 것을 알게 된다. 비가 내리지 않아 바다가 사막으로 변하기도 하지만, 바다를 메워 뽕밭을 만들겠다고 멀쩡한 바다를 망가뜨리기도 한다. 우리가 밟고 서 있는 이 지구는 파괴에 너무나 취약하다. 영원히 변치 않는 것은 처음부터 존재하지 않는다.

그럼에도 불구하고, 스무 살 전에 믿었던 것 가운데, 여전히 믿고 있는 것들이 있다.

나라는 사랑할 수 없어도, 그 땅과 사람은 사랑할 수 있다. 역사를 곧이곧대로 믿지는 않아도, 진실을 되찾으려는 노력은 계속할 수 있다. 문명의 힘이 아무리 미약하다 해도, 우리가 의지할 만한 것은 그래도 문명밖에 없다. 정의가 아무리 의심스럽다고 해도, 그러한 정의라도 가지는 편이 없는 것보다는 안전하다. 이상주의자에게 너무 큰 기대를 걸어서는 안 되겠지만, 그들이 있는 사회와 그렇지 않은 사회는 하늘과 땅 차이다. 사랑이 속절없이 사라지는 것이라 해도, 반딧불이가 밤하늘에 빛을 뿌리며 날아다니는 이유를 생각하면, 서로 사랑했던 그 시절조차 부정할 필요는 없지 않을까. 영원히 변치 않는 것은 세상에 없다고 해도, 모래 한 알에도 무한한 우주가 들어 있다면 찰나와 같은 짧은 순간에도 영원한 시간을 담을 수 있지 않을까.

* '바닷물이 마르고 돌이 문드러진다'는 뜻. 중국에서 주로 영원한 사랑이나 굳건한 의지를 맹세할 때 널리 쓰는 표현이다.

그렇다면 스무 살이 되기 전에는 믿지 않았던 것 가운데 이제는 믿게 된 것도 있을까?

물론 있다. 하지만 대부분 너무나 평범해서 전혀 새로울 것이 없는 것들이다. 예전에는 '성격이 운명을 결정한다'는 말을 믿지 않았지만, 이제는 믿는다. 예전에는 '삶과 죽음은 하나'라는 말을 믿지 않았지만, 이제는 믿는다. 예전에는 '궁하면 통한다'는 말을 믿지 않았지만, 이제 조금은 믿는다. 예전에는 증명할 수 없는 것을 믿지 않았고, 여전히 믿을 준비가 되지 않았지만, 이제는 도저히 증명할 수 없는 어떤 것들의 느낌을 알게 되었다. 리수퉁李叔同• 이 입적할 때 남긴 마지막 글귀의 의미를 어렴풋이 알 것도 같다.

> 표상에서 진리를 구하면 진리는 당신에게서 더 멀어진다.
> 그렇다면 진리를 어디서 구해야 하는가.
> 어찌 말로 답하리오.
> 봄기운 완연한 꽃가지에도 둥근 하늘의 밝은 달에도 있을 수 있는 것을.

믿음과 불신 사이, 그 간극이 사람들을 더욱 깊이 천착하게 만든다.

• 1880~1942. 부유한 집안에서 태어나 일본에서 유학했으며 젊어서는 음악, 서예, 연극 등 다양한 분야에서 선구적인 업적을 남겼으나, 서른일곱 살이 되던 1916년 출가하여 불교에 귀의했다.

그때, 우리는

동창회라곤 근처에도 가지 않던 내가, 오늘 처음으로 초등학교 동창회에 참석했다. 쉰여섯이 된 지금, 열두 살 때 같이 놀던 친구들이 얼마나 변했는지 확인하고 싶었다.

그때는 1964년이었다.

1월 18일, 뉴욕 무역센터 쌍둥이 빌딩 신축 계획 발표.

1월 21일, 타이완 후커우湖口 군사 쿠데타 발생.

5월 3일, 타이완 최초의 고속도로 개통. 그해 작고한 맥아더 장군의 이름으로 명명.

6월 12일, 만델라 무기징역 선고. 그의 최후 진술, "나의 이상을 위해 기꺼이 죽겠노라."

10월 1일, 세계 최초의 고속철 도쿄-오사카 신칸센 개통. 아시아 최초로 올림픽을 개최한 도쿄가 일약 국제도시로 발돋움함.

10월 5일, 동독인 예순네 명이 지하도를 파 서독으로 망명.

10월 16일, 중국 최초의 핵실험 성공.

12월 10일, 마틴 루터 킹 노벨 평화상 수상.

12월 11일, 체 게바라 유엔 연설.

그해 우리는 열두 살이었다. 당시 우리 부모님 세대의 평균수명은 남성이 예순넷, 여성이 예순아홉이었다.

시골 아이들의 세계란 단순하고 아름다운 법이다. 학교 주변은 온통 울창한 열대식물로 뒤덮인 들판과 계곡이어서, 등굣길에 달콤한 산딸기 냄새가 실린 상쾌한 공기를 마실 때면 알 수 없는 행복감에 젖어들곤 했다. 바닥이 보일 정도로 맑은 계곡물에 맨발로 들어가서 발밑을 내려다보면, 투명한 민물새우와 거무튀튀한 올챙이가 갯돌 사이로 헤엄치고 있었다. 화려한 깃털을 자랑하는 큰 새가 울창한 수풀 사이로 사라지면서 신비한 울음소리를 남기기도 했다. 운동화를 대충 구겨신고 바짓단을 무릎까지 접어올리고 머리칼에 들풀을 꽂은 채 야생의 냄새를 물씬 풍기며 학교로 들어설 때면, 교실 바깥쪽으로 쭉 늘어선 봉황목이 우리를 맞았다. 7월의 찌는 듯한 열기 속에서 가지마다 화려한 붉은 꽃이 만개할 즈음이면 매미떼의 울음이 시작되었다.

교실에 들어가 자리에 앉으면, 국어 선생님이 느릿느릿 시를 가르쳤다. 선생님은 시를 읊조릴 때마다 저 옛날 서당 훈장님처럼 고개를 좌우로 흔들며 박자를 맞추었다. 선생님들은 사람 된 도리에 대해 역설하곤 했다. 그때는 '좌우명'의 시대였다. 책상마다 덮인 투명한 유리 밑에는, 각종 명언이나 앞으로의 희망 등을 적은 종이가 깔려 있기 마련이었고, 일기장을 들춰보면 다들 한 페이지 걸러 하나씩 인생에 대한 격언이 적혀 있었다. 작문 시간에 자주 거론되는 주제 역시 '나의 좌우명'이었다. "친구를 돕는 것은 나의 기쁨" "뿌린 만큼 거둔다" "로마는 하루아침에 이루어지지 않는다" "정직한 자를 벗하고 성실한 자를 벗하며 견문이 넓은 자를 벗하면 유익하리라" "나는 생각한다. 고로 존재한다" "오늘 할 일을 내일로 미루지 마라" "남의 손의

천 냥보다 내 손안의 서 푼이 낫다" "굳건한 하늘을 본받아 늘 자신을 갈고 닦아야 군자" 등, 좌우명은 많고도 많았다.

교단 위의 선생님은 진지한 어조로 우리에게 훈화하곤 했다.

"여러분의 미래는 밝습니다. 노력만 한다면……"

테이블에 빙 둘러앉은 쉰여섯 살의 우리는 한 명씩 일어나 자기소개를 했다. 그러지 않으면 누가 누군지 알아볼 수가 없었다. 모두들 머리는 희게 세고 이마에서 시작된 잔주름이 입가로 퍼진데다가 눈까지 어두웠으니까. 열두 살에서 쉰여섯이 될 때까지 다들 어떤 일을 겪었을까?

만약 우리가 열두 살이던 그때, 하늘을 불태우듯 붉은 꽃으로 뒤덮인 봉황목이 창밖에 늘어서 있고, 졸졸 흐르는 계곡물에 물고기가 노닐고, 담쟁이덩굴을 따라 느릿느릿 바위 위로 기어올라간 뱀이 느긋하게 누워 햇볕을 쬐던 그때, 지금의 우리만큼 나이든 영혼을 가진 누군가가 교단 위에 걸터앉아 침착하고 온화한 목소리로 이렇게 말해주었더라면.

"얘들아, 올해 열두 살이 된 너희들이 사십 년 후에 다시 만나게 된다면, 그때 너희는 알게 될 거야. 너희 오십 명 가운데 둘은 심각한 우울증을 앓고 있고, 둘은 병이나 사고로 이미 죽었으며, 다섯은 입에 풀칠조차 하기 어렵게 되었다는 것을. 너희 가운데 삼분의 일이 자신의 결혼이 불행하다고 느끼며, 한 명은 심지어 그 때문에 자살했고, 두 명은 암에 걸렸다는 것을.

가장 우수한 넷 중 절반은 의사나 엔지니어 혹은 최고경영자가 되겠지만 나머지 절반은 평생 가난에 허덕이다가 실의에 빠져 죽음을 맞을 수도 있어. 물론 대부분은 결혼하고 아이를 낳고 일을 하다가 은퇴하는 평범한 삶을 살면서 작은 행복과 작은 슬픔으로 인생을 엮어나가겠지. 매일 소박한 기대를 안고 가끔은 흥분하기도 하지만, 대부분 조용히 실망하면서 하루하루 지내다가, 결국 누구에게도 설명하기 힘든 자신만의 '깨달음'을 간직한 채 마지막 몸짓을 남기고 세상을 떠나게 된단다."

만약 우리가 열두 살이던 그때, 선생님께서 그렇게 말씀하셨더라면 우린 과연 달라졌을까?

물론 열두 살 아이에게 그렇게 이야기할 선생님은 없다. 이 이야기에는 인생의 '좌우명'다운 구석은 하나도 없으니까.

선명해지는 것

자쉬안家萱과 내가 스무 살 때, 우리 엄마들은 쉰 살이었다. 우리는 만나면 종종 서로의 엄마에 대해 얘기하곤 했다.

어느덧 오십대가 된 우리는 발마사지숍 의자에 나란히 앉아 이런 저런 잡담을 하고 있다. 천장에서 바닥까지 이어진 유리벽은, 밖에서는 안쪽을 들여다볼 수 없지만 안에서는 지나가는 사람들의 모습을 그대로 볼 수 있는 반사유리로 되어 있었다.

여기는 상하이上海 로데오 거리다. 아시아의 도시마다 이런 거리가 있다. 계절마다 카페 인테리어가 바뀌고, 바의 칵테일은 눈이 튀어나올 만큼 비싸다. 명품숍의 조명은 눈이 부시고, 에어컨 바람은 소름이 돋을 정도로 차갑다. 벽에 붙은 포스터에는 으레 '밀라노'니 '파리'니 하는 외래어가 쓰여 있다. 무엇보다 두드러진 공통점은 거리를 오가는 여자들에게 있다. 하얀 다리를 드러낸 미니스커트를 입든, 가는 허리를 강조한 상의를 입든, 소년처럼 짧은 커트 머리에 청바지를 입든, 바람에 흩날리는 긴 생머리에 하늘거리는 스카프를 두르든, 찡그릴 때든 웃을 때든, 그들은 한결같이 자신의 아름다움에 대해 자부심을 내뿜는다. 유리벽 앞을 지나가는 여자들은, 심지어 혼자일 때도 세심하게 연출된 표정과 몸짓을 보여준다. 그들은 자신의 젊음과 사랑에 빠져 있다.

“아직도 기억이 생생해. 우리 엄마는 나한테 지독하게도 엄했어. 초등학교에 입학할 때쯤부터 벌써 내가 밖에서 험한 꼴이라도 당할까봐 걱정이더니, 스무 살이 되니까 무조건 열두시까지 들어오라고 하더라. 조금이라도 늦으면 엄마는 항상 대문 앞을 지키고 서서 기다렸어. 입을 꾹 다물고는 아무 말도 하지 않았지만, '양심이 있다면 부끄러운 줄 알겠지', 그렇게 말하는 것 같았어. 꼭 도덕 선생님처럼 굴었다니까.”

“나도 아직까지 기억이 생생해. 난 엄마만 생각하면 우렁찬 목소리가 떠올라. 언젠가 미국 영화를 보는데, 거기서 엄마 역할을 하는 배우가 너무 사근사근한 목소리로 말하는 거야. '교양'을 온몸으로 발산하면서, 우아하게 말이야. 그때 생각했지. 우리 엄마도 항저우杭州에서 알아주는 부잣집 고명딸이었는데, 왜 이렇게 '씩씩한' 거지? 그래, 피난살이에 아이 넷을 낳아 그 뒤치다꺼리를 다 했는데, 언제까지나 연약한 아가씨로 남을 수는 없었겠지. 우리 엄마 목청이 얼마나 큰지, 이웃 아주머니랑 웃고 떠들 때면 웃음소리가 온 동네에 쩌렁쩌렁 울렸다니까. 평소에는 괜찮다가도 화가 나서 야단이라도 칠 때면 저승사자가 따로 없었지. 어휴, 너무 무서워서 어디 쥐구멍이라도 있으면 얼른 고개를 박고 숨고 싶었어.”

이제는 우리도 쉰을 넘긴 중년이 되었고, 엄마들은 벌써 여든을 넘긴 '노파'가 되었다.

“너희 엄마도 가끔 옛날로 돌아가시니?”

자쉬안이 묻는다.

“그럼. 얼마 전에 바람 쐬러 시골로 놀러 갔는데, 흥분한 엄마가 가는 내내 쉴 새 없이 떠드시더라고. '이 길을 따라 모퉁이를 돌면 바로 우리 집 땅이란다.' '저기, 저기, 저 산봉우리가 내가 소작료를 받으러 자주 가는 곳이란다. 바로 저기 말이야.' 그래서 내가 '엄마, 여긴 처음 오신 곳이에요', 그러니까 벌컥 화를 내시는 거야. '무슨 소리니. 여기가 우리 마을인데. 우리 집이 바로 저 산골짜기에 있고, 집 앞을 흐르는 강이 그 유명한 신안강新安江인데', 그러시면서 말이야."

나는 그제야 깨달았다. 타이완의 아름다운 산천이 엄마의 고향인 대륙의 저장浙江을 닮았다는 것을. 엄마는 잠시 그리운 어린 시절로 돌아간 것이다. 엄마는 눈동자를 반짝이면서 아이처럼 손가락으로 창밖을 가리켰다.

"소작인들이 우리 땅에서 딸기랑 복숭아를 수확하면 아버지가 나에게 소작료를 받아오라고 하는데, 소작인들이 얼마나 잘해주는지, 과일을 이만큼씩 가져가라고 싸주곤 해. 나는 높은 나무에도 곧잘 올라가."

"엄마, 올해 몇 살이죠?"

나는 가볍게 물었다.

엄마 눈동자의 광채가 사라졌다. 엄마는 기억해내려 한참을 애를 쓰다가 주눅든 목소리로 대답했다.

"그게…… 엄마? 우리 엄마 찾으러 갈래."

자쉬안의 어머니는 베이징의 노인 요양원에 계신다.

"처음에는 누가 자꾸 엄마를 때리고 머리를 빡빡 깎는다고 하소연을 하시는 거야. 도대체 무슨 소린가 했지. 시설도 직원들도 일급인 최고급 요양원인데, 엄마를 때릴 사람이 누가 있겠어?"

자쉬안의 표정이 약간 침울해진다.

"한참 후에야 엄마가 문화대혁명 시절로 돌아갔다는 걸 알았어. 젊은 시절 엄마는 공장에서 출납 일을 하셨는데, 그 시절 홍위병이 엄마를 끌고 나가서 때리고, 화장실 청소를 시키고, 머리카락을 빡빡 깎고…… 그때 엄마는 인간으로서 최악의 치욕을 당한 거지."

가장 약하고 노쇠해진 지금, 그녀는 자신이 겪었던 가장 폭력적이고 무서운 시절로 돌아간 것이다. 나는 더이상 말이 없는 자쉬안을 바라본다.

"그래서…… 어떻게 했어?"

"얼마나 고민했는지 몰라. 그러다가 묘안이 하나 떠올랐지. 증명서를 하나 만들었어. '모모 씨는 평소 업무에 성실한 자세로 임하고, 나라와 당을 열렬히 사랑하므로, 본 공장의 우수한 직공으로서 모든 혜택을 예전처럼 누리도록 복권한다.' 그러고는 무슨무슨 위원회라고, 큼지막하게 도장도 하나 파서 증명서에 찍었어. 그리고 누가 때린다고 엄마가 하소연할 때면 그 증명서를 보여주라고 요양원 직원들에게 부탁했지."

나도 모르게 피식 웃음이 나온다. 우리 오십대 여자들은 어쩌면 이렇게 똑같은 일을 하고 있을까. 엄마도 매일 지갑 속 지폐를 셌다. 매일 세고 또 세면서 했던 말을 되풀이했다. "돈이 없네. 다 어디 갔지?" 돈은 은행에 있다고 아무리 설명해도 엄마는 못 미더운 눈길로 힐끗 보고는 내내 초초한 듯 지갑을 꽉 움켜쥐고 지낸다. 어쩌겠는가? 그래서 나도 '은행증명서'를 만들기로 했다. '모모 여사는 본 은행에 오백만원을 예치했음을 증명함.' 그 아래에 네모반듯한 붉은 도장을 찍고, 그 외에도 이런저런 스탬프를 찍어 공신력 있는 서류의 모양새를 갖추었다. 그리고 도우미 아주머니에게 당부했다. "엄마가 돈 얘기를 꺼내시면 곧장 이 증명서를 꺼내 보여주세요." 나는 돋보기 몇 개도 챙겨서 '은행증명서'와 함께 침대 머리맡에 있는 서랍에 넣어두었다. 지갑은 엄마의 베개 밑에 쑤셔넣었다.

발마사지가 끝나고, 엄마를 대하는 나와 자쉬안의 비법 교환도 거의 막바지에 이른다. 창밖으로 젊은 여자가 지나간다. 통이 넓은 짧은 비단 퀼로트 위에 손바닥만 한 톱을 받쳐입어 등과 어깨, 허리까지 훤히 드러낸 모습이다. 생기발랄하고 섹시해 보이는 그녀는 손가락으로 머리칼을 몇 번 매만지고는, 사람들의 시선을 의식한 듯 엷은 미소를 띤 채 천천히 걸어간다.

어디에서 왔다가 어디로 가는가. 달빛이 땅 위로 젖어들듯이, 마음 속 무언가가 서서히 선명해지는 듯하다.

무엇

내게는 시골 사람 특유의 아둔한 구석이 있다. 어촌 마을에서 자란 나는 화려한 도시에 대해 전혀 알지 못했다. 열여덟 살에야 나는 처음으로 알았다. 세상 사람들이 모두 나처럼 아침에 일어나 세수만 하고 민얼굴로 다니지는 않는다는 것을. 내 또래 여학생이라면 으레 화장품 몇 가지는 쓴다는 것을. 타이난臺南의 봉황목 그늘 아래 앉아 한가롭게 소설책을 읽으며 경쟁도 입시도 모르고 지내다가, 졸업 후 타이베이로 온 나는 깜짝 놀랐다. 타이베이 학생들은 모두 유학 신청을 하고 토플 시험을 보는 것이 아닌가.

나는 이런 유의 아둔함에서 평생 벗어나지 못하는 부류의 사람이다. 그래서, 인생의 어떤 측면은 늘 가장 마지막에 가서야 알게 된다. 쉰 살이 넘도록 세상을 망아지처럼 누비던 나는, 어느 날 놀라운 사실을 알게 되었다. 어, 이토록 많은 친구가 불경에 심취하다니 어떻게 된 거지? 이 친구들은 내가 모르는 무엇을 찾는 걸까?

겉으로는 아무 징후도 발견할 수 없었다. 서른 즈음처럼 여전히 우리는 의욕적으로 문예지의 장단점을 비교하고, 정치적 무능력을 성토하고, 가치관의 혼란을 한탄했다. 어떤 행동이 가치가 있고 어떤 이상이 비현실적인지 따져보았고, 인물을 평가하고 현상을 해부하며, 각자의 입장에 대해 토론했다. 술을 마시고, 차를 마시고, 그림을 감상하고, 밥을 먹었다. 열정적으로 진지하게 토론하기도 하고 무심하게 잡담을 나누기도 했지만, 여전히 허튼소리나 지껄일 때가 더 많았다.

그러나 누구도 "지금 《금강경金剛經》을 읽고 있다"고 말하지 않았다.

친구들의 비밀을 알아차리게 된 것은, 나 스스로가 삶과 죽음이라는 질문에 대한 답을 찾기 시작하고 나서였다. 아둔한 나는 이 질문조차 아버지의 죽음을 겪고 난 후에야 갖게 되었다. 아버지의 죽음은 나에게 망망대해에 느닷없이 내리꽂힌 번개와 같았다. 번개가 어두운 밤하늘을 둘로 가르는 순간, 그 명멸하는 빛 속에서 당신은 지금까지 도저히 알 수 없었던 가장 깊은 상흔, 가장 신비한 파편, 가장 난해한 소멸을 알게 된다.

부슬비 내리는 어느 쓸쓸한 밤, 친구들과 모여앉아 왁자지껄하게 술잔을 주고받다가, 어느 순간 조용해진다. 각자 상념에 잠겨 수풀을 스쳐가는 스산한 바람소리에 귀 기울이고 있자니, 잠시 온 세상이 쓸쓸해진다.

"내가 이제야 알게 된 것을 너희는 이미 알고 있었던 거야?"

속삭이듯 내가 물었다.

친구들은 아무 표정 없이 목이 긴 술잔을 가볍게 돌린다. 붉은 술이 살짝 출렁였지만 넘치지는 않는다. 한 친구가 고개를 끄덕이며 말한다.

"한참 됐지."

다른 하나가 고개를 저으며 덧붙인다.

"그대의 앎을 어찌 늦다고 하겠는가."

고개를 끄덕였던 친구가 다시 말한다.

“《능엄경楞嚴經》부터 시작해봐.”

고개를 저었던 친구가 말한다.

“춘분이 올 때면 갠지스 강을 건너겠구나.”

나는 또 한번 깨달았다. 아, 이 친구들은 모두 토플 시험을 쳐봤겠구나.

시, 그림, 음악 등 여러 분야에 다재다능했지만 우국충정에 피 끓는 서른여덟에 모든 것을 버리고 결연히 출가한 리수퉁이 생각났다. 그때 그는 무엇을 깨달았던 것일까? 막 부친상을 치른 친구에게 그가 써준 글귀가 바로 《능엄경》의 한 구절이었다고 한다.

> 너희들은 마땅히 알아야 하느니, 태곳적부터 나고 죽음이 계속됨은, 모두 참마음의 맑고 밝은 본체는 알지 못하고 허망한 생각만 갖는 탓이니, 생각이 참되지 못하여 나고 죽는 윤회가 있으니……

그리고, 어머니의 기일이면 그는 등불을 밝히고 먹을 갈아 깨끗한 마음으로 《무상경無常經》의 이런 구절을 썼다 한다.

> 세상에는 세 가지 이치가 있으니, 늙고 병들고 죽는 이치이다. 너희들은 아끼지도 자랑하지도 그리워하지도 의미를 두지도 말라.

그는 내가 이제야 알게 된 것을 그 옛날 이미 알고 있었던 걸까.

우리 시대의 위대한 시인 저우멍데는 예닐곱 살 무렵 포부를 묻는 어른에게 양손으로 허공에 작은 원을 그리면서 대답했다고 한다. "요만한 작은 땅에 일곱 포기 마늘종을 키우면서 한평생을 살고 싶어요." 올해 여든여섯인 그는, 어린 시절 그의 말 그대로 한평생 "작은 땅에 일곱 포기 마늘종을 키우는" 삶을 살아왔다. 그는 어려서부터 남다르게 지혜로웠던 걸까? 소유하려 들지 않고 그리워하지 않으며 생명에 헛된 의미를 부여하려 애쓰지 말아야 하는 이치를 예닐곱 살에 이미 깨달았던 것일까? 그렇지 않다면 어두웠던 1950년대에, 창백한 도시 뒷골목의 낡은 건물 앞에서 어떻게 이런 시를 쓴단 말인가.

모든 아름다운 것들은 이제 충분히 아름다웠다
밤마다 찾아들던 애도의 꿈조차 이제 차갑게 식었다
그래, 네게는 이제 허무가 남아 있겠구나
넌 이제 무엇이 그 무엇인지 알았겠지
그래, 어떤 웃음은 이제 사라져버렸다
심지어 눈물조차도……

역시 1950년대 피트 시거Pete Seeger는 〈전도서〉의 한 구절을 노래로 만들었다. 감미로운 선율이 절로 일어나 춤추고 싶을 정도로 경쾌하지만 가사를 듣다보면 눈시울이 붉어지고 목이 메어온다.

모든 것에 다 정해진 때가 있으니
하늘 아래 모든 일이 그러하다

날 때가 있으면 죽을 때가 있고
심을 때가 있으면 뽑힐 때가 있다
죽일 때가 있으면 살릴 때가 있고
허물 때가 있으면 세울 때도 있다
울고 통곡할 때가 있으니 웃고 환호할 때가 있고
돌을 던질 때가 있다면 쌓아올릴 때가 있다
끌어안을 때가 있고 밀어낼 때가 있으며
찾고 지킬 때가 있으면 포기하고 버릴 때가 있다
찢을 때가 있고 꿰맬 때가 있으며
침묵할 때가 있고 입을 열 때가 있다
사랑할 때가 있으면 미워할 때가 있고
싸울 때가 있으면 화해할 때도 있다

문제는 찾을 때와 버릴 때를 어떻게 구분하는가다. 당신은 어떻게 알게 되었는가? 무엇이 그 무엇인지.

함께 늙기

우리는 도심의 작은 공원으로 걸어들어갔다. 우뚝 솟은 빌딩숲에 둘러싸인 좁다란 풀밭이었다. 공원은 머리에 구름을 걸치고 있는 빌딩의 발치에서, 건물 사이에 매달린 소반처럼 풍성한 푸른빛을 가득 담고 있었다.

졸졸 흐르는 냇가에 꽤 운치 있어 보이는 바위가 있었다. 세 사람이 각자 한 귀퉁이를 차지하고 앉았다. 한 사람은 하늘을 올려다보고, 한 사람은 땅을 내려다보고, 나는 나무를 바라보았다. 키는 작았지만, 짙은 초록빛을 띤 싱싱한 나뭇잎이 꽤 무성했다.

세 사람은 평소에 각자 바빴다. 한 사람은 자가용으로 출근하는 길에도 끊임없이 전화를 받았다. 이 신호등에서 저 신호등까지 가는 동안 수많은 업무를 처리하곤 했다. 잠을 잘 때에도 휴대전화를 켜둔 채 머리맡에 놓고 잤다. 또 한 사람은 날이 채 밝기도 전에 하얀 가운을 걸치고 회진을 돌고, 밥을 먹다가도 허리춤의 호출기가 울리기가 무섭게 젓가락을 내려놓고 뛰어나가곤 했다. 친구들과 질펀한 술자리를 가지다가도, 한쪽 구석에 서서 입을 가린 채 작은 목소리로 통화하곤 했다. “사체는?” “가족들은 도착했나?” “몇 층에서 투신했나? 몇 시에?” 그런 말이 대부분이었다. 그러고선 아무 동요 없이 떠들썩한 술자리로 돌아왔다. 사람들이 “무슨 일이야?” 물으면, 그는 대답했다. "아무 일도 아니야." 자리가 파하고 나면 그는 혼자 병원으로 돌아갔다. 대부분 한밤중이었다.

그리고 내가 있다. 늘 읽다가 만 책, 쓰다가 만 글, 가다가 만 길, 보다가 만 풍경, 생각하다 만 일, 묻다가 만 질문, 사랑하다 만 벌레, 물고기, 새, 짐승 그리고 화초와 나무에 묻혀 있는 나. 바쁘다, 바빠서 죽을 지경이었다.

그런 우리가 함께 나가서 걸어보기로 했고, 아무 목적 없이 길을 나섰다. 어깨의 짐을 훌쩍 내려놓고, 지도 한 장 들지 않은 빈손으로.

그리고 나는 보았다.

짙은 초록 속에서, 그에 못지않게 짙푸른 야생 앵무새가 아직 새파란, 탱글탱글한 스타프루트를 쪼아먹고 있었다. 나무로 다가가 고개를 빼들고 유심히 쳐다보자, 야생 앵무새 역시 두 눈을 동그랗게 뜨고 나를 쳐다보았다. 우리는 그렇게 스타프루트나무 아래에서 한참을 마주 보았다.

곧이어 다른 두 사람도 살금살금 다가왔다. 세 사람은 그렇게 나무 아래 서서, 숨을 죽인 채 한참을 올려다보았다. 야생 앵무새가 과일을 다 먹고, 씨를 뱉어내고, 푸드덕 날갯짓을 하며 날아가버릴 때까지.

우리는 무슨 비밀스러운 종교의식이라도 함께 치른 듯 마주 보며 웃었다. 그리고 그 자리에 없는 한 사람을 떠올렸다.

햇살이 따스하게 내리쬐고 산들산들 미풍이 불어오는 오후였다. 두 사람의 구레나룻이 예전보다 더 희끗해진 것이 눈에 띄었다. 그들 눈에도 날로 초췌해지는 내 얼굴이 들어왔겠지. 두 사람의 눈 속에 여과 없이 드러나는 세월의 흔적에 마음이 아팠다. 그들 역시 나의 방랑이 안타까웠을 것이다.

다만 우리는 말을 하지 않을 뿐이었다.

얼마나 기묘한 관계인가. 우리가 좋은 친구라면, 서로 안부를 묻고 전화를 하고 문자를 보내고 메일을 쓰고 가끔 만나며 관심을 보였겠지. 우리가 연인이라면, 하루 종일 서로를 그리워하고 겨울이면 목도리를 챙기고 여름이면 손수건을 챙기면서 서로 보살피고 늘 마음을 쓰겠지. 연인들은 그림자처럼 한시도 떨어지지 않으려 하는 법이니까. 우리가 부부라면, 원수 같은 사이가 아닌 이상 아침저녁으로 옥신각신하다가도 금세 화해하고, 잔소리를 늘어놓다가도 금세 고개를 맞대고 의논하면서 서로의 운명을 한데 묶어가겠지.

그러나 우리는 아니었다. 우리는 좋은 친구처럼 정성껏 안부를 물은 적도, 연인처럼 서로를 그리워하며 챙긴 적도, 부부처럼 한배를 타고 인생을 헤쳐나간 적도 없었다. 형제란, 각자 자신의 일과 삶 속에서 일상을 살아가며 혼자 결정하고 혼자 감당해야 하는 관계 속의 사람들이다. 우리가 한자리에 모이는 경우는 대부분 우리 자신을 위해서가 아니라 아버지나 어머니를 위해서다. 그럴 때면 무릎이 맞부딪칠 정도로 가까이 앉지만, 그렇다고 속마음을 털어놓는 일은 없다. 혹시 얘기하게 되더라도 충고를 기대하지는 않는다. 자신의 선택이 오롯이 자신의 몫이라는 것쯤은 우리 나이가 되면 당연한 일이 된다. 가끔 우리는 묻는다. 엄마조차 떠나고 없어도 너와 내가 이렇게 함께 모이게 될까? 우리는 혹시, 바람처럼 각자 막연한 길을 떠돌다가 인생의 사막에서 서로를 잊게 되지는 않을까?

하지만 또 그렇게 간단하지는 않다. 완전한 타인이 아닌 우리는 서로의 얼굴에서 어린 시절을 찾아내기 때문이다. 우리는 서로의 어린 시절을 똑똑히 기억한다. 늙은 반얀나무에 새긴 이름, 일본식 다다미 방의 종이창, 양철지붕을 때리던 빗방울 소리, 여름밤의 개똥벌레, 고서적을 읽던 아버지의 음성, 어머니의 밝은 웃음소리, 자라면서 겪은 부끄러움, 좌절, 성공 그리고 행복까지. 인생을 갓 시작한 그 시절에 대해, 온 세상에서 우리만이 알고 있다. 너의 어릴 적 별명이 무엇인지, 어느 나무에 올라가다가 손목이 부러졌는지.

남미에는 비나무가 있다. 비나무는 큰 종처럼 커다랗고 둥글게 생겼는데, 한쪽 끝에서 다른 끝까지가 삼십 미터나 된다. 나뭇잎이 그토록 무성하고 빽빽한데도 비나무 밑에서는 작은 풀도 잘 자란다. 날이 흐리거나 어두워지면 비나무의 가는 잎이 오므라들면서 잎 사이로 비가 그대로 떨어지기 때문이다. 형제는 영원히 평행선을 달리는 선로라기보다는 한 그루 비나무에 달린 가지나 잎이 아닐까. 비록 삼십 미터나 떨어져 있지만 같은 뿌리를 가지고 있고, 밤에는 잎을 오므리고 땅바닥으로 곧장 떨어지는 비를 함께 보면서, 나무와 비와 함께 늙어가는 것이다. 어찌 아니 좋겠는가.

만약에

들어서는 순간부터 이미 그는 눈에 띄었다. 희끗희끗한 머리를 짧게 깎은 노인은 길 잃은 아이 같은 얼굴이었다. 베이지색 점퍼를 입고 가죽가방을 가로질러 멘 노인은 힘겹게 지팡이를 짚고 비행기 안으로 들어섰다. 바퀴 달린 여행가방을 끌면서 고개를 쳐들고 가벼운 발걸음으로 서슴없이 기내로 들어서는 다른 승객들과 달리, 그는 몹시 허둥대며 고개를 숙여 탑승권을 확인하고, 다시 고개를 들어 좌석 번호를 찾아 두리번거렸다. 참을성 없는 한 승객이 먼저 지나가려고 하자, 어쩔 수 없이 최대한 좌석 쪽으로 붙어 몸을 웅크리기도 했다. 마침내 노인은 내 왼쪽 앞자리에 앉았다. 품에 단단히 끌어안은 가죽가방에는 아마 신분증이 들어 있으리라. 지팡이가 너무 길어서인지 앞좌석 의자 밑으로 밀어넣느라 애를 먹는다. 아무리 해도 들어가지 않는 지팡이를 따로 보관하기 위해 스튜어디스가 가지고 가자, 노인은 걸쭉한 사투리로 스튜어디스의 등에 대고 소리쳤다.

"잊지 말고 돌려줘야 해!"

나는 고개를 숙이고 신문을 읽었다.

타이베이에서 홍콩으로 가는 비행기는 대체로 만석이지만, 모두 홍콩이 최종 목적지인 사람들은 아니다. 손에 타이완 동포증명서를 단단히 움켜쥔 이들은 홍콩 공항에 내렸다가 다시 비행기를 갈아타고 마침내 저쪽 땅에 도착한다. 물 한 방울이 거대한 사막에 떨어져 소리없이 스며들듯이, 그들은 거대한 중국 대륙 속으로 사라진다. 노인은 혼자 뒤뚱거리는 걸음으로, 이 문에서 저 문으로, 이 세관에서 저 세관으로, 흔들리고 들볶이면서 천 리 길을 간다. 무엇 때문인지 물을 필요는 없다. 그의 신세라면 너무나 잘 아니까.

그도 한때는 해맑은 눈동자를 반짝이며 어머니의 사랑을 독차지하던 소년이었을 것이다. 화창한 봄날에 지저귀는 꾀꼬리처럼 밝고 명랑한 소년은 빨리 어른이 되길 바라며 큰 포부를 품고 특별한 인생을 꿈꾸었다. 하지만 꿈에도 생각해보지 않은 인생이 그를 찾아왔다. 전쟁은 악의라도 품은 듯, 회오리바람처럼 그의 인생을 뿌리째 뽑아 낯선 황무지에 떨어뜨려놓았고, 그곳에서 그는 시대의 고아가 되어 밑바닥으로 추락했다. 그때부터 그는 평생을 떠돌며 고단한 인생을 보내야 했고, 중늙은이가 되어서야 고향으로 돌아왔다. 산천은 유구하고 봄날도 여전한데, 이제야 잡초가 무성하게 자란 부모의 묘소 앞에 선 그는, 늙어서 굳어버린 무릎 때문에 절조차 제대로 올리지 못한다. 고향에는 이제 아는 이도 없다.

나는 차마 그를 쳐다보지 못했다. 어쩌다가 축 처진 그의 뒷모습이라도 눈에 스치면 아버지 생각이 날까봐 두려웠다. 아버지가 떠난 지도 삼 년이 되었다. 나는 상상해본다. 만약, 만약에 다시 기회가 주어진다면, 단 한 번뿐이라도 좋다. 아버지를 모시고 고향에 돌아갈 기회가 주어진다면, 꼭 이렇게 해야지.

비행기에서 나는 아버지 옆 좌석에 앉아 줄곧 그의 여윈 손을 잡고 놓지 않을 것이다.

가는 내내 귀찮은 기색 없이 아버지의 말을 들어줄 것이다. 당시 헌병 대장이었던 아버지의 모험담을 처음부터 끝까지, 모조리 들려달라고 조를지도 모르겠다. 그리고 중요한 대목마다 캐묻겠지. 그게 몇 년도였어요? 주둔했던 곳은 우시無錫였어요, 아니면 항저우였어요? 아버지에게 '봉기'하라고 한 공산당의 편지는 누가 쓴 거죠? 왜 제안을 받아들이지 않았어요? 나는 노트를 꺼내들고 꼬치꼬치 캐물으면서, 마치 초강대국의 대통령이라도 인터뷰하듯, 한마디라도 놓칠세라 귀 기울일 것이다. 잘 모르는 지명이 나오거나 언제 일어난 일인지 잘 모르겠으면 집요하게 물을 것이다. 다시 한번 얘기해주세요, 강물 할 때 '강'자인가요? 헌병대는 광저우廣州에 얼마나 주둔했어요? 왜 하이난海南 섬으로 간 거죠? 어떻게 타이완으로 왔어요? 어떤 배를 타고? 배 이름은요? 몇 톤짜리 배였는데요? 배에 대포가 명중한 적도 있었어요? 불이 났어요? 바다로 떨어진 사람은 없었어요? 몇 명이었는데요? 아이들도 있었나요? 직접 봤어요? 어떤 음식을 먹었어요? 만두요? 한 사람당 몇 개였는데요?

나는 아버지와 함께 맛없는 기내식을 먹을 것이다. 아버지를 위해 빵을 길게 찢어주고, 스튜어디스에게 뜨거운 우유를 부탁할 것이다. 그리고 빵을 우유에 적셔 천천히 씹어 드시라고 아버지에게 말하겠지. 손이 떨려 아버지가 우유를 엎지르면, 스튜어디스에게 다시 갖다 달라고 부탁하겠지만, 아버지의 옷은 멀쩡할 것이다. 미리 눈처럼 새하얀 냅킨을 아버지의 가슴께에 펼쳐놓았을 테니까.

비행기를 갈아타러 갈 때는 아버지의 팔을 붙들고 천천히 걸을 것이다. 성급한 누군가가 우리를 밀치고 지나가려 하면, 나는 소리 높여 그에게 항의할 것이다. "무슨 짓이에요? 무례하군요!"

비행기를 갈아타려면 세관 앞에서 길게 줄을 서서 기다려야 한다. 나는 아버지의 손을 잡고 앞으로 가서 아무나 붙잡고 부탁할 것이다. "죄송합니다, 연로하셔서 오래 서 계실 수가 없어요. 먼저 들어가도록 양보 좀 해주시겠어요?" 그러고는 짐을 검사대에 올려놓고 아버지를 부축한 채 아치 모양의 검색대를 통과할 것이다. 만약 검색원이 "한 사람씩 통과해야 합니다. 돌아갔다가 다시 오세요"라고 한다면, 고집을 부릴 것이다. "당신이 이리 와서 아버지를 부축할 건가요? 그렇지 않다면 안 돼요. 넘어지시기라도 하면 어떻게 해요." 혹시 알 수 없는 이유로 검색대에서 '삐' 소리가 울리면 다시 돌아가 검색대를 통과해야 한다. 그게 열 번이 됐든 스무 번이 됐든, 나는 다시 아버지의 팔을 부축하고 통과할 것이다.

'쿵' 하는 소리와 함께 비행기가 중국 땅에 내려서자마자, 나는 몸을 돌려 검버섯이 가득한 아버지의 이마에 입을 맞출 것이다. 그리고 그때껏 가장 부드러운 목소리로 아버지의 귓전에 속삭일 것이다. "아버지, 드디어 집에 왔어요."

"쿵." 비행기가 착륙했다. 홍콩 첵랍콕 공항이다. 착륙할 때의 충격으로 읽고 있던 신문이 바닥에 떨어져 흩어졌다. 비행기가 아직 움직이고 있는데, 위험하게도 앞에 앉은 노인이 갑자기 자리에서 일어섰다. 스튜어디스가 단호한 목소리로 제지했다. "앉아요, 앉으세요! 비행기가 멈추지도 않았는데 일어나시면 어떡해요!"

넘어졌을 땐 _K에게

얼마 전에 홍콩 전체를 뒤흔든 사건이 있었어. 생활고에 시달리던 한 엄마가 이제 겨우 열 살 정도밖에 안 된 두 아이의 손발을 묶어 옥상에서 떨어뜨리고는 자신도 뛰어내렸대.

오늘 타이완 신문에는 중학교 3학년 아이가 학교 화장실에서 비닐봉지를 머리에 뒤집어쓴 채 자살했다는 기사가 실렸어. 이제 겨우 열다섯인데.

도저히 자세히 읽어내려갈 엄두가 나지 않아서 대충 제목만 훑고는 신문을 덮고 밖으로 나갔어. 우중충한 하늘에 가는 비가 내리고 있더구나. 벌써 사흘째야. 아침에 깨어나 창밖을 보면 짙은 안개가 도시 전체를 물 샐 틈 없이 포위하고 있어. 열다섯 살 아이가 인생의 마지막 사흘 동안 본 것이라고는 우중충하게 젖은, 뼛속까지 추위가 스며드는 세계였겠지. 이 암담한 사흘 동안 아이를 안아준 이가 있었을까? 아이의 머리를 쓰다듬으며 말해준 사람이 있었을까? "너 참 귀엽게 생겼구나." 집으로 돌아가는 길을 아이와 함께해준 사람은? 주말에 축구하러 갈 약속을 한 사람은? "괜찮아, 아무 일도 아니야." 그렇게 아이의 어깨를 툭툭 치며 미소지어준 사람은? 메신저로 대화를 나누며 재밌는 얘기를 해준 사람은? "어이, 오늘 하루 괜찮았어?" 그렇게 문자메시지를 보낸 사람은 과연 있었을까?

그 사흘 동안, 그 아이는 무작정 찾아가서 붙들고 실컷 울고 싶었던 어떤 이의 이름을 공책에 적어놓지는 않았을까? 불쑥 전화를 걸어 자신의 두려움을 털어놓을까 망설인 어떤 이의 번호를 휴대전화에 입력해놓지는 않았을까?

그날 아침, 열다섯 살의 아이가 결심을 굳히고 집을 나서기 전 식탁에 아침이 차려져 있었을까? 부엌에서 목소리가 들렸을까? 집에서 학교까지 가는 동안 결심을 흔들리게 하고 미련을 갖게 만드는 부드러운 말이나 따뜻한 눈길이 있었을까?

K, 그런 생각이 들어. 우리가 자라는 동안 고통과 좌절과 실패를 마주하는 방법을 배운 적이 있었나. 생각해보니 집에서도 학교에서도, 누구도 가르쳐준 적이 없었어. 대중매체는 말할 것도 없고. 가정에서도, 학교와 사회에서도 온통 남을 쓰러뜨리는 방법만을 가르쳤지. 복숭아나무를 베어버린 조지 워싱턴부터 자수성가한 빌 게이츠까지, 모두 성공담 일색이야. 어쩌다가 실패를 입에 올릴 때가 있어도 그건 절망적인 상황에서도 오뚝이처럼 다시 일어서야 한다고 채찍질하기 위해서지. 월越의 왕이었던 구천이 와신상담臥薪嘗膽해서 결국 원수를 갚았다거나, 전쟁터에서 도망친 왕이 비바람을 무릅쓰고 거미줄을 친 거미 덕분에 살아났다는 식으로 말이야.

우리는 백 미터 달리기를 성공적으로 완주하기 위해 죽어라 공부했지만, 넘어졌을 때 어떻게 해야 하는지는 배우지 못했어. 무릎이 까져 피가 흐를 때 상처를 소독하고 싸매는 법은 아무도 가르쳐주지 않았어. 상처가 참을 수 없이 고통스러울 때 어떤 표정을 지어 보여야 하는지, 무릎 못지않게 피가 줄줄 흐르는 마음의 상처는 또 어떻게 치유해야 하는지, 마음속 깊은 곳의 평화는 어떻게 얻을 수 있는지, 깨진 유리처럼 마음이 산산조각났을 때는 어떻게 해야 하는지……

누가 가르쳐준 적이 있었나? 넘어졌을 때 진정으로 필요한 용기가 무엇이고, 극복하기 위해 필요한 지혜는 무엇인지. 좌절을 더 멀리 뛰는 힘으로 바꾸는 방법은? 왜 가끔은 실패가 삶을 되돌아보는 계기가 되기도 하는지. 넘어져본 사람이 더 진지하게 달릴 수 있는 이유는 무엇인지.

우리는 배운 적이 없어.

이 사회가 열다섯 살의 그 아이에게 이런 것들을 가르쳤다면, 그가 차마 우리를—우리 머리 위의 푸른 하늘을—떠나지 않았을 수도 있지 않을까?

지금 K도 잠깐 넘어진 거야. 삶을 돌아볼 수 있는 계기가 생긴 거지. 네가 세상과 단절한 채 웅크리고 있는 방 밖에는, 많은 이들이 널 기다리고 있어. 너에게 다정한 말을 건네고 따뜻한 눈빛을 보내고 포근하게 안아주고 싶어서 말이야. 물론 자신의 삶을 되짚어보는 것은 혼자의 몫이겠지. 지혜는 고독에서 나오기 마련이니까.

걱정 마

공항까지 가려면 서둘러야 했다. 시간이 얼마 남지 않은데다 길이 얼마나 막힐지도 알 수 없었다. 그런데도 나는 리사에게 전화를 걸었다.

"십 분쯤 후에 너희 집에 도착할 거야. 거기서 곧장 다시 공항으로 출발해야 하니까 간단한 요깃거리 좀 준비해줘."

십 분 후, 화장기 없는 민얼굴의 리사가 운동복 차림에 슬리퍼를 끌면서 나왔다. 우리는 햇살 가득한 거실에 마주 앉았다. 리사가 지금 읽고 있는 필립 로스의 소설에 대해 이야기하기 시작했고, 나는 과일을 갈아넣은 500밀리리터짜리 우유를 들이켜고는, 방금 만든 신선한 샌드위치를 입안에 쑤셔넣었다. 다 먹고 마신 후, 진하게 내린 커피 한 잔에 뚜껑과 빨대까지 받아 챙겨 들고서 급하게 차에 올랐다. 리사가 비행기에서 읽으라며 책 한 권을 차창 안으로 밀어넣었다. 《2007 미국 우수 산문집》이었다.

시동을 걸고 차창을 내려 눈으로 작별인사를 하는 리사를 바라보았다. 나는 손바닥을 입술에 대고 키스를 날렸다.

그대로 차를 달려 공항으로 향했다. 탑승 직전, 나는 다시 전화를 걸었다.

"부탁할 게 있어. 세탁기 안에 빨래 돌린 걸 깜빡 잊고 그냥 나왔어. 청소하러 마리 보낼 때 좀 널어달라고 해줘. 냉장고에 유통기한 지난 음식들도 전부 버리라고 해. 곰팡이 생겼을 거야."

"걱정 마, 건강 조심해."

"너도."

전화를 끊고 짐을 챙겨 들었다.

그토록 자주 왔다갔다하면서도, 우리는 늘 "건강 조심해"라는 당부를 빼먹지 않는다. 항상 하는 말이지만 "건강 조심해"라고 할 때마다 우리는 늘 더없이 진지하다. 인생의 무상함을 너무도 잘 알기 때문일까. 어쩌면 늘 이번이 마지막일지도 모른다고 생각하기 때문일지도 모르겠다.

홍콩에 도착해 비행기에서 내리면서 곧장 휴대전화를 켰다. 늘 메시지가 남겨져 있다. "A출구에서 기다릴게." C는 공항 라운지에 사람이 아무리 많아도 언제나 내가 금방 찾을 수 있게 해준다. 활짝 웃는 얼굴로 다가오는 C의 손에는 신선한 과일주스가 들려 있다. 한 손으로 주스를 건네주고 다른 한 손으로는 여행가방을 같이 끌면서 C가 묻는다. "우유 사서 집으로 갈까? 아니면 시장에 들러 장부터 볼래?"

C는 차를 몰고 가는 내내 수다를 멈추지 않는다. 아이, 일, 홍콩의 정치, 중국의 뉴스, 웃긴 사람들, 화나는 일들, 답답한 심정…… 우리는 평소에 만날 시간을 좀처럼 내지 못한다. 그러다보니 어쩌다가 공항까지 배웅하고 마중하는 자동차가 이동식 카페가 되고 달리는 대화방이 된 것이다. C의 이야기를 들으면서 고속도로를 달릴 때면, 나는 항상 창밖의 풍경을 내다보곤 한다. 양쪽 차창으로 보이는 큰 산과 큰 바다, 그리고 가없는 하늘이 모두 뿌옇다. 해질 무렵, 홍콩의 모

든 산에 연분홍빛 베일이라도 씌운 듯 우아하고 아름다운 노을이 눈길을 사로잡는다.

가끔 자동차는 움직이는 서재가 되기도 했다. 언젠가 한밤중에 엄마의 병환을 알리는 전화가 왔을 때였다. 엄마를 보러 가기 위해서는 삼백 킬로미터 정도 자동차를 몰고 가야 했다. 하지만 출발하려는 내 손에는 대통령을 비판하는 장문의 원고가 들려 있었다. 밤새 겨우 초고만 쓴 채 완전히 마무리짓지 못한 상태였다. 어쩌겠는가? 밤을 꼬박 새워 누렇게 뜬 내 얼굴을 본 룽광榮光이 흔쾌히 기사로 나서주었다. 그가 운전하는 동안, 나는 뒷좌석에 웅크리고 앉아 노트북으로 작업을 계속했다. 네 시간을 꼬박 달려 목적지에 도착했을 때, 원고는 막 끝이 났다. 룽광은 차에서 내려 옷에 묻은 먼지를 툭툭 털더니, 아무렇지 않은 얼굴로 버스를 타고 돌아갔다. 네 시간은 족히 걸리는 귀로에 혼자 오른 것이다.

당신을 걱정하는 이들은 아무 사심 없이 당신에게 시간과 정성을 선물한다. 때로는 당신 역시 그들을 걱정한다. 재기발랄했던 한 사람이 중풍으로 쓰러진 후 몇 달을 일어나지 못하고 있다. 당신은 꿈에서 그를 만난다. 꿈속에서 그는 갑자기 일어나 옷을 걸치고 병실 침대에 앉아서는 날카로운 어조로 차분하게 얘기한다. 중국어로 중국과 타이완의 미래를 이야기하고, 영어로 셰익스피어의 시를 분석한다. 깨고 나서야 당신은 그것이 꿈이었음을 깨닫는다. 어둠 속에서도 실망의 빛을 감출 길이 없다.

적어도 십 년은 만나지 못한 옛 친구일 수도 있다. 오랫동안 연락이 없었지만, 당신은 기억한다. 그녀의 정원에 핀 꽃향기, 시를 읽을 때 흐느끼던 목소리, 한밤중에 국제전화를 걸어 아름다움과 시와 인생을 논하던 따뜻한 그 마음까지. 이제는 전화번호조차 없지만 당신은 종종 그 친구를 떠올린다.

아무래도 다른 이들이 당신을 걱정하고 보살피는 경우가 좀더 많다. 그가, 가끔은 그녀가, 다짜고짜 전화를 걸어온다. 영원히 끝날 것 같지 않았던 수다가 끝나면, 무심코 전화기를 내려놓다가 당신은 문득 깨닫는다. '무사 확인' 전화였구나. 특별한 용건 없이 이것저것 잡담을 늘어놓았을 뿐이다. 그저 당신이 여전한지 확인하려는 것일 뿐, 꼭 해야 할 말은 없었다.

어제저녁에 약속이 있었다. 아직 시간이 일렀지만 일찍 나가 기다리기로 했다. 시원한 가을밤의 정취를 느끼고 싶었다. 돌계단에 앉아 기둥에 몸을 기댔다. 그가 도착했을 때, 어두운 밤 쓸쓸한 가을바람 속에 혼자 앉아 있는 내 모습이 보였겠지.

불빛 아래로 와서야 그가 머뭇거리며 말했다.

"너, 좀 야위어 보인다."

마침 나는 검은 치마에 검은 재킷을 입고 있었다. 오전에 친구 영결식에 다녀와서였다. 인생이 그러하듯이, 사람들은 나지막한 염불 소리 속에서 밀물처럼 들어왔다가 다시 썰물처럼 빠져나갔다.

화장

엄마를 만나러 갈 때면 나는 항상 도착하기 전에 먼저 전화를 건다.

"내가 누군지 알겠어요?"

엄마의 즐거운 목소리가 들려온다.

"누군지는 모르겠지만, 내가 좋아하는 사람이라는 건 알겠는데."

"맞아요. 엄마 딸 샤오징이에요."

"샤오징," 목소리에 고향 사투리가 짙어진다. "지금 어디니?"

엄마의 손을 잡고 발마사지를 받으러 가고, 미용실에 가서 머리를 감고, 시장에 가서 채소를 사고, 들판에 나가 백로를 구경하고, 약국에 가서 노인용 건강보조제를 사고, 면으로 된 속옷을 산다. 낙낙하지만 어깨끈이 달려 있어서 흘러내리지는 않는 것으로. 그러고는 신발을 사고 로션을 사고 제일 큰 손톱깎이를 산다. 길거리에서 엄마와 손을 잡고 나란히 걷는 모습은, 누렁이가 길가에서 낮잠을 자는 한갓진 소도시의 일상적인 풍경이 되었다. 우리가 점포 앞을 지나칠 때면, 처음 보는 사람도 빈랑을 씹으면서 눈길로 배웅을 한다. 가끔 거의 들리지 않을 정도로 조그맣게, 하지만 진한 사투리로 혼잣말을 하기도 한다.

"저 딸내미들이 또 왔구미!"

만나러 오기는 쉽지만, 떠나기는 쉽지 않다. 엄마와 헤어지려면 아주 복잡한 과정이 필요하다. 먼저 떠나기 하루 전에 마음의 준비를 위한 작업에 들어간다. 일단 가볍게 얘기를 꺼낸다.

"엄마, 저 내일 가요."

마침 엄마는 멍하니 창밖의 하늘을 바라보고 있는지도 모른다. 그 말에 시선을 돌린 엄마는 당황한 듯 묻는다.

"가려고? 꼭 가야 하니?"

나는 발랄한 어조를 유지하려 애쓴다.

"출근해야 해요. 안 가면 사장이 절 자를걸요."

엄마는 싸움에 진 패배자처럼 눈을 내리깔고는, 양손을 마주 잡아 무릎 위에 올린다. 마치 말 잘 듣는 초등학생처럼. '출근'과는 도저히 맞서 싸울 수 없다는 사실을 잘 알기에, 엄마는 작은 목소리로 혼잣말처럼 대답한다.

"그래, 출근해야지."

"이리 오세요."

나는 엄마의 손을 끌어당긴다.

"앉으세요, 엄마. 손톱을 예쁘게 칠해드릴게요."

갖가지 색깔의 매니큐어를 샀다. 엄마와 침실에서 시간을 보내기 위해 산 것이다. 엄마가 침대 가장자리에 앉아 순순히 손을 내민다. 나는 엄지부터 하나씩, 천천히 매니큐어를 바르고 그 위에 다시 한번 덧바른다. 엄마의 손가죽이 너무나 얇아 엄지와 검지로 잡으면 고무줄처럼 늘어날 것만 같다. 게다가 손등은 뱀이 벗어놓은 허물처럼 주름투성이다. 나는 뉴질랜드에서 사온 면양유를 손바닥에 덜어, 한때는 노동하느라 푸른 힘줄이 도드라졌던, 지금은 윤기 없이 메말라 갈라진 엄마의 손에 부드럽게 문지른다.

손톱이 끝나면 발톱 차례다. 발톱에는 무좀이 살짝 있어 돌처럼 딱딱하고 두껍다. 뜨거운 물이 담긴 대야에 발을 담그면, 엄마는 얼른 발을 오므린다.

"아, 뜨거."

"하나도 안 뜨거워요, 천천히 집어넣으세요."

오 분 정도 불려 발톱이 조금 부드러워지면 매니큐어를 칠한다. 선명한 복숭아색을 골라, 석회처럼 딱딱한 엄마의 발톱 위에 조심스럽게 바른다. 얼핏 보면 약간 무섭다. 강시의 볼에 찍힌 붉은 연지 같다.

나는 진지하고 조심스럽게 엄마를 '준비'시키고, 엄마도 조용히 내 '준비'를 받아들인다. 우리는 대화를 나눌 수가 없다. 하지만 나는 이미 알고 있다. 누가 대화가 유일한 해결방법이라고 했는가? 화장놀이보다 엄마와 딸이 같이 놀기에 더 좋은 놀이가 또 있을까. 함께 있을 때면, 엄마의 얼굴에는 안심한 듯 평온이 깃든다. 게다가 화장놀이는 언제나 노래와 함께다. 우리는 옛날 노래를 틀어놓고, 듣고 또 듣는다.

엄마의 손톱과 발톱을 모두 칠하고 나면, 내 차례다. 날이 어두워져 희미해진 햇빛이 커튼의 그림자를 방바닥에 드리운다.

"보세요."

나는 손가락마다 다른 색깔의 매니큐어를 바른다. 연분홍부터 짙은 자주색까지. 엄마가 말없이 침대 가장자리에 앉아 차례차례 손톱을 칠하는 나를 지켜본다.

타이베이로 돌아오면 친구들이 항상 깜짝 놀라곤 한다. "아니, 너도 매니큐어를 발라?"

매니큐어 놀이가 끝나고 공기중에 아직 그 냄새가 떠돌고 있을 때, 나는 말을 꺼낸다.

"엄마, 저 내일 가요. 출근해야 되거든요."

엄마는 조금 풀이 죽는다.

"가려고? 꼭 가야 하니? 그럼 나는 어쩌지? 나도 같이 갈래."

나는 엄마를 화장대 앞으로 이끌어 립스틱을 꺼낸다.

"엄마는 오빠랑 살잖아요. 엄마가 없으면 오빠가 마음 아플 거예요. 이리 오세요, 제가 예쁘게 해드릴게요."

엄마는 내가 떠난다는 사실을 잠시 잊고 거울 앞에서 어색해한다.

"나야 완전 할머니가 다 됐는데, 무슨 화장이니."

하지만 엄마는 거울 속 자신의 모습을 보고는 빗을 꺼내 머리카락을 곱게 빗는다.

한때 그토록 아름다움에 탐닉했던 엄마였다. 예순다섯에 갑자기 눈썹 문신을 하더니, 일흔이 되던 해에는 코 수술을 진지하게 고민했다. 함께 화장대 거울 앞에 서 있을 때면 엄마가 얼마나 여러 번 말했던가.

"샤오징, 너도 화장을 해야지. 여자란 모름지기 예뻐야 하는 법이란다."

엄마의 손등에는 검버섯이 가득하다.

나는 엄마의 입술에 립스틱을 발라준다.

"자, 오므려보세요."

아직도 기억하고 있는 듯, 엄마는 입술을 자연스럽게 오므린다.

이번에는 볼연지를 엷게 펴바른다. 그리고 눈썹 문신을 했던 자리에 가늘게 눈썹을 그려넣는다.

"보세요." 나는 엄마를 껴안고 큰 거울을 마주한다. "둥잉冬英이 얼마나 예쁜지."

엄마는 깜짝 놀란다.

"아니, 네가 내 이름을 어떻게 아니?"

"엄마 딸이잖아요." 엄마의 야윈 어깻죽지를 감싸안고, 나는 거울 속 엄마에게 말한다. "보세요. 엄마가 얼마나 예쁜지. 전 내일 가요. 출근해야 해요. 꼭 가야 하지만 엄마 보러 곧 다시 올게요."

겨울 빛깔

천 리 강산에 겨울빛 아득한데, 갈대꽃 깊숙이 떠 있는 외로운 배

이제는 독자들의 질문에 제대로 대답하지 못해 당황하는 경우는 거의 없지만, 얼마 전 천 명이 넘는 사람들 앞에서 갑자기 꿀 먹은 벙어리가 된 적이 있다.

그 질문은 이랬다.

"집이란 무엇일까요?"

집이 뭐냐고? 초등학교 2학년 작문 제목 같았다. '나의 희망' '나의 어머니' '나의 여름방학'과 같은 정도의…… 어렸을 때부터 스스로가 겨울빛 아득한 천 리 강산에서 갈대꽃 깊숙이 떠 있는 배처럼 외로운 존재라고 깨달은 사람에게 이런 질문을 던진 건 어떤 의미에서였을까?

질문자는 너무나 진지한 표정으로 물었지만, 나는 두루뭉술 넘어갈 수밖에 없었다. 몇 마디 말로 답변하기에는 너무나 까다로운 질문이었다.

보살핌을 받는 아들과 딸이던 시절에는, 부모님이 계시는 곳이 곧 집이다. 거기에는 아침 통학버스 시간에 쫓겨 서둘러 나갈 때 뜨거운 죽 한 그릇이라도 비우고 나가라고 재촉하는 이가 있다. 그들은 비가 올 때면 우산을 가져가라고 재촉하고, 어깨에 멘 가방과 맞닿은 등이

따뜻해질 정도로 뜨거운 도시락을 쑤셔넣어주었다. 주말이면 오토바이 한 대에 너덧이나 되는 식구들을 태우고 요란스럽게 시내 중심가를 내달렸고, 방과 후 하굣길에는 집까지 몇 미터나 남겨두고도 벌써 경쾌한 뒤집개 소리가 들려오고, 음식 냄새가 진동을 했다. 어두워져서 넉 장 다다미방에 큰 모기장을 치고 불을 끄면, 곧 달콤한 어둠이 찾아들었다. 모기장 안에는 웃고 떠들며 치고받는 형제자매와 포근한 침구가 있었고, 모기장 밖에는 이따금씩 어른들의 기침소리와 뒤척이는 소리, 비밀스러운 속닥거림이 있었다. 까무룩 잠이 들 즈음이면, 창밖에 짙게 깔린 치자꽃 향기가 날아들어와 반쯤 감긴 눈꺼풀 사이로 조용히 스며든다. 모기장 안팎이 모두 따스하고 평온한 세상, 그것이 집이다.

그런데, 이런 집이 어떻게 변해가는가?

하나둘, 사람들이 떠나기 시작한다. 아주 멀리, 오래도록. 긴 세월이 흐르는 동안 일 년에 단 한 차례, 집 안의 불빛이 평소와 달리 반짝거리고, 사람들 소리로 시끌벅적해지고, 사람들의 발길이 어지럽게 드나들다가 다시 적막으로 돌아간다. 떠나지 않고 남은 이의 몸피가 줄어들고 발걸음이 약해지면, 집 안은 점점 더 조용해져 벽시계의 초침소리까지 들릴 정도가 된다. 치자꽃은 여전히 활짝 피지만, 황혼의 햇빛 속에서 그 꽃은 어쩐지 처량하게만 느껴진다. 어느 날, 반려자마저 떠나고 혼자 남겨진 이가 어두컴컴한 커튼 안에서 창밖을 바라본다. 마치 언젠가 자신을 데리러 올 차를 기다리듯. 그는 스스로 문을 잠그고 천천히 걸어나올 수도 있고, 누군가가 밀어주는 휠체어에 앉아 나올 수도 있겠지만, 하얀 천에 덮인 채 들것에 실려 나올 수도 있다.

평생의 반려자를 만나면, 두 사람이 있는 곳이 곧 집이 된다. 언젠가는 이국의 대학도시에 있는, 여러 가구가 주방을 함께 쓰던 한 칸짜리 작은 아파트가 집이었다. 낯선 창밖에 차가운 눈이 흩날렸지만, 침대에서 내 손을 잡아주던 그의 손은 따스했다. 훗날 바뀌는 직장을 따라 도시를 옮겨다니게 되면서부터 집도 자주 바뀌었다. 중요한 가구들은 함께 옮겨다녔지만, 다른 살림은 새로운 도시에서 늘어나기도, 버려지기도 했다. 벽에 평생 기억할 무언가를 걸어놓을 엄두는 내지 못했다. 영원은 가정假定으로만 존재했고, 그 벽은 임시적인 것이었기에 좀처럼 마음을 붙일 수 없었다. 집 역시 두 사람의 발길이 잠시 머문 곳에 불과했다.

이 집은 또 어떻게 변해가는가?

대부분의 경우 얼마 지나지 않아 흩어진다. 사람은 변하기 마련이고, 생활도 변하기 마련이니까. 집 역시 함께 변한다. 사람들은 안정을 갈망하며 집을 찾아 들어가지만, 자유를 갈망하며 다시 집에서 도망친다. 안정을 갈망하는 사람이 만난 이가 자유를 갈망하는 사람일 수도, 자유를 추구하는 사람이 사랑하게 된 이가 안정을 찾는 사람일 수도 있다. 집은 자칫 따스함은 없고 스트레스만 있는 곳으로 변한다. 바깥세상은 언제나 황량하지만, 때론 집이 그보다 더 삭막해지기도 한다. 혼자는 물론 외롭지만, 두 사람이 차가운 등불 아래 말없이 마주 보는 것은 더욱 외롭다.

많은 이들이 헤어지고, 평생에 걸쳐 떠돌기도 한다.

하지만 대부분의 경우, 어느덧 아들과 딸이 생긴다. 아이들이 생기면 아이들이 있는 곳이 곧 집이 된다. 날이 채 밝기 전에 새벽같이 일어나 아침을 준비하고, 김이 오르는 뜨거운 죽을 아이가 다 비울 때까지 식탁 앞을 지킨다. 비가 오는 날, 우산을 쓰면 모양이 빠져 싫다는 듯 아이가 우산을 가져가지 않겠다고 고집을 부리면, 걱정스러운 당신은 거의 애원하다시피 아이 손에 우산을 들려준다. 당신은 어느새 집을 나선 아이를 급하게 쫓아가 아직 뜨끈뜨끈한 도시락을 어깨에 멘 책가방 속에 밀어넣어준다. 주말이면 당신은 오토바이를 타고 시장에 간다. 큰아이를 뒤에 앉히고 막내는 다리 사이에 앉힌 채. 비좁기는 하지만 아이들의 체온과 바람에 실려오는 아이들의 웃음소리가 달콤하고 사랑스럽다. 아침부터 저녁 식단을 고민하고, 해질 녘이면 서둘러 고기를 볶으면서도 문밖에서 나는 소리에 귀를 쫑긋 세운다. 아이들이 집으로 돌아오기를 기다리는 것이다. 저녁이면 따끈한 우유를 아이의 책상 위에 올려놓는다. 아이가 숙제더미에서 고개를 들어 당신을 쳐다보고는 아무 말 없이 웃는다. 문득 어디선가 은은한 치자꽃 향기가 나는 것만 같다.

아이들이 있는 곳이 곧 집이다.

하지만 이 집은 또 어떻게 변해갈까?

산책

중국에서 돌아온 자쉬안이 나를 찾아온 건, 엄마를 만나러 가기 직전이었다. 세심한 성격답게 그녀가 챙겨온 선물상자에는 '최상품 제비집'이라고 쓰여 있었다. 열어보니 거무튀튀한 이상한 물건이 담겨 있었는데, 도자기 접시에 담긴 그것이 설탕시럽을 입혀 달콤하게 만든 제비집이라고 했다. 이 거무튀튀한 것이 제비의 침에 깃털과 나뭇가지를 더한 제비집이란 말인가? 아무리 봐도 잘 모르겠지만, 엄마에게 드리는 선물이니 내가 걱정할 필요는 없을 것이었다.

자쉬안이 다시 원통을 하나 꺼냈다. 그림을 담는 화구통처럼 보였는데, 그 안에서 둘둘 말린 종이를 꺼내 한 장 한 장 펼치면서 자쉬안이 장담을 했다.

"넉넉하게 인쇄했으니까, 네 엄마한테 쓰기에도 충분할 거야."

포스터만한 크기의 백지에 진한 먹으로, 큼지막하게 붓글씨가 쓰여 있었다. 종이마다 한 장에 서너 줄 정도인 짤막한 글의 내용은 엇비슷했다.

너무나 사랑하는 엄마에게
우리는 엄마를 진심으로 사랑해요.
엄마의 집세, 약값, 병원비는 우리가 전부 책임질게요.

정성을 다해 돌봐드릴 테니, 안심하세요.

당신의 아들 딸,

자쉬안, 자제家齊, 자런家仁

너무나 고마운 엄마에게

우리를 키우느라 얼마나 고생하셨는지 잘 알아요.

이제 엄마한테 필요한 것은 우리가 모두 준비할게요.

마음 푹 놓고 우리만 믿으시면 돼요.

당신의 아들 딸,

자쉬안, 자제, 자런

나는 그만 폭소를 터뜨리고 말았다. 지난번 '노인 안심 비법'을 서로 교환할 때, 그녀는 여든이 된 어머니가 요양원에서 돈이 없다고 초조해하고, 자식들이 자신을 버린 것은 아닌지 의심하고, 방금 자식들이 왔다 간 것조차 잊어버리고는 자신을 찾지 않는다 원망한다고 털어놓았다. 그때 자쉬안이 만들었다는 증명서 얘기를 듣고, 나 또한 내가 '제조'한 각종 은행증명서와 부양증명서를 꺼내 보여주었다. 증명서마다 주먹만한 글씨가 적혀 있고, 붉은 도장이 위풍당당하게 찍혀 있는. 한 장 한 장 잠시나마 '안심' 효과를 내는 증명서였다. 생각지도 못했다. 자쉬안이 그사이 또 이렇게 독창적인 대자보를 제작하다니!

"그래." 자쉬안이 웃으며 말했다. "대자보를 엄마 침실 벽 사방에 잔뜩 붙였어. 방에서 왔다갔다하면서 한 장씩 읽을 수 있도록 말이야. 우리 남매가 대자보마다 모조리 다 서명도 하고."

"효과가 있니?"

자쉬안이 고개를 끄덕였다.

"효과 만점이야. 대자보를 보면 그래도 안심이 되시나봐. 너도 가서 엄마 침실에 붙여봐."

웃는 얼굴이 좀 씁쓸해 보인다. 모르는 새 흰머리가 많이 늘었다.

나는 대자보를 한 장 한 장 잘 말아서 조심스럽게 원통에 도로 집어넣으며 고개를 저었다.

"우리 엄마는 이미 그 단계를 지났어. 글자도 잊으셨는걸. 내가 쓴 은행증명서도 이제는 잘 못 알아보셔."

엄마가 계신 핑둥으로 갔다. 꽁꽁 얼어붙은 겨울 날씨에 간헐적으로 터지는 설 폭죽소리가 항아리에 담긴 동치미처럼 씁쌀했다. 곁에 누워 지켜보니, 엄마는 밤새 뒤척이며 잠을 이루지 못했다. 커튼을 치고 불을 꺼도 눈동자를 수정처럼 빛내며 캄캄한 어둠 속을 지켜보고 있다가, 손을 뻗어 내게는 보이지 않는 무언가를 허공에서 움켜잡았다. 내 아명을 부르며 빨리 일어나야 스쿨버스를 놓치지 않는다고 재촉하기도 하고, 잊지 말고 도시락을 챙기라고 잔소리도 했다. 돈을 빌려가서는 갚을 생각을 안 한다며 옆집 장씨 아저씨를 욕하다가, 이발만 하고 금방 온다던 아버지는 왜 아직 안 오느냐고 묻기도 했다.

부엌에서 뜨겁게 데운 우유를 가져와 권했지만 엄마는 싫다고 했다. 갓난아기 어르듯 손을 어루만지고 어깨를 토닥여보기도 했지만, 잠시 안정을 되찾나 싶던 엄마는 이내 몸부림을 치기 시작했다. 얼음처럼 차가운 손을 따스한 이불 속에 넣어주어도 고집스럽게 나를 밀어냈다. 불을 켜면 환각이 사라졌다가, 불을 끄면 다시 가깝고도 먼 사십 년 전으로 돌아가 진실인지 거짓인지, 현실인지 환상인지 구분하기 어려운 아득한 세계로 빠져들었다.

2008년 정월 초사흘 한밤중, 만약 저 멀리 우주에서 본다면 밤새도록 환했다가 금세 어두워지고, 불이 꺼졌나 싶었다가 곧 다시 켜지는 이 방이 이상해 보이겠지. 새벽 네시, 나는 침대에서 내려와 차가운 방바닥을 맨발로 내디디며 말했다.

"엄마, 잠도 안 오는데 우리 나가서 산책이나 해요."

가장 따뜻한 옷을 챙겨 입히고 목도리를 잘 둘러준 다음 엄마 손을 잡고 나는 문을 나섰다.

겨울밤의 거리는 칠흑같이 어두웠다. 멀리서 들려오는 개 짖는 소리가 누군가 숨죽여 흐느끼는 소리처럼 들렸다. 말로는 도저히 설명할 길이 없는 아픔을 호소하는 듯한 흐느낌이었다.

멀찌감치 스물네 시간 영업하는 더우장豆醬* 가게가 보였다.

"가요, 엄마. 콩냄새 구수한 고향식 더우장 맛을 보여드릴게요."

엄마가 악몽에서 깨어난 듯 순순히 고개를 끄덕이더니, 내가 이끄는 대로 천천히 따라 걸었다. 텅 빈 거리에는 나와 나를 낳은 여인 말고는 아무도 없었다.

길바닥에 기다란 흰색 선이 있어 자세히 보니 새똥이었다. 고개를 들어보니 긴 전깃줄 위가 새까맸다. 수천수만은 됨 직한 제비들이 검푸른 밤하늘에 얼어붙은 듯 나란히 늘어앉아 있었다.

* 콩국과 비슷한 중국 서민 음식으로, 뜨겁거나 차갑게 해서 소금이나 설탕을 넣어 주로 꽈배기 모양의 바삭한 튀김 요리인 유타오(油條)와 함께 먹는다.

누구를 위해

한때 요리에 서툴렀던 나는 그 이유를 가정환경 탓으로 돌렸다. 나는 외성인外省人* 가정의 여자아이였다. 타이완에서 '외성인'이란 곧 '난민'이었다. 외성인은 피난길에 땅에 붙어 있는 모든 것을 잃었다. 농토, 집, 사당, 제실, 그리고 그 땅에 함께 발붙이고 살던 친지와, 살아가는 데 현실적으로 매우 중요한 인간관계까지, 모조리 상실했다.

모두를 잃었기 때문에, 난민 가정의 부모들은 모든 희망을 오롯이 다음 세대의 교육에 쏟아부었다. 그들에겐 교육만이 하늘에서 내려온 유일한 동아줄이었다. 그들은 아이들이 그 동아줄을 잡아야 밑바닥 인생에서 벗어날 수 있을 거라 생각했다.

그래서 우리 난민 자녀들은 어려서부터 집안일을 면제받았다. 저녁밥을 먹고 젓가락을 내려놓자마자 재빨리 책상 앞으로 돌아가 신성한 공부를 하려는 자세를 취하면, 엄마는 설거지를 하러 가고 아버지는 유성기 소리를 죽였다. 우리는 중요한 구구단을 외워야 했기 때문에, 끼니 걱정은 엄마 혼자 어깨에 짊어졌다.

그러던 내가 엄마가 되자, 나는 곧 유능한 주부로 변신했다. 꽤 널

* 타이완에서는 제2차 세계대전 이전에 이미 타이완에 들어와 살고 있던 중국인을 '본성인(本省人)'이라 부르고, 제2차 세계대전 이후 국공내전(國共內戰)에 패해 국민당과 함께 타이완으로 건너온 중국인을 '외성인'이라 부른다.

찍한 주방은 다목적실이 되었다. 주방은 아이의 상상력이 가득 담긴 그림이 한쪽 벽에 빼곡히 붙은 갤러리가 되었고, 여덟 명이 둘러앉아도 넉넉한 식탁은 매일 저녁 살롱이 되었다. 남는 공간에는 붉은색의 낮은 탁자와 역시 붉은색의 작은 의자 네 개를 두었다. 이 의자와 탁자를 보는 사람은 누구나 백설공주와 일곱 난쟁이의 거실을 떠올렸다.

달걀을 깨고 밀가루에 버터와 설탕을 넣어 케이크 반죽을 할 때면, 안드레아와 필립은 작은 의자에 앉아 탁자 위에 놓인 신선하고 사랑스러운 반죽덩어리를 가지고 돼지, 소, 양, 말과 같은 온갖 동물을 만들려고 애썼다. 케이크 반죽을 틀에 부어 오븐에 집어넣고 나면, 아이들은 반죽 그릇에 달려들어 거기 남아 있는 달콤하고 끈적끈적한 찌꺼기를 작은 손가락으로 긁어내어 입안에 얼른 집어넣었다. 동물을 만들던 손가락은 물론이고 얼굴이 온통 반죽투성이가 되어 있다.

나는 꽤 능력 있는 요리사로 변신했다. 갖가지 레시피가 적힌 요리책을 아이비 넝쿨이 드리워진 창가에 가득 꽂아놓았다. 당근케이크 페이지는 닳아서 거의 찢어지기 직전이었고, 치즈 마카로니와 라자냐 페이지는 따로 보려고 아예 찢어놓았다. 나는 이제 십 분이면 네 아이—아들 둘과 녀석들의 그림자나 마찬가지인 친구 두 놈—앞에 보기에도 좋고 각종 비타민에서부터 무기질까지, 영양소 균형을 맞춘 요리를 대령할 수 있다. 간식을 다 먹고 나면, 아이들을 자동차에 태워 먼저 한 놈을 축구장에 떨어뜨려놓고, 다른 한 놈을 수영교실에 데려다준다. 그다음엔 도서관에 들러 아이들 그림책을 한 권 빌리고, 다시 재빨리 약국으로 달려가 어린이용 온도계를 구입하고, 가게에서 1.5리터짜리 과일주스 세 병을 사고, 우체국에 들러 아이들 생일 선물로 온 소포를 찾고 초대장을 보낸다…… 그러고는 서둘러 축구장으로 돌아가 큰놈을 태우고, 수영장으로 차를 돌려 둘째까지 태워 집으로 돌아와 다시 저녁을 차린다.

엄마란 전천후 경영자다. 단지 아무도 고액의 연봉을 주지 않을 뿐이다.

문득 끼니 걱정을 혼자 어깨에 짊어졌던 엄마를 떠올린다. 그녀도 엄마가 되기 전에는 서재에 몰래 숨어들던 소녀였겠지.

아이들이 커서 집을 떠나자 나는 다시 요리에 서툰 사람으로 돌아갔지만, 어른이 된 아이 둘은 모두 미식가가 되었다. 필립은 열여섯 살에 스스로 요리교실에 등록해, 하얀 원통형 모자를 쓴 배불뚝이 셰프에게서 이탈리아 요리를 배우더니, 열일곱 살이 되자 미슐랭 가이드 최고 별점을 받은 프랑스 레스토랑에 견습생으로 들어가서는 감자 껍질 벗기기부터 시작해, 마르세유에서 온 요리사에게서 갖가지 소스 비법을 배웠다. 안드레아는 세계 각국의 레시피 책을 수집했다. 터키 요리, 아프리카 요리, 중국 요리 등 시도해보지 않은 요리가 없는 그 아이는 요리할 때 스톱워치로 시간을 잰다. 어느 요리에 어떤 술이 어울리고, 어느 술에는 어떤 육류를 먹어야 하는지, 어떤 요리에 어떤 향료가 적당한지가 두 형제에게는 이 세상에서 가장 중요한 문제 중 하나다.

나는 사실 있는 대로 대충 먹거나, 안 먹어도 그만인 쪽이다. 계란 한 판에 얼마인지도 잘 모르고, 냉장고는 대부분 비어 있다. 언젠가 안드레아를 위해 라면을 끓인 적이 있었다. 몇 가지 채소를 넣은 라면이었다.

뜨거운 라면을 식탁에 올려놓자, 안드레아가 두 젓가락쯤 집어먹더니 갑자기 물었다.

“채소는 어디서 난 거예요?”

내가 대답을 못하고 있자, 아이는 곧장 물었다.

“지난주에 사왔던 샐러드 맞죠?”

나는 고개를 끄덕였다.

안드레아는 젓가락을 내려놓고 울어야 할지 웃어야 할지 모르겠다는 표정으로 말했다.

“그렇게 오래된 걸 왜 안 버리세요? 휴우, 엄마들이란 버리는 법을 몰라.”

그러고는 더 먹지 않았다.

며칠 후 안드레아가 갑자기 물었다.

“같이 장보러 갈까요?”

엄마와 아들은 외국 식재료가 가장 많은 시내 슈퍼마켓에 갔다. 안드레아는 장장 세 시간에 걸쳐 세심하게 이것저것, 물건을 골랐다. 집에 도착했을 때는 이미 밤이었다. 안드레아는 엄마를 옆에 세워두고 자기가 하는 걸 보게 했다.

“어디 가시면 안 돼요.”

아이는 호주 소갈비를 꺼내 한쪽에 놓더니, 향신료 통을 하나하나 선반에서 꺼내 죽 늘어놓았다. 버튼을 눌러 오븐 아래칸을 예열하면서 접시를 넣어 데웠다. 그러고는 감자를 깨끗이 씻고 물을 끓이기 시작했다. 신선한 매시드 포테이토를 만들려는 것이었다. 오케스트라의 지휘자가 모든 악기의 움직임을 한눈에 파악하듯이, 아이의 머릿속에는 어떤 순서에 따라 무엇을 해야 몇 가지 요리를 동시에 완성시킬 수 있는지가 설계도처럼 짜여 있었다.

전화벨이 울려 전화를 받으러 나가려고 하자, 아이가 손을 뻗어 나를 막았다.

"받지 마세요. 여기서 제가 요리하는 걸 보세요."

와인잔과 물잔을 나란히 올려놓은 다음, 아이는 제일 먼저 호박수프를 내왔다. 다음은 잣을 곁들인 샐러드, 주요리는 포일로 싼 소갈비였다. 내가 부탁했던 대로 미디엄 웰던이었다. 마지막으로 디저트는 프랑스식 수플레가 나왔다.

쌀쌀한 바닷바람이 불어오고, 달걀노른자처럼 샛노란 달이 바다 위로 떠오르는 가을밤이었다.

"좋아, 이제 잘 배웠으니까 다음에 만들어줄게."

아이가 눈을 크게 뜨고 나를 보더니 진지하게 말했다.

"저에게 만들어달라는 게 아니에요. 모르시겠어요? 나중에 혼자서도 이렇게 만들어 드시라고 가르쳐드린 거예요."

클럽

당연히 '누나'라고 부를 줄 알았던, 막 소개받은 늠름한 총각의 입에서 나온 '이모님'이라는 말에, 당신은 깜짝 놀란다. 어느새 내가 '이모'가 됐구나!

그러던 어느 날, 당신은 운전중에 경찰의 제지를 받고 음주 측정을 하게 된다. 똑바로 걸어보라고 지시하는 경찰을 보다가, 당신은 문득 그동안 '민중의 지팡이'로서 위풍당당한 이미지를 자랑하던 경찰 '아저씨'의 얼굴이 아이처럼 앳되다는 사실을 깨닫는다. 마치 중학생 아이가 경찰 제복을 입은 듯 보인다. 저도 모르게 경찰모 아래 얼굴을 자꾸 뜯어보게 된다. 이제 당신에게는 모든 경찰이 아이처럼 보인다.

차츰 마음의 준비를 한다. 이제는 하얀 가운을 입은 권위 있는 의사도 '아이'처럼 보이기 시작한다. 하긴 그는 이제 겨우 스물아홉의 어린애에 불과하다. 어느 대학의 학과장은 명함을 건네며 예전에 당신의 수업을 들었다면서 예의 바르게 '선생님'이라는 호칭을 쓴다.

다른 사람들이 어려진 것은 아니다. 당신이 늙은 것이다.

원고를 봐주던 편집자가 어느 날 갑자기 은퇴를 한다. 무언가를 잃어버린 듯 심란하다. 이제부터 원고에 대해 함께 의논할 사람이 '오랜 친구'가 아니라 당신을 '선생님' 또는 '이사님'이라고 부르는 낯선 젊은이로 바뀌는 것이다.

점점 더 확실하게 느껴진다. 인파로 넘쳐나는 타이베이나 홍콩 중심가에서 발걸음을 멈추고 주위를 둘러보면, 온통 젊은이들뿐이다. 번화가의 옷가게를 둘러보면, 쇼윈도는 대부분이 소녀 취향이다. 겉옷보다 안에 받쳐입는 옷이 더 화려하고, 외투보다는 속옷을 강조한다. 어쩌다보니 옷더미를 뒤지면서 재잘거리는 소녀들 속에 섞여버린다. 수시로, 별다른 이유도 없이 웃음을 터뜨리곤 하는 소녀들 틈바구니에서 당신은 당황한다. 어딘가 잘못 들어온 느낌이다. 몸을 돌려 빠져나가려는데, 뒤에서 점원이 큰 소리로 붙잡는다. "사모님, 이런 스타일은 어떠세요?" 점원의 입에서 '어머님'이라는 소리가 튀어나올까봐 두렵다면, 당신은 이제 어느 정도 받아들일 준비가 된 것이다.

친구와 호텔 바 창가 자리에 앉아 있다. 긴 생머리의 가수가 피아노 반주에 맞춰 구슬픈 목소리로 조용히 노래를 부르고, 창밖의 거리는 약간 젖어 있다. 타이베이의 겨울 저녁은 항상 젖어 있다. 한 중년 여인이 우산을 받쳐들고 지나간다. 얼굴에 슬픈 기색이 엿보인다. 그녀의 근심은 엄마와의 대화를 거부한 아들일까? 아니면 방사선 치료를 받고 있는 남편? 그것도 아니면 평생 마음을 짓누르던 영혼의 불안감이 갑자기 꿈틀거린 것일까?

친구가 섬세한 손끝으로 와인잔을 들고 매력적인 웃음을 짓는다. 쉰 살인 그녀는 여전히 처녀 시절의 아름다움을 간직하고 있다. 윤기가 흐르는 입술이 잔에 립스틱 자국을 남긴다. 친구는 나에게 자신이 가입한 '클럽'에 들어올 생각이 없는지 묻는다.

그것은 '수목장-바다장 클럽'이었다. 미리 수목장과 바다장 가운데 하나를 선택해, 고별식을 어떻게 치를지 결정하면, 사후 다른 회원들이 그 뜻에 따라 장례를 진행해주는 클럽이었다.

"바다는 어쩐지 무서워. 너무 크고 깊잖아. 수목장이 낫겠어."

친구가 웃으며 대답한다.

"바다장이 간편하긴 해."

당신은 다시 진지하게 고민해본다.

"그런데 수목장이 내 맘대로 아무 산에나 가서 아무 나무나 골라도 된다는 건 아니지? 지정 구역 안의 정해진 나무 밑에 뿌리는 거겠지? 그런데, 그러면 죽어서도 여전히 사람들 틈바구니에 끼어 지내야 하잖아. 심지어 평소에 미워하던 사람이 바로 옆 나무로 올 수도 있고. 안 그래?"

호텔 바에서 나누는 이런 대화는 점점 일상적인 화제가 되어간다. 모든 대화가 신변 정리와 관련된 내용은 아니겠지만, 늙어가는 과정에 대한 주제에서 크게 벗어나지는 않는다. 누군가 우울증을 앓는다. 그러면 우울증 때문에 생기는 불면증이나 기억상실증에서 시작해, 정서불안이나 투신자살까지, 제각기 들은 이야기를 털어놓는다. 이번엔 누군가 중풍으로 쓰러진다. 그러면 투병생활과 재활과정에서부터, 의식이 돌아오지 않을 경우 누가 유언을 집행해야 하는지, 아는 대로 이야기를 나눈다. 슬픔과 탄식에 젖는가 하면 자조 섞인 씁쓸한 웃음이 이어지기도 한다. 갑자기 침묵이 흐르면 술 한 모금을 마시며 정적을 씻어낸다.

집에 돌아와 우체통을 열어보니, 멀리서 온 편지가 있다.

불과 십 년 전까지, 저는 서서히 죽어가는 아버지를 지켜보아야 했습니다. 아버지는 반신불수가 되신 지 팔 년째 되던 어느 날, 들이마신 숨을 내뱉지 못하고 그대로 떠나셨습니다. 팔 년 동안 저는 아버지의 몸을 닦아드리고 대소변을 받아내면서, 썩어들어가는 육신에서 벗어나지 못하는 아버지의 모습을 그저 지켜보아야 했습니다.

그래서 저는 '인생 사랑' 클럽을 생각해냈습니다. 자신의 삶을 더 이상 지속하고 싶지 않은 상황에 대해 아주 상세하게 목록을 만들면 회원들이 서로 집행해주는 클럽입니다. 회원 한 명이 떠날 경우에만 새로운 회원을 받습니다. 그렇습니다. 일종의 비밀 결사입니다. 그러나 우리 클럽은 의사와 변호사 등도 확보하고 있어, 여러분이 살인죄로 기소되지 않도록 보장합니다. 대사를 그르칠 수도 있기 때문에 가족에게도 물론 비밀로 합니다.

나는 곧바로 회신을 했다.

신청서 양식을 보내주세요.

집으로 가는 길

이제 세 형제 모두가 쉰을 넘겼다. 우리는 청명절에 맞추어 각자 다른 일은 모두 잠시 내려놓고 엄마를 모시고 고향을 찾기로 했다. 기차 대합실은 사람들로 북적였다. 어깨에 배낭을 메고, 한 손에는 가죽가방을 들고, 또 한 손으로는 바퀴가 달린 커다란 여행가방을 밀면서, 부모님을 부축하고 아이 손을 끌며 기차를 타고 북상하려는 사람들이었다.

도도히 흐르는 강물처럼 이어지는 사람들의 행렬 속에서 엄마가 갑자기 걸음을 멈추더니 미간을 찌푸리며 물었다.

"여기가 어디니?"

내내 엄마 손을 잡고 함께 걷던 오빠는 잠시 걸음을 멈출 수밖에 없었다.

"여기 홍콩이에요. 곧 기차를 탈 거예요."

엄마가 당황한 기색을 보였다.

"여기는 낯설구나. 집에 가고 싶어."

옆에서 내가 작은 목소리로 오빠를 재촉했다.

"서둘러. 기차가 곧 떠나. 아직 세관도 통과 못했잖아."

그새 가운만 안 입었을 뿐 주치의처럼 뒷짐을 지고 따라오던 남동생이 성큼성큼 앞으로 다가와 엄마에게 말했다.

"지금 엄마 모시고 집으로 돌아가는 길이에요. 서두르지 않으면 안 돼요."

그렇게 말하는 동생의 무표정한 얼굴에 별다른 감정은 드러나지 않았지만, 어조에는 의사다운 권위가 실려 있었다. 삼십 년 동안 의사로 살아온 동생은 아버지의 임종 앞에서조차 감정을 드러내지 않았다.

엄마는 매끈한 돌바닥에 눈길을 고정시킨 채 고개조차 돌리지 않고 대답했다.

"그래. 그럼 당장 집으로 돌아가자."

엄마는 겨우 다시 걸음을 떼기 시작했다. 뒤에서 보고 있자니 여위고 구부정한 등이 마치 낙타의 그것 같았다. 엄마는 양옆의 두 아들에게 손을 맡기고, 좁은 보폭으로 한 발 한 발 앞으로 나아갔다.

함께 시골길을 산책할 때면, 엄마는 항상 땅을 내려다보면서 종종걸음을 걸었고, 그럴 때마다 나는 늘 잔소리를 했다.

"엄마, 다람쥐처럼 그렇게 조심조심 걷지 않아도 돼요. 보세요, 길이 잘 닦여 있잖아요. 게다가 제가 이렇게 손을 잡고 있으니 넘어지지 않아요. 좀더 보폭을 크게 떼보세요, 이렇게……"

나는 발을 앞으로 쭉 뻗어 행군하듯이 걸어 보였다.

"자, 한 발 크게 떼어보세요. 평지니까 걱정 마시구요."

보폭을 넓혀 걸어보지만, 몇 걸음 못 가 엄마는 다시 땅을 내려다보는 종종걸음으로 되돌아간다.

엄마 눈에는 땅이 울퉁불퉁해 보이는 걸까? 엄마 생각에는 한 걸음 한 걸음이 허공을 디디듯 불안한 것일까? 남동생은 전화로 이렇게 설명했다.

"연세가 드셔서 뇌가 위축되어서일 수도 있고, 드시는 약 때문일 수도 있고. 공간에 대한 불안감이 생기는 경우가 있어."

해가 뒷산으로 넘어갈 무렵까지 산책을 하다보면, 어느새 붉은 노을이 하늘 가득이었고, 한 폭의 그림 같은 황혼 속을 걸어서 우리는 집으로 돌아왔다. 방에 들어선 엄마가 사방을 둘러보더니 당혹스러워한다.

"여기가 도대체 어디니?"

나는 벽에 죽 걸린 졸업사진들을 가리키며 대답한다.

"모두 엄마 자식들 사진이지요? 그럼 당연히 엄마 집이죠."

벽 가까이 다가가 고개를 들어 한 장 한 장 찬찬히 사진을 들여다보던 엄마는 고개를 돌려 나를 바라본다. 그 눈빛이, 슬퍼 보인다고 해야 할지 공허해 보인다고 해야 할지 모르겠다. 순간 창밖에서 귀뚜라미 울음소리가 들려오는 듯도 하다. 저무는 해가 산등성이에 부딪쳐 온 하늘에 노을을 내뿜는 순간, 숲속의 작은 생물체들도 소리를 지르는 것일까?

침실 등을 켜지 않아, 하얀 벽 앞에서 마치 검은 그림자처럼 보이는 엄마가 힘없이 중얼거린다.

"……어딘지 모르겠어."

산등성이 위에 마지막으로 남아 있던 빛이 커튼 틈으로 들어와 희끗희끗한 머리카락을 비춘다.

기차가 움직이기 시작하자, 창밖의 세계가 빠르게 지나간다. 마치 누군가 예고도 없이 비디오플레이어의 '빨리 감기' 버튼이라도 누른 듯, 과거로 돌아가는 것인지 미래로 가고 있는 것인지는 알 수 없지만, 한 장면 한 장면이 눈앞에서 빠르게 사라진다.

막차였기 때문에 대부분의 승객들이 앉자마자 고개를 세운 채 잠을 청한다. 침묵이 내려앉은 기차 안에는 덜컹거리며 돌아가는 바퀴 소리만 맴돈다. 엄마가 갑자기 앞좌석 등받이를 움켜잡고 일어선다. 앞쪽을 훑어보지만 저 멀리까지 죽 이어진 좌석만 어슴푸레 보일 뿐이다. 몸을 돌려 뒤쪽을 보지만 객차 사이 문이 굳게 닫혀 있어 아무것도 보이지 않는다. 양쪽 창에는 커튼이 내려져 있어, 켜졌다 꺼지기를 반복하는 흔들리는 불빛만이 비칠 뿐이다. 기차 속도가 빨라지면서 불빛이 번개처럼 창을 때리고 지나간다. 엄마가 등받이를 단단히 움켜잡고 균형을 잡더니 앞쪽으로 걸어가기 시작한다. 나도 바짝 붙어 걸음을 같이한다. 넘어지지 않도록 한 손으로 어깨를 감싸안지만, 엄마는 몸을 비틀면서 내 손을 뿌리친다.

"놔, 갈 거야. 집에 돌아가야 해. 해가 졌으니 집에 가야지!"

눈에는 그렁그렁 눈물이 맺히고, 목소리는 울부짖는 듯 비통하다.

나는 한 손으로 엄마 머리를 감싸며 품안에 꼭 끌어안는다. 따스한 체온 덕인지 약간이지만 진정이 된 것 같았다. 나는 엄마 귀에 대고 속삭인다.

"이 기차가 집으로 데려다줄 거예요. 이제 곧 집에 도착해요. 정말이에요."

남동생이 이쪽으로 건너왔고, 우리는 묵묵히 서로를 바라보았다. 그렇다. 우리는 모두 알고 있다. 엄마가 돌아가려는 '집'은 집배원이 찾기 쉽도록 우편번호가 매겨져 있는 그런 집이 아니다. 엄마의 '집'

은 공간이 아닌 시간 속에 있다. 그 시간 속에서는 어린아이가 숨바꼭질하며 웃고, 부엌에서는 생선 굽는 냄새가 진동하고, 남편이 등 뒤에서 두 눈을 가리며 누군지 맞혀보라고 농을 건다. 그때 문밖에서 누군가 외친다. "등기 왔어요. 도장 가지고 나오세요."

엄마는 '타임머신'을 타고 이곳에 왔다가 돌아가는 차를 놓친 시간 여행자다.

오백 킬로미터

우리도 부모님처럼 기차를 타고 가기로 했다. 부모님은 1949년 남하할 당시 광저우廣州에서 헝양衡陽까지, 오백이십일 킬로미터를 건너왔다. 아버지는 서른 살, 엄마는 스물세 살이었다. 혼란과 전쟁의 시대였지만 그들에게는 젊음이 있었다. 저 높이 기차 꼭대기까지 기어올라가, 사람들이 서로 밀쳐대는 와중에도 꿋꿋이 버텼다. 줄이 끊긴 연처럼, 한 발만 겨우 발판을 디디고 한 손으로 난간을 잡고 기차에 매달려서도 바람결에 실려오는 향긋한 풀냄새에 코를 킁킁거리고, 붉은 대지 위로 끊임없이 이어지는 장엄한 산천에서 눈을 떼지 못했다.

"기차가 갑자기 멈춰 섰을 때였어." 엄마가 말했다. "기차 지붕 위에 엎드려 매달려 있던 사람들 중에 한 여자가 소변을 보겠다고 기어 내려갔지. 아이는 지붕 위 다른 사람에게 잠시 맡겨두고 말이야. 그런데 여자가 내려서자마자 기차가 움직이기 시작한 거야."

엄마는 맨발로 땅바닥에 주저앉아 어망을 짜고 있었다. 말을 하면서도 잠시도 쉬지 않고 손을 움직였다. 엄마는 여전히 고개를 숙인 채 말을 이었다.

"여자는 울면서 기차를 쫓아 뛰었지. 철길 옆 황무지는 이곳저곳이 움푹 패고 돌멩이도 많았어. 자꾸만 넘어지면서도 끝까지 따라잡으려 뛰었지만 기차는 너무 빨랐고, 여자는 결국 보이지 않게 되었어."

"그래서 어떻게 됐어요?"

나는 엄마 앞에 앉아 실을 감아주고 있었다. 엄마가 피식 웃으며 나를 한 번 쳐다보고는 말했다.

"어떻게 되었겠니. 아이는 결국 죽었을 거야. 누가 남의 아이까지 데리고 피난을 가겠니."

"내가 태어나기 전이라 다행이네. 나도 잃어버렸을 수 있었겠어."

열다섯의 나는 그렇게 말했다.

엄마는 가볍게 한숨을 내쉬었다. 어망을 짜는 엄마의 손에 힘이 들어갔다. 투명한 나일론 실은 꽤 질겨서, 오래 만지다보면 손가락에 깊은 골이 팼고, 계속 그렇게 하다가는 결국 피부가 찢어져 피가 나곤 했다. 내 한 학기 학비를 대려면 엄마는 방만큼이나 큰 어망을 여러 개 짜야 했다.

실수였다. 부모님도 당시 한 살배기 아이를 고향에 남겨두고 왔다. 그 편이 아이에게도 안전할 거라고 생각했던 것이다. 그 이별이 사십 년이 될 줄은 누구도 알 수 없었다.

지금 엄마는 그때처럼 내 앞에 앉아 있다. 눈동자를 반짝이던 예쁜 처녀는 이제 여든세 살이 되었다. 침대칸 위쪽의 형제들은 모두 잠들고 나 혼자 '당번'을 서며 계속 엄마와 실랑이를 벌이고 있다. 기차는 덜컹거리는 소리를 내며 규칙적으로 객차를 흔들어, 마치 초대형 요람처럼 사람들을 꿈속으로 이끈다. 하지만 엄마는 꼿꼿하게 침대에 앉아 하얀 시트를 끌어안고는 전투태세를 취하고 있다.

"주무세요, 엄마."

간곡히 애원에도 엄마는 단호하게 고개를 젓는다.

"나는 집에 돌아갈 거야."

내 침대에서 내려와 엄마 옆에 앉아 속삭인다.

"누우세요, 이불 덮어드릴게요."

엄마가 몸을 움직여 나와 거리를 두면서 예의 바르게 말한다.

"감사합니다. 하지만 괜찮아요."

순간, 나는 알아차린다. 갑자기 예의를 차리는 지금, 엄마는 내가 누구인지 모른다. 자신을 도우려는 친절한 사람 정도로 생각하는 것이다.

"엄마, 저, 엄마 딸 샤오징이에요. 저 좀 보세요."

엄마는 고개를 돌려 나를 뚫어져라 쳐다보다가는, 여전히 정중한 태도로 말한다.

"내 딸은 여기 없어요. 감사합니다."

"그럼…… 이불을 좀 정돈해서 발을 덮어드릴게요. 괜찮죠?"

나는 내 침대로 돌아와 이불을 무릎에 덮고 엄마와 마주 앉는다. 한밤중의 기차 안은 정적만이 감돌 뿐이다.

기차 속도가 느려진다. 잠시 정차하려는 것 같다. 커튼을 살짝 젖혀보니, 창밖에 '샤오관韶關'이라는 글자가 보인다.

샤오관, 남화사南華寺가 있는 곳이다. 만력萬歷 황제 때 기록을 보면, 남조의 양무제武帝天가 즉위한 502년, 산과 물이 만나는 수려한 풍경이 마치 서천西天의 보림산寶林山과 같다고 하여, 인도의 고승이 이곳에 보림사를 지었다고 한다. 677년 당나라 때에는 혜능惠能이 보림사에 와서 삼십칠 년 동안 설법을 하면서 천하에 불법을 전했고, 송나라가 세워진 968년에 태조가 '남화선사南華禪寺'라는 편액을 내리면서

'남화사'로 개명했다. 그리고 문화대혁명 당시, 금박을 입힌 육조 혜능의 등신불이 끌려나와 파괴되었다.

기차가 다시 움직인다. 나는 그대로 엎드려 침대 매트리스에 가만히 귀를 대본다. 기차 바퀴가 선로 위를 구를 때마다 한 걸음 한 걸음 대지가 울리는 느낌이 전해져온다. 이 오백 킬로미터의 여정을 혜능은 한 발짝 한 발짝 내디뎠겠지. 부모님 역시 그렇게 한 걸음 한 걸음 걸어왔을 것이다. 세월은 머무는 것일까, 흐르는 것일까. 기억은 얼마나 긴 것일까, 아니 얼마나 짧은 것일까. 흘러가는 강물은 새 것일까, 옛 것일까? 활짝 핀 꽃밭은 몇 번의 윤회를 거친 것일까?

칠흑 같은 어둠 속에서 산과 들의 실루엣은 유달리 뚜렷해 보이고, 불빛들은 말없는 수풀 속에서 별처럼 깜빡인다. 순간, 하얀 안개 같은 빛이 저편에서 쏟아져들어온다. 맞은편에서 달려오는 기차의 불빛이다. 깊은 밤, 우리와는 반대로, 남쪽으로 가는 야간열차가 스쳐 지나간다.

엄마는 여전히 맞은편에 앉아 있다. 깜박이는 불빛이 그녀의 아득한 얼굴에 내려앉는다.

시간

편집장이 중풍으로 쓰러져 중환자실에 입원했다. 말조차 하지 못하는 심각한 상태였다. 일주일 후 의사가 병문안을 허가하자마자 쥐화菊花는 노트북을 껴안고 급히 달려갔다. 노트북 안에는 다음 호에 실릴 문제투성이 원고가 잔뜩 들어 있었다. 요즘 젊은 기자들의 어휘가 점점 퇴화하고 있어서, '낮밤'을 '밤낮'으로 고치는 것조차 이상하다는 눈길로 본다. 사람들이 모두 그렇게 말하는데 구태여 왜 고치는지 모르겠다는 눈빛이다. 편집장은 기본적인 맞춤법조차 틀리는 데 늘 화를 내면서도, 기자들의 뒷모습을 체념 어린 눈으로 쳐다보고 만다. 기자가 예쁜 수습 여기자라면, 일단 머리를 흔들어 늘어뜨린 앞머리를 흩날리면서 스스로 꽤 매력적이라고 자부하는 허스키한 목소리로 말한다. "응? 이제 알겠나?" 그의 '응'은 온통 콧소리다. 예쁜 여기자들도 정확히 같은 정도의 애교로 보답하기 마련이다.

거의 산발을 한 채 병실 앞에 도착한 쥐화는, 마침 안에서 나오던 여자와 부딪힐 뻔했다. 여자는 힐끗, 차가운 눈으로 쥐화를 보더니 이내 무표정한 얼굴이 되어 가버렸다. 여자의 뒷모습을 멍하니 보고 있던 쥐화는 퍼뜩 생각이 났다. 편집장님과 별거한 지 오래된 부인이 잖아?

커튼으로 병실을 나누어 쓰는 이 인실이었다. 쥐화의 눈에 다른 환자가 먼저 들어왔다. 농민으로 보이는 노인이었다. 노인은 1960년대 베트콩 사진만큼이나 양 뺨이 푹 꺼진 깡마른 얼굴에 해골 같은 두 눈을 크게 뜨고 있었다. 대낮에 귀신이라도 본 듯한 표정이었다.

편집장의 모습은 오히려 놀랄 것이 없었다. 모든 것이 상상한 그대로였다. 꼭 감은 눈꺼풀 아래 눈동자가 불안하게 움직이고, 머리와 몸에는 이런저런 튜브들이 잔뜩 연결되어 있었다. 머리를 한쪽으로 돌린 채 힘겹게 호흡을 하고 있어서, 편집장은 마치 막힌 수도관처럼 쿨럭쿨럭 소리를 내고 있었다. 팔은 시트 밖으로 나와 있고, 손가락은 화상 환자의 그것처럼 구부러진 채 딱딱하게 굳어 있었다. 마침 땅딸막하지만 다부져 보이는 남자 간병인이 다리를 마사지하고 있었다. 탁탁 칠 때마다 경쾌한 소리가 울리는 가운데 간병인이 짬짬이 말을 걸어왔다.

"다 죽은 살이에요. 밀가루 반죽처럼. 원체 무거워서 대소변 받아내기가 고역이에요. 자, 이번에는 왼쪽."

간병인의 난폭한 행동과 말투에 쥐화는 깜짝 놀랐다. 문안객 앞에서조차 환자를 감각도 의식도 없는 시체처럼 취급하고 있었다. 먼저 와 있던 부편집장이 쥐화에게 앉으라고 눈짓을 했다. 뭔가 하고 싶은 말이 있는 표정이었다. 작은 병실에서 크게 울리는 마사지 소리는 왠지 자극적이었다. 그 소리를 들으며 쥐화는 파리채를 떠올린다. 커튼 저쪽의 노인이 여전히 놀란 표정인지 확인해보고 싶었다. 간병인이 계속 불평을 늘어놓는다.

"어젯밤도 꼬박 샜어요. 이런 환자는 숱하게 많이 봤는데, 반년 넘도록 잠만 잔다니까. 생돈만 날리는 거지……"

쥐화는 이어졌다 끊어졌다 하는 부편집장의 설명을 듣고 현재 상황을 대강 이해했다.

"그럼 어떻게 해요? 수술을 하든 말든 빨리 결정해야 하잖아요."

간병인이 갑자기 끼어들었다.

"기관지 절제한 사람을 봤는데, 바로 그다음 날 저세상으로 갔어요."

쥐화와 부편집장은 병실을 떠나기 전에 간병인에게 거듭 설명했다. 이분이 얼마나 중요한 인물이고, 사회에 얼마나 많은 공헌을 했는지. 따라서 간병인인 궈郭 선생도 사회에 큰 공헌을 하는 셈이고, 친구로서 우리가 대신 진심으로 감사드린다고. 그러고는 궈 선생에게 깊이 허리 숙여 인사했다. 집 현관 앞에서 손님을 배웅하는 일본인만큼이나 깊이 허리를 숙이며, 두 사람은 입을 모아 부탁했다. "잘 부탁드립니다."

집에 돌아온 쥐화가 변기에 앉아 신문을 펼쳐드는데, 욕실 전구가 나간다. 캄캄한 어둠 속에서 대충 샤워를 하고 부엌에서 재빨리 라면을 끓였다. 라면 그릇을 끌어안고 책상 앞에 앉아 컴퓨터를 켠 쥐화는 팔 년째 별거중인 남편에게 이메일을 썼다.

내 친구에게 일어난 일을 이야기해줄게. ……별거한 지 그토록 오래됐는데도, 그동안 그는 이혼수속을 계속 미뤄왔어. 이제 의식이 없는데 직계가족들은 수술 결정을 내릴 수 없고, 법적으로 배우자만 서명할 권리가 있어. 배우자는 그를 '현 상태'로 놓아두기로 결정했지. 글자 그대로 식물인간으로서 평생을 마감하도록 그냥 두겠다는 거야. 어때? 나와 진짜 이혼할 생각 있어?

쥐화는 '발송' 버튼을 누르고, 그 이메일을 따로 저장해두었다. 어두컴컴한 방 안에서 긴 한숨을 내쉰 쥐화는 부엌으로 가 우유를 찾았다. 유통기한이 한참 지난 우유밖에 없다. 할 수 없이 물 한 잔을 들고 책상 앞으로 돌아오니, 멀리 사는 남자로부터 벌써 답장이 와 있다.

왜 당신이 나보다 오래 살 거라고 생각하는 거지? 시간이야말로 최후의 심판일지도 모르는데.

엄마와의 대화

안드레아의 이메일은 뜻밖이었다. 급히 돈이 필요하다거나 하는 비상 상황이 아닌 이상 엄마에게 이메일 따위를 보내는 녀석이 아니었다. 어찌된 영문인지, 십대에서 이십대 전후의 인류에게는 온 세계를 연결하는 그들의 광활한 친구 네트워크에서—이메일, MSN, 트위터, 채팅방, 휴대전화 메시지 등—'엄마'란 휴지통으로 직행하는 스팸으로 분류된다. 말도 안 되는 일이지만, 당신은 꼼짝없이 당할 수밖에 없다.

그래도 첨단기술은 당신에게 그 아이를 '볼' 수 있는 기회를 준다. 예를 들어 한밤중, 당신이 밤을 새워 일을 하고 있는데 갑자기 '팅' 하는 소리로 아이가 접속했다는 사실을 알린다. 아무리 멀리 떨어져 있어도 스크린 위를 비추는 레이저 포인트처럼, 캄캄한 밤 망망대해에서 빛나는 고기잡이배의 불빛처럼, 그 모습을 드러내는 것이다. 실제 거리로는 수천수만 킬로미터도 더 떨어져 있지만, 그 불빛은 당신을 안심시킨다. 사랑하는 아이들아, 네가 거기 있구나.

하지만 첨단기술은 아이에게 도망갈 구멍 또한 열어준다. 손가락으로 키보드만 누르면, 아이는 당신을 '격리'시킬 수 있다. 아이가 더 이상 '팅' 소리가 나지 않도록 설정해놓으면, 작은 불빛은 '사랑'이라는 레이더망에서 완전히 사라진다.

친구가 웹 카메라를 설치하면 컴퓨터로 아들을 볼 수 있다고 얘기해준다. 나는 반문한다. 너 농담하니? 세상 어떤 아들이 자기 컴퓨터에 엄마가 멀리서도 추적할 수 있는 '감시 카메라'를 달려고 하겠니? 그런 신통한 물건은 애인 사이에나 필요하지, 엄마와 아들 사이에는 아니야.

나는 안드레아에게 물었다.

"왜 나에게 통 이메일을 쓰지 않니?"

"바빠서요."

"못된 놈 같으니, 너 어릴 적에 내가 얼마나 자주 너랑 놀아줬는데."

"흥분하지 말고, 진정하세요."

"왜 엄마한테 다 터놓고 얘기하지 않니?"

"엄마는 매일 똑같은 이메일을 쓰고 똑같은 얘기만 하잖아요."

"내가 언제?"

"매번 똑같은 질문에, 똑같은 잔소리. 한 말 하고 또 하고."

"그럴 리가. 거짓말 마! 나 같은 사람이 그럴 리 없어."

안드레아의 이메일을 열어보니, 아무 내용 없이 웹사이트 주소와 동영상 하나만 있다. '심심해닷컴'의 주소였다. 조회수가 4000을 넘는 동영상의 제목은 '엄마와의 전형적인 대화'였다. 동영상 제작자는 만화에 음성을 입혀 엄마와 자신의 대화를 그려내고 있었다.

엄마를 만나러 갔다. 함께 부엌에서 시간을 보낼 때면, 엄마가 말을 꺼낸다.

"생선요리를 만들었단다. 생선 좋아하지?"

"엄마, 저 생선 안 좋아해요."

"생선을 안 좋아해?"

"네, 전 생선 별로예요."

"참치요리야."

"고맙지만, 생선은 그저 그래요."

"셀러리를 곁들였어."

"그래도 생선은 싫어요."

"하지만 생선이 건강에 좋잖니."

"그건 알지만 그래도 안 먹을래요."

"건강한 사람들은 대부분 생선을 많이 먹는단다."

"저도 알아요. 하지만 전 먹기 싫은걸요."

"장수하는 사람들은 닭고기보다 생선을 더 많이 먹는대."

"그렇다더군요. 엄마, 하지만 전 안 먹어요."

"매일 생선만 먹으라는 건 아니야. 많이 먹어도 안 좋아. 생선은 수은 함량이 높으니까."

"네, 엄마. 하지만 저랑은 상관없는 문제예요. 전 생선을 안 먹으니까요."

"선진국에서는 생선을 주식으로 먹는 사람들이 많다는데……"

"저도 알아요. 하지만 전 안 먹어요."

"너 중금속 검사 받아본 적 있니?"

"아뇨, 엄마. 전 생선을 안 먹으니까 필요 없잖아요."

"하지만 수은이 생선에만 있는 건 아니잖니."

"그건 저도 알아요. 어쨌든 전 생선 안 먹어요."

"진짜 생선 안 먹을래?"

"진짜 안 먹어요."

"그럼, 셀러리를 곁들인 참치요리는?"

"싫어요."

"먹어보지도 않고 어떻게 싫다는 걸 알 수 있지?"

"엄마, 전 진짜 생선이 싫다니까요."

"한번 맛이나 보렴."

결국, 나는 먹었다. 조금 맛을 보자, 엄마가 말했다.

"어때, 맛있지?"

"별로예요. 엄마, 전 정말 생선이 싫어요."

"그럼 다음에는 연어에 도전해보자꾸나. 지금은 더 먹지 않아도 좋아. 어차피 우린 외식하러 나갈 거니까."

"좋아요. 그럼 갈까요."

"겉옷 하나 더 걸치지 그러니."

"날씨가 따뜻해요."

"그래도 하나 더 챙겨 입어."

"안 춥다니까요."

"나는 코트를 입을 생각인데, 너도 입지 그러니."

"엄마나 입으세요. 전 정말 하나도 안 추워요."

"내가 코트 하나 줄까?"

"엄마, 방금 나갔다 왔는데, 오늘은 정말 포근해요."

"아이 참, 곧 추워질 텐데 이렇게 고집을 피우니 원. 두고 보라지. 조금 있으면 추워 죽겠다고 할걸."

우리는 집을 나섰다. 레스토랑에 도착했지만 손님이 많아 기다려야 했다. 엄마는 이 기회를 놓치지 않았다.

"차라리 저기 해산물 뷔페로 가자."

안드레아가 나에게 보낸 이 이메일이 어머니날 선물이렷다?

비밀 계좌

그렇다. 내게는 아무도 모르는 비밀이 있다. 두 개의 비밀 계좌가 그것인데, 두 계좌 모두 최종 예치금이나 잔액은 알 수 없다. 두 계좌에 찍히는 숫자가 매일 변하기 때문이다. 공항 로비 저 높이 달려 있는 비행기 스케줄 전광판처럼, 계좌의 숫자는 끊임없이 바뀐다.

나는 알고 있다. 한 계좌의 숫자는 계속 늘어나고, 다른 계좌의 숫자는 계속 줄어든다. 계속 늘어나는 계좌는 내가 만들었지만, 계속 줄어드는 계좌는 다른 이가 준 것이다.

어느 날, 숫자가 계속 늘어나는 통장을 가지고 재테크 전문가를 만나러 갔다. 마술사처럼 검은 두건을 쓴 그에게, 나는 계좌의 가치를 늘리는 방법을 알려달라고 했다.

"가치?"

그는 탁자 맞은편에서 신비한 미소를 드러내며, 상체를 전혀 움직이지 않은 채 미끄러지듯 몸 전체를 왼쪽으로 옮겼다. 그 움직임을 쫓아 내 고개가 돌아가기가 무섭게 그는 다시 내 정면으로 미끄러지듯 돌아와, 매끄러운 목소리로 말했다.

"나는 '숫자'를 늘리는 방법은 알지만, '가치'를 늘리는 방법은 알지 못합니다."

숫자가 곧 가치는 아니다. 똑같이 천만원을 가지고도, 종이 절단기에 넣어 가닥가닥 찢어버릴 수도, 커다란 종이배를 접어 바다에 띄워 불사를 수도, 캄보디아에 고아원을 세울 수도 있다.

그 말은 어렵지 않았다. 나 역시 알아들을 수 있었다. 다른 계좌를 꺼내 보여주려고 허리를 굽혀 에코백으로 손을 뻗다가, 왠지 그가 사라진 것 같은 느낌에 고개를 들어보니, 아니나 다를까 맞은편엔 검은색 가죽의자만 혼자 빙글빙글 돌고 있었다. 사람이 앉았던 흔적조차 없었다. 천장 어디쯤에선가, 접촉 불량인 듯 형광등에서 치지직 소리가 났다.

나는 한숨을 한 번 내쉬고 천천히 은행을 나섰다. 은행 밖은 걸음을 재촉하는 인파로 가득했다. 잰걸음으로 이리저리 인파를 헤치고 지나가던 이들이 어깨를 툭 치고 스쳐갔지만, 돌아볼 틈도 없이 그들은 벌써 멀어져간다. 가벼운 바람이 불어왔다. 시끄러운 도심에서 쏴아, 나뭇잎이 흔들리는 소리를 들은 것 같았다. 고개를 들어보니, 가지마다 하얀 꽃을 주렁주렁 매단 커다란 백목련 한 그루가 흔들리고 있다. 그제야 나는 달콤한 목련 향기를 느낀다.

향기로운 목련꽃 아래 나무둥치에 몸을 바짝 기대어, 사람들이 앞서 지나가도록 한다. 에코백에서 나는 다른 통장을 꺼냈다. 아무도 캐물을 수 없는 비밀 계좌다.

표지는 전자달력으로 되어 있다. 2008년 5월에 서른한 개의 빈칸이 있고, 칸마다 작은 글자들이 적혀 있다.

05/01 09:00 핑둥, 엄마 방문

05/12 18:00 첸융샹錢永祥, 저녁식사

05/25 15:00 마자후이馬家輝, 작품 의논

05/26 19:00 안드레아와 저녁식사

05/28 10:00 가오싱젠高行健 세미나 사회

05/30 20:00 연극 관람

06/01 16:00 출판사

.
.
.

살짝 누르면 6월에 해당하는 서른 개의 작은 칸이 나타난다. 역시 깨알 같은 글자들이 적혀 있다. 한번 더 누르면, 다시 7월의 서른한 칸에 글자들이 나타난다. 8월의 서른한 칸은 모두 알파벳으로 쓰여 있다. 남아프리카 케이프타운, 미국 샌프란시스코, 독일 함부르크……

열어보지 않아도 나는 알고 있다. 계좌 안에는 보이지 않는 모래시계가 설치되어 있다.

열어볼 수 없기 때문에, 모래시계 안의 모래가 얼마나 남았는지는 알 수 없다. 모래가 떨어지는 속도가 얼마나 빠른지도 알 수 없다. 하지만 백 퍼센트 확실한 한 가지는, 모래가 끊임없이 떨어지고 있다는 사실이다. 사르륵 사르륵 한순간도 쉬지 않고……

꽃잎 하나가 겹겹의 나뭇잎 사이를 지나 통장 표지에 사뿐히 내려앉는다. 마침 12월 31일 칸이었다. 백옥으로 섬세하게 조각한 작은 배처럼, 목련 꽃잎은 관음보살이 인자하게 펼쳐 보이는 손바닥 위에 내려앉듯 가볍게 12월 31일에 자리잡는다.

문득 나는 깨달았다. 두 계좌는 정확히 반비례한다. 한쪽 계좌에 한 푼 두 푼 쌓이는 '금전'은 모두 다른 계좌의 '시간'과 맞바꾸어진다. '금전'과 '시간'이라는 두 '화폐'는 서로 유통도 환전도 불가능하다. 일단 써버리고 나면 이미 지불해버린 '시간'을 '금전'으로 되사들일 수 없다. '금전'이 아무리 많아도 소용없다. 환전 불가.

그렇다. 그래서 두 계좌를 쓸 때, 그토록 다른 태도를 취하는 것이다. '금전'적으로는 점점 더 씀씀이가 커지지만, '시간'적으로는 점점 더 인색해진다. '금전'은 지나가던 낯선 이에게도 선뜻 내주지만, '시간'은 진심으로 사랑하는 이들에게만 기꺼이 할애한다. 12월 31일은 비워두리라. 손가락 사이에 꽃잎을 끼워 지그시 눈을 감고 향기를 맡으려는 순간, 눈초리 끝으로 재빠르게 사라지는 검은 두건을 살짝 본 것도 같다.

행복

행복이란 매 순간 공포에 떨지 않아도 되는 상태다.

아침에 가게 문을 여는 주인이 정부군이나 반란군 또는 갈 곳 없는 굶주린 난민이 가게를 털러 오지나 않을까 걱정할 필요가 없어야 한다.

길을 걷는 이들이 배낭을 앞으로 돌려멘 채 주위 사람들을 경계할 필요가 없어야 한다.

잠에서 깼을 때 집이 강제로 철거당해 쓰레기처럼 거리에 버려지지 않을까 걱정할 필요 없이, 자기 방에서 편안하게 잠들 수 있어야 한다.

슈퍼마켓에서 분유를 사는 엄마들은 가짜 분유를 먹고 아기가 죽을지도 모른다는 걱정을 할 필요가 없어야 하고, 값싼 독주를 즐겨 마시는 노인은 그 안에 눈을 멀게 만들지도 모르는 화학약품이 든 건 아닐까 걱정할 필요가 없어야 한다. 어부가 강물 위로 힘껏 그물을 던지면서, 강물에 중금속이 녹아들어 물고기와 새우가 곧 사라져버릴지도 모른다는 걱정을 할 필요가 없어야 한다.

초등학생들이 등교하면서 누군가 자신을 납치할지도 모른다는 걱정에 주변을 두리번거리며 경계할 필요가 없어야 하고, 시내에서 빈둥거리며 돌아다니는 백수가 제복을 입은 사람이 가까이 오면 혹시

체포당하지나 않을까 두려워할 필요가 없어야 한다. 체포된 이는 변호사와 법률이 제 권리를 보호해주리라는 믿음을 가지고 경찰서에서 덜덜 떨 필요가 없어야 하고, 이미 감옥에 갇힌 이는 사회가 자신을 잊거나 혹시 권력자가 입막음을 하지는 않을까 걱정할 필요가 없어야 한다. 공공기관에 가서 각종 증명서를 신청하는 시민들은 모욕당하거나 무시당하지 않을까 걱정할 필요가 없어야 한다. 가을밤 등불을 켜고 책을 읽던 이는, 갑자기 골목이 소란해지고 누군가 문을 두들기며 자신의 이름을 부를 때, 드디어 올 것이 왔구나 생각하며 그 자리에서 원고를 모조리 불태울 필요가 없어야 한다.

행복이란 정치하는 이가 암살을 두려워할 필요가 없고, 저항하는 이가 무력 진압을 걱정할 필요가 없는 상태다. 행복이란 부자가 납치를 두려워하지 않고, 가난한 사람이 마지막 밥그릇을 빼앗길까 걱정할 필요가 없는 상태다. 행복이란 부르주아가 유혈 혁명을 두려워하지 않고, 프롤레타리아가 지도자의 말 한마디에 내일 당장 전쟁이 일어나지 않을까 걱정할 필요가 없는 상태다.

행복이란 여느 때처럼 평범한 나날이다.

여느 때처럼 과일가게에는 사과나 바나나가 있고, 닭장에는 닭이 푸드덕거린다. 꽃집에는 진한 향기를 내뿜는 수선화와 자잘한 하얀 꽃송이가 풍성한 안개꽃이 가득하다. 발코니마다 죽 늘어놓은 붉은 모란과 금귤나무 화분의 초록이 촌스러울 정도로 선명하고, 은행과 우체국의 문이 평소와 다름없이 열려 있고, 당신은 멀리 있는 연인에게 편지를 띄운다.

약국은 여전히 길모퉁이에 있고, 금은방도 황금빛으로 번쩍인다.

전차가 덜컹대며 지나가고, 기차가 제시간에 도착하며, 택시가 역 앞에 늘어서서 사람들을 기다린다. 신호등이 빨간불에서 파란불로 바뀌고, 소방차가 사이렌을 울리며 지나가고, 쓰레기차가 구불구불 좁은 골목길로 들어간다. 수도꼭지를 틀면 시원한 물이 쏟아져나오고…… 날이 어두워지면 가로등이 하나둘, 저절로 켜진다.

행복이란 언제나처럼 공항에서 비행기가 뜨고 가수들이 TV쇼에 나와 노래하는 것이다. 언제나처럼 정류소 앞 가판대에서 신문을 팔고, 호텔에 외국인들이 드나들며, 유치원에서 떠들썩한 아이들 소리가 흘러나오는 것이다. 행복이란 쌀쌀한 기운이 감도는 깊은 밤에도 언제나처럼 병원 입구의 '응급실' 불이 환하게 켜져 있는 것이다.

행복이란 평범한 사람들의 모습이다. 저녁 식탁에서 늘 같은 사람들이 늘 같은 자리에 앉아 늘 같은 얘기를 두런두런 나눈다. 아이들은 재잘재잘 학교에서 있었던 일을 이야기하고, 노인들은 구시렁구시렁 틀니 불평을 한다. 주방에서는 늘 먹는 고소한 볶음밥 냄새가 풍기고, 거실 텔레비전에서는 늘 똑같은 뉴스가 시끄럽게 흘러나온다.

행복이란 이제 돋보기를 써야 겨우 신문을 읽을 수 있는, 머리가 하얗게 세고 허리가 굽은 이가 꼿꼿한 걸음걸이로 길모퉁이 빵집에서 빵을 사들고 돌아와 당신의 아침잠을 깨우는 것이다.

행복이란 보고 싶었지만 평소에 만나지 못했던 사람이 한밤중에 갑작스럽게 전화하더니, 예고도 없이 문 앞에 나타나 당신을 깜짝 놀라게 하는 것이다.

행복이란 아주 평범한 오후에 당신과 같은 도시에 사는 친구가 전화를 걸어와 물어보는 것이다.

"주말에 장보러 갈 건데, 계란이나 우유 좀 사다줄까? 너희 집 냉장고 혹시 텅 비지 않았어?"

비록 누군가는 도시의 어둠 속에서 굶고 있을지도 모르지만, 누군가는 방 안에서 날카로운 칼을 쳐들고 있을지도 모르지만, 누군가는 동료를 함정에 빠뜨리려 사무실에서 음모를 꾸미고 있을지도 모르지만, 누군가는 들판에 지뢰를 파묻고 있을지도 모르지만, 또 누군가는 자신의 딸을 강간하고 있을지도 모르지만, 그래도 행복이란 늘 그렇듯, 장거리 버스정류장의 긴 의자에서 엄마의 부푼 가슴을 움켜잡고 온 힘을 다해 젖을 빠는, 질끈 감은 두 눈의 속눈썹이 유달리 긴 아기를 보는 것이다.

행복이란 캄캄한 바다 위에 등불을 주렁주렁 매단 고기잡이배가 천천히 움직일 때, 파도를 따라 그림자도 함께 출렁이는 모습을 바라보는 것이다. 행복이란 부쩍 키가 크면서 젖살이 빠져가는 열다섯 살 소년이 눈동자를 빛내며 당신에게 세계가 어디에서 시작되었는지 캐묻는 것이다.

행복이란 두 노인이 서로의 손을 꼭 잡고 연못가에 앉아 금붕어 먹이를 주는 것이다. 봄날 가장 먼저 봉오리를 터뜨리는 목련, 새벽 네 시에 성급하게 재잘대는 참새, 살얼음 위에서 미끄러져 넘어지는 거위, 그리고 당신 얼굴을 비추는 겨울 햇살이다.

행복이란 아침에 손을 흔들며 "학교 다녀오겠습니다" 하고 나간 아이가, 저녁이 되면 아무 일 없이 평소처럼 집으로 돌아와 책가방을 방 한구석에 던져넣고 냄새나는 운동화를 의자 밑에 쑤셔박는 것이다.

마지막 오후의 티타임

1월 13일부터 나는 매주 일요일 다리大理 가에 가게 되었다. 겨울날의 오후 네시, 가끔씩 부슬비가 내렸고, 날씨도 더 차가워졌다. 우리는 난방 온도를 올리고, 등불을 밝히고, 뜨거운 차를 한 주전자 가득 준비한 뒤에 이야기를 시작했다.

지금껏 회고록 작성도 거부하고, 인터뷰도 내켜하지 않던 위지충余紀忠* 선생은 탁자 위에 늘어놓은 녹음기에 적잖이 신경이 쓰이는 모양이었지만, 그렇다고 옷깃에 마이크를 꽂도록 허락하지도 않았다. 녹음기는 신경쓰지 마세요. 어차피 저도 노트에 받아적고 있으니까요.

둥베이東北 전투에 대해 좀더 자세하게 얘기해달라 부탁하자, 녹음기 따위는 잊어버린 듯 선생은 마이크를 움켜쥐며 열을 올렸다. 여기, 여기가 선양瀋陽이고, 여기가 창춘長春이라면, 궁주公主 봉우리가 바로 저쪽이었지…… 감정이 북받칠 때면 내 손에서 펜과 노트를 빼어들고 직접 작전지도를 그리기도 했다.

한 시간, 두 시간, 선생의 이야기에 정신이 팔려 있다보면, 창밖에는 어느새 어둠이 짙게 깔렸다. 저녁이 오면 가정부가 차려놓은 요리가 식어버려 몇 번씩 다시 데워야 했다. 어느 날 밤은 식사를 위해 자

* 1910~2002, 1949년 타이완에 정착해 대표적 일간지 〈차이나 타임스〉를 창간했다. 계엄시대에 지식과 진실을 지키기 위해 노력을 아끼지 않은 위대한 신문인이었다.

리에서 일어나면서야 아홉시가 훌쩍 넘었다는 것을 알아차렸다. 다섯 시간이 넘도록 이야기를 계속하고도 선생은 아직 하고 싶은 얘기가 남은 듯했다. 나는 당황스러웠다. 추억은 달콤하면서도 쌉싸래한 코냑처럼 선생의 눈동자를 빛나게 만들었고, 목울대까지 차곡차곡 쌓인 감정은 봄날 골짜기를 따라 녹아내린 강물처럼 한꺼번에 쏟아져내려, 이야기는 멈출 줄을 몰랐다. 갑자기 터져나와 멈추지 않는 밭은기침이 겨우 브레이크를 걸었다. 오케이, 오늘은 여기까지.

상당히 피로해 보이는 선생은, 내키지 않는다는 듯 추억의 커튼에 겹겹이 둘러싸인 미궁에서 겨우 빠져나왔지만, 식탁에 앉자마자 다시 이야기를 시작했다. 하는 수 없었다. 나는 녹음기를 다시 꺼내 밥알 씹는 소리, 국물 들이켜는 소리, 기침소리, 웃음소리 그리고 역사의 메아리 소리를 담았다.

궂은 날씨가 이어졌지만 우리는 자주 늦은 밤까지 등불 아래 앉아 이야기를 나누었다. 가끔 사탕을 가져가 권하면, 선생은 늘 "오케이" 했고, 우리는 각자 하나씩 사탕을 입에 넣고 우물거렸다. 진하게 끓인 커피가 생각나 의향을 물어도 선생은 늘 "좋다"고 했고, 우리는 따뜻한 난로 곁에서 천천히, 진하게 내린 커피를 마셨다. 선생이 사탕을 먹고 커피를 마셔도 되는 건강상태인지 나는 알지 못했지만, 선생은 언제나 흔쾌히 좋다고 했다. 마치 햇볕 따스한 봄날 오후의 티타임을 즐기는 듯이. 알록달록한 색깔의 얇은 비닐로 된 사탕 포장지는 경쾌하게 바스락거리며 불빛에 반짝거렸다.

어느 날 밤은 좀 어려운 대목에 부딪혔다.

"설명하기가 좀 어려운데……" 선생이 말했다. "바이셴융白先勇* 이 아니까 전화를 걸어보지그래."

시차를 따져보니 미국 서부는 새벽 두시였다. 내가 망설이자 선생 역시 잠시 머뭇거렸지만, 결국 결단을 내렸다.

"전화를 걸어!"

추억이란 물이 불어난 댐의 수문처럼 일단 열리면 쏟아져나오는 물줄기를 막을 수 없는 법이다.

전화는 계속해서 팩스로 넘어가기를 반복했고, 한참 시도하다가 결국 우리는 포기했다. 선생은 아이처럼 실망한 표정을 그대로 드러냈고, 나 역시 실망스러운 마음에 풀이 죽었다.

선생이 다시 사탕 하나를 집어들고는 천천히 알록달록한 포장지를 벗겨냈다. 조용한 방 안이 바스락거렸다. 넋을 잃고 경청하는 사이, 어둠 속에 몰래 숨어 있던 부드러운 손이 눈앞에 펼쳐지듯, 지나간 세월들이 조용한 방 안에서 파노라마처럼 펼쳐졌다.

맑은 눈동자를 가진 네 살짜리 아이가 베이징의 골목에서 사탕을 물고 있는 모습이 눈앞에 나타난다. 푸이溥儀** 가 막 퇴위했을 때였다. 이번에는 열 살짜리 남자아이가 장쑤江蘇의 한 마을에서 《사기史記》를 읽고 있다. 군벌내전이 벌어졌을 때였다. 아직 십대지만 어른스러워 보이는 소년이 상하이에서 량치차오梁啓超*** 의 글을 읽고 감격스러

* 1937~, 타이완의 저명한 작가. 중국 국민당의 장군이었던 바이충시(白崇禧)의 아들이다. 바이충시와 위지충은 국공내전 당시 함께 싸운 경험이 있다.

** 1906~1967, 중국 청나라의 마지막 황제이자 일본이 세운 괴뢰정권 만주국의 황제.

*** 1873~1929, 중국의 개혁 사상가로 스승인 캉유웨이(康有爲)와 함께 청말 변법자강 운동을 이끌었다.

워한다. 5·30사건*의 와중이었다. 유쾌한 스무 살의 청년이 난징南京 거리에서 나라를 망친 외교부 장관에게 격렬하게 항의하고 있을 때는 만주사변**이 터져 세계를 놀라게 했다. 그리고 나는 보았다. 저 넓은 세계를 향해 나아가려는 젊은이가, 그녀가 준 손수건을 가슴 깊이 품고 런던으로 향하는 여객선에 침울한 표정으로 올라타는 모습을, 장제스蔣介石 위원장이 공산당을 향해 네번째 포위공격을 시작하는 모습을, 마오쩌둥毛澤東 부대가 국민당 부대의 습격에 혼비백산하는 모습을……

나는 보았다. 유서 깊은 장난江南 지역에서 성장한 천재를 보았고, 격동의 세월만이 길러낼 수 있는 의지를 보았으며, 중국 근대 지식인의 전형을 보았다. 그 등줄기는 꼿꼿하고 그 눈빛은 아득했으며, 그 흉금은 넓었고, 그 마음은 깊고 끈끈했다. 그는 다짐하고 다짐했다. 지식인이란 크고 굳세야 한다고.

나는 고매한 한 인격을 보았다.

하지만 큰 고래가 얕은 여울에 갇힐 때도 있는 법. 큰 수술을 마치고 퇴원한 선생은 정양靜養할 만한 곳을 찾고 있었다.

"타이후太湖 호숫가가 어떨까요? 물의 고장에서 자라셨으니, 호숫가에 가서 상자 가득 고서를 담아 버드나무 아래에 놓고 읽으면서 쉬세요. 고서 목록은 제가 만들어드릴게요. 육유陸游의 《입촉기入蜀記》

* 1925년 5월 30일 중국 상하이에서 노동자의 파업 시위대에 대한 발포로 인해 열세 명이 사망한 사건으로, 이후 중국 전역의 반외세 시위로 이어졌다.
** 일본제국이 1931년 9월 18일 류탸오거우(柳條溝)의 만철 폭파사건을 계기로 중국 동북지역에 만주국을 성립하면서 중일전쟁이 본격적으로 시작되었다.

부터 소식蘇軾의 시집까지 빠짐없이."

내가 제안하자, 현실에서는 결코 이룰 수 없는 신기루 같은 꿈 얘기를 듣는 듯, 어둠 속에서 익숙한 목소리가 갑자기 자신의 이름을 부드럽게 부른 듯, 그리움과 두려움이 뒤섞인 묘한 표정으로 선생이 말했다.

"그래, 타이후 호숫가, 버드나무 아래, 고서를 읽는다……"

그러고는 한참 후에야 현실로 돌아온 듯, 선생은 길게 숨을 내뱉었다.

나도 알고 있었다. 그 한숨의 의미를.

"위 선생님," 나는 평온한 목소리로 부드럽게 말했다. "아무도, 그 누구도, 아흔 넘은 노인에게서 그가 자신의 고향으로 돌아갈 권리를 빼앗아서는 안 되잖아요."

부드럽게 말했지만, 사실 그 속에는 말로 표현할 길이 없는 아픔이 담겨 있었다.

결국 선생은 타이후에 가지 못했다. 선생은 일본에 갔다가 다시 뉴질랜드로 갔다. 경치는 더할 나위 없이 아름다운 곳이었지만, 그곳에 호숫가 학당은 없었다. 1932년, 별이 총총하던 어느 날 밤, 울분을 터뜨리며 국가를 부르고 구국의 피 끓는 심정을 토로하며 함께 머리를 맞대고 공부하던 그 학당은……

뉴질랜드에서 돌아온 선생은 구술을 계속하지 못할 정도로 쇠약해져 있었다. 선생은 뉴질랜드에서 데려온 검은 치와와를 나에게 선물로 주었다. 갓 태어난 강아지였다. 귀여운 강아지에게 저항하기란 불가능한 법, 나는 강아지를 품었다. 그런데 선생은 어쩌다 이런 애완견을 데려오게 된 것일까? 아흔세 살의 선생에게 여전히 네 살배기의 눈동자가 살아 있는 것일까? 그 영혼 속에 《사기》를 읽던 열 살짜리 남자아이와 마음속에 깊은 사랑을 담은 우울한 청년이 여전히 존재하는 것일까?

나는 병실에서 예전처럼 따뜻한 선생의 손을 붙들고 깊이 허리를 굽혔다. 선생의 손등에 굵은 눈물방울이 떨어졌다. 풍요로운 대지가 길러낸 당신, 우리의 안타까운 눈물과 함께 떠나시는군요. 이 세계와 이 시대의 잔인한 폭력도 당신을 위협하지는 못했습니다. 이제 가시는 길에는 피안에 닿을 때까지 밝은 달과 맑은 바람 그리고 잔잔한 파도만이 늘 함께할 것입니다. 세월이 흘러 언젠가는 그곳에서 우리도 다시 만나게 되겠지요. 당신의 이름 석 자는 이 시대의 역사 속에 뚜렷하게 각인될 것입니다.

〈차이나 타임스〉, 2002년 4월 11일

2부

풍경

골목은 꽤 길었다.

길모퉁이, 돋보기를 낀 노인이 앉은뱅이의자에 앉아

고개를 숙인 채 망가진 하이힐 굽을 고치고 있다.

땅바닥에 놓인 녹음기에서 슬프고 구성진 광둥어 노래가 흘러나온다.

길가에 엎드린 고양이 한 마리가 가만히 듣고 있다.

두견새

나는 바쁘다. 정말이다. 제발 강연회나 좌담회에 참석해달라거나, 추천서나 서문을 써달라며 찾아오지 않았으면 좋겠다. 나는 정말 바쁘다.

나는 섬에 살고 있다. 바다 곳곳에서 툭 튀어나와 갈매기의 쉼터로 전락한 바위들을 제외하면, 섬의 면적은 대략 칠십육 제곱킬로미터 정도밖에 되지 않는다. 쉽게 설명해서, 이 섬에서는 팔, 구 킬로미터만 앞으로 쭉 걸어가도 그대로 풍덩 바다에 빠지게 된다.

이 섬은 북위 22도 11분, 동경 113도 32분에 위치한다고 한다. 타이완이 23도쯤에 있다고 하니, 타이완에서 남쪽으로 정확히 808.82 킬로미터를 걸어내려오면 내가 보일 것이다.

나를 보게 되더라도 제발 아는 척은 말아주길. 나는 분명히 바쁠 테니까. 창밖을, 창밖의 울창한 숲을 보며 무언가를 찾느라 바쁠 게 틀림없다.

사건은 이렇게 시작되었다.

내가 북위 22도 11분, 동경 113도 32분에 있는 이 섬으로 이사온 첫해 봄, 그러니까 정확히 2004년 2월 1일 일요일이었다. 날짜가 미심쩍다면 직접 확인해봐도 좋다. 이른 봄 하늬바람이 신선한 바다 냄새를 싣고 부드럽게 불어오고 있었다. 그래서 나도 모르게 책을 집어들고 바다로 향해 있는 발코니로 나갔다. 갓 출판된 그 책은 베를린에서 모스크바까지 1607.99킬로미터를 걸어서 여행한 독일 작가의 생생한 기록을 담고 있었다. 책을 읽어내려가는데 왠지 불편한 느낌이 엄습해왔다. 무언가 나를 두렵고 힘들게 만들고 있었다.

책을 내려놓고 물끄러미 바다를 바라보고 있노라니, 점차 의식이 돌아오는 코마 환자처럼 천천히, 깨달음이 찾아왔다. 나를 두렵고 힘들게 한 것은 화물선의 시끄러운 경적소리도, 바닷바람에 실린 꽃샘추위도 아니었다. 그것은 새였다. 새 한 마리가 계속 울고 있었다.

내가 앉아 있던 발코니에서 저 아래 해수면까지는 허공이었다. 물론 허공이라고 해서 글자 그대로 완전히 비어 있지는 않았다. 매일 다른 모습으로 바다 위로 떨어지는 태양이 있고, 저 멀리 수평선에서 어슴푸레 겹쳐 보이는 섬들이 있고, 황혼 무렵이면 늘 같은 시간에 나타나 빛을 뿌리는 샛별이 있었다. 배 수백 척이 왔다갔다 움직이고, 갈매기들이 잠시도 쉬지 않고 날아다니며, 솔개는 철탑 꼭대기에 앉아 지그시 노려보았고, 뭉게구름은 바쁘게 이리저리 뭉쳤다가 흩어졌다. 하얀 구름이 갑자기 시커멓게 낯빛을 바꾸어 빗방울을 떨어뜨리면, 우르르 쾅쾅 천둥이 치고 번개가 하늘을 가르기도 했다. 그러다 마침내 불협화음을 잡아낸 교향곡처럼 검은 구름 뒤에서 찬란한 햇살이 쏟아진다. 텅 빈 무대를 이리저리 비추는 스포트라이트처럼.

갑자기 낭떠러지에 빙 둘러싸인 깊은 골짜기 속에 있는 듯 느껴졌다. 새 한 마리가 내지르는 울음소리가 그 깊은 골짜기를 가득 채우면서 울려퍼졌다. 새의 울음소리는 점점 더 다급해지고 날카로워졌다. 나는 책을 내려놓고 가만히 귀를 기울였다. 들을수록 머리끝이 쭈뼛 서고 괴로워졌다. 놀란 아이가 내달리며 울부짖는 소리 같기도 했다.

아악! 아악! 아악! 아악!

왜 이렇게 목청껏 울부짖는 것일까? 집에 불이라도 난 듯 다급한 아이의 울음소리는 숲과 바다를 넘어 온 세상을 향해 울부짖고 있었다.

아악! 아악! 아악! 아악……

나는 안경을 찾아 급히 침실로 달려갔다. 서재에서 망원경까지 꺼내 발코니로 돌아와서는, 수면 위로 내민 잠수함의 레이더처럼 온 신경을 집중하고 울음소리의 근원을 찾았다.

울음소리가 부딪쳐 흩어지는 해수면을 자세히 살폈다. 바다 위에서 시작된 울음소리는 내 머리 위를 넘어 저쪽, 침실 창밖의 숲으로 이어지고 있었다. 망원경을 움켜쥐고 이번에는 침실 창가로 달려가 숲에 초점을 맞추었다.

울음소리는 지나가는 자동차 소리를 압도했다. 깊은 숲속에서 무언가 계속 울부짖고 있었다. 아악, 아악. 아무리 애써보아도 도저히 찾을 수가 없었다. 창밖은 온통 숲이었다. 떼지어 모여 있는 코카투 앵무새를 찾았고, 유유히 날아다니는 솔개도 찾았지만, 애처로운 울음소리의 아이는 찾지 못했다.

그후 그 아이를 찾느라 나는 늘 바빴다. 아이의 이름도 얼굴도 나는 알지 못한다. "아악, 아악" 하는 울음소리만으로는 인터넷을 뒤져봐도 도무지 정체를 찾아낼 수가 없었다.

두 달 후, 상하이에서 옛 친구가 찾아왔다. 우리는 말간 녹차가 담긴 찻잔을 감싸쥐고 나란히 발코니에 앉아 바다를 보았다. 갑자기 "아악" 하는 울음소리가 깊은 숲에서 튀어나왔다. 깜짝 놀라 벌떡 일어선 나에게 친구가 의아한 표정으로 물었다.

"어머, 홍콩에도 두견새가 있나봐."

우울증

홍콩 섬 서쪽 폭풀람薄扶林에서는 2월 첫 주부터 두견새가 울기 시작한다. 구슬픈 울음소리는 해수면에서부터 내 발코니를 향해 확성기라도 매단 듯, 이른 아침부터 다음 날 새벽까지 스물네 시간 쉬지 않고 울려퍼진다. 울음소리는 만물이 정적에 휩싸이는 새벽녘과 황혼녘에 유독 구슬프게 들린다. 그 소리는 나를 긴장시키고 두렵게 한다. 가슴이 두근거리고 모든 일이 허무하게 느껴질 때면, 차라리 출가해 비구니가 되고 싶을 정도다.

3월이 되어 온갖 나무에 꽃이 피고 솜털 같은 꽃가루가 날리면 사람들은 꽃가루 알레르기 때문에 눈물, 콧물을 흘린다. 그런데 나처럼 봄이 되면 '두견새 우울증'을 앓는 사람도 있을까?

이것저것 두견새에 관한 책을 뒤적이다가 나는 깜짝 놀랐다. 도대체 누가 내 증상이 별나다고 했던가?

백거이白居易는 《비파행琵琶行》에서 두견새 울음소리를 이렇게 적었다.

> 강가에 살아 땅이 낮고 습하니
> 갈대와 대숲만이 집 주위에 무성하다.

그간 아침저녁 들은 소리라고는
피맺힌 두견새와 원숭이의 구슬픈 울음소리뿐.

비슷한 시기에 두목杜牧 역시 두견새 울음소리를 들으면서 이런 시를 썼다.

객지에서 맞는 봄에,
고향 생각을 재촉하는 두견새 울음소리가
아직 돌아가지 못한 마음을 잡아끄는구나.
밤마다 슬프기는 매한가지라서
네가 울 제 나도 이렇게 읊는다.

목공木公의 시는 더욱 처량하다.

산 위의 두견새가 울 적에
산 아래는 두견화가 피네.
애끓는 소리 피를 토하는데
지금 가면 언제나 돌아올까?

진관秦觀의 《답사행踏莎行》은 다시 읽어보니, 전형적인 우울증 환자의 일기 같다.

안개 자욱하여 누대가 사라지고,

달빛 희미하여 나루터 보이지 않네.
도원桃園을 바라매 찾을 길 없으니,
외로운 객사에서 봄추위를 어찌 견딜까.
두견새 울음 속에 석양이 저문다.

뼛속까지 이학理學에 충실했던 주희朱熹조차 두견새 울음소리를 듣고는 절로 터지는 탄식을 삼키지 못했다.

돌아갈 길을 모르겠구나.
인적 끊어진 외로운 성에서
봄날이 간다.

생물학자였던 이시진李時珍은 이 특별한 새를 어떻게 설명하는지 궁금했다.

두견, 원산지는 촉蜀이나, 지금은 남쪽 지방에도 서식한다. 형태가 새매와 비슷하지만 색깔이 흉측하게 검고, 붉은 부리에 작은 벼슬이 있다. 봄에 해 저물 무렵 우는데, 반드시 북쪽을 향해 울고 저녁부터 새벽까지 이어진다. 여름에는 더 심해진다. 밤낮으로 그치지 않으니 그 소리가 애끓는다.

우리 집 발코니가 서남향이고 두견새는 북쪽을 향해 우니, 그렇다, 두견새가 매일 발코니 쪽을 향해 울고 있는 셈이다. "저녁부터 새벽까지 이어지고, 그 소리가 애끓는다"고 했으니, 이시진 역시 두견새의 구슬픈 울음소리 때문에 밤새 뒤척인 적이 있다는 얘기다.

《격물총론格物總論》은 두견새를 '원통한 날짐승'이라는 뜻의 '원금冤禽'이라 적고 있다. 이 대목에 이르러 나는 급히 창문을 닫아걸었다.

> 원금, 삼, 사월 저녁부터 새벽까지 운다. 그 소리가 피를 토하듯 슬프다.

이시진은 단지 "애끓는다"고 했지만, 여기서는 "피를 토하듯 슬프다"고 했다. 마치 울다가 지친 두견새가 새빨간 피를 울컥 토해내는 느낌이다. 이때 갑자기, 검푸른 어둠에 휩싸인 창밖에서 들려오는 두견새 소리가 점점 더 다급해졌다. 에드거 앨런 포의 〈갈가마귀〉보다 더 오싹한 기분이다.

구슬픈 울음은 원통함 때문이기 쉽다. 그래서 《촉지蜀誌》는 두견새를 '망제望帝의 화신'이라고 하는 것일까. 치수治水 능력을 가진 별령鱉靈에게 황제의 자리를 빼앗긴 망제가 '원통한 새'로 변해 하루 종일 애달프게 운다는 것이다. 저 옛날 옛적의 촉나라 사람도 지금 해변에 사는 나처럼, "피를 토하듯 슬픈" 두견새 울음에 괴로웠던 것일까? 그래서 그 울음에 원통할 만한 '이유'라도 붙여야만 했던 것은 아닐까? 아무리 이해하기 힘든 일이라 해도, 그럴 만한 이유가 있다고 생각하면 번상하게 느껴지는 법이니까.

두견새는 시뿐 아니라 소설에도 자주 등장한다. 원나라 소설 《낭환기瑯環記》에서 두견새가 나오는 대목은 '병력'을 읊어놓은 차트 같다.

옛날 사씨 댁에 머물던 서생을, 사씨의 여식이 몰래 훔쳐보며 좋아했더라. 얼마 후 그 서생이 두견새 울음소리를 듣고 고향 생각이 나 그 집을 떠났다. 이를 한스럽게 여긴 여식은 후에 두견새 울음소리를 들으면 호랑이 소리라도 들은 듯 불안에 떨었다. 그래서 시녀를 시켜 "어찌 감히 여기 와서 우느냐?"며 대나무 막대기를 휘둘러 쫓게 하였다.

이 '병력' 차트에 따르면, 두 사람 모두 병을 앓고 있다. 사내는 두견새 울음소리에 향수병에 걸려 과감히 정을 끊고 멀리 떠나버렸고, 그에게 마음을 주었던 여인은 그후 두견새 울음소리만 들으면 정서 불안 증상을 보이게 된 것이다.

바닷가 쪽에서 또 두견새 울음소리가 들린다. 발코니로 달려가 "형태가 새매와 비슷하지만 색깔이 흉측하게 검은" 원통한 영혼을 찾아보았지만, 바다 위로 흘러가는 구름뿐, 아무리 찾아봐도 두견새는 흔적조차 없다. 그 순간 사진을 찍어보니, 2월 4일 오후 네시 이십일분이었다. 매년 2월 첫 주에 갑자기 시작되는 두견새 울음소리는 5월 마지막 주가 되면 어느덧 사라진다. 그다음부터는 온통 매미 울음소리다. 내 우울증은 6월이 되면 가라앉는다. 그러고 나면 왠지 남몰래 내년 봄을 간절히 기다린다. 이 우울증에는 약도 없다.

우리 동네

우리 동네는 사람들이 흔히 '리틀 홍콩'이라고 부르는 애버딘이다. 여기서 '우리 동네'란 걸어다니면서 일상생활에 필요한 모든 일처리가 가능한 지역을 말한다.

아침 열시, 먼저 은행에 간다. 어느 구석에 현금인출기가 있고 얼마나 기다려야 하는지 나는 이미 알고 있다. 세 달에 한 번씩은 재정을 관리해주는 담당자를 만난다. 유리로 만든 작은 방 안에서 담당자가 대차대조표를 펼쳐 보인다. 내가 재무제표를 볼 줄 모른다는 사실을 너무나 잘 알기에, 그는 암호처럼 알쏭달쏭한 숫자를 쉽게 풀어 설명하려고 애쓴다. 그러던 어느 날, 담당자가 갑자기 "제가 떠나면 어쩌시렵니까?" 묻는다. 군대 가는 남자가 요리할 줄 모르는 여자친구의 끼니를 걱정하는 것처럼. 알고 보니 괜찮은 스카우트 제의를 받았다고 한다.

열한시가 되면, 은행 2층의 미용실로 올라간다. 눈매가 길쭉한 미용사가 나를 보자마자 창문 옆에 있는 긴 의자 위에 있던 신문을 치운다. 내가 즐겨 앉는 의자를 아는 것이다. 내 광둥어 실력을 알기에 수다는 시도하지 않지만, 그녀는 내가 어떤 모양의 커트를 원하는지, 어떤 색깔의 염색을 원하는지, 이미 안다. 부탁하기도 전에 그녀는 커피 한 잔을 내온다.

열두시면 두 블록 건너 우체국에 도착한다. 아주 작은 그 우체국에서 나는 우표 스무 장을 사고 편지 네 통을 부친다. 우체국 직원이 "이십 냥입니다"라고 말한다. '이십 달러'를 '이십 냥'이라고 하니 청나라 시절로 돌아간 듯한 기분이다. 그는 또한 "푼돈 있습니까?"라고도 묻는다. 내게는 '푼돈'이 없다. 그는 오백 달러짜리 지폐를 받고 잔돈을 거슬러주기 위해 동전 서랍을 열어 '푼돈'을 한 움큼 꺼낸다.

청나라 시절의 여운을 느끼며 우체국을 나선 후에는 광장으로 향한다. 거기에는 감기약이나 사탕 따위를 파는 왓슨스 약국이 있다. 막 교차로를 건너려는데 작은 사당이 눈에 띈다. 한 팔 길이의 폭에 어른 키보다도 작은 사당이 자동차가 어지럽게 지나다니는 길목 한가운데에 있다. 쭈그려앉아야만 작은 사당 안에 단정하게 앉아 있는 여섯 개의 금불상 은불상과 연기가 피어오르는 향로를 겨우 들여다볼 수 있다. 달리는 택시 사이로 요리조리 빠져나가는 사람들의 물결 한가운데서도 신도들은 향을 피우고 절을 올린다. 바쁘게 지나가는 사람들과 택시 사이에서 그토록 경건한 표정이라니. 자그마한 몸집에 어울리지 않게, 이 사당은 꽤 당당한 이름을 갖고 있다. '대해왕묘大海王廟'가 그것인데, 작은 입구 양쪽으로 "큰 덕이 산처럼 높고, 임금의 은혜가 바다처럼 깊다"는 글귀가 단정하게 붙어 있다. 그 앞에서 신도들은 깊숙이 허리 굽혀 절을 한다.

사방이 높은 빌딩으로 빽빽이 포위되어 있는 광장은 깊은 골짜기의 밑바닥 같다. 빌딩 안 사무실은 터무니없이 좁겠지만, 광장이라는 공동응접실이 있기 때문에 상관없다. 비둘기떼가 모여 있는 광경을 본 적 있는가? 애버딘 광장을 가득 메운, 어깨를 나란히 하고 앉은 수백 명의 노인들은 바싹 붙어앉아 온기를 나누는 통통한 비둘기들처럼 보인다. 생면부지인 그들은 몇 시간이고 그대로 말없이 앉아 있다. 그렇게 사람들 속에서, 자신처럼 백발이 성성하고 등이 구부정한 이들을 바라본다. 그 속에서 역시 혼자지만 그들은 더이상 외롭지 않다. 심연 위에 가로 놓인 다리를 혼자 건너도 손만 내밀면 잡을 수 있는 난간이 옆에 있는 것처럼, 낯선 이들이라도 곁에 있으면 위안이 되는 것일까?

마지막 행선지는 시장이다. 먼저 가장 안쪽에 있는 수선집에 들른다. 찢어진 청바지의 수선을 맡긴다. 이십 분쯤 뒤에 찾으러 가면 된다. 그사이 정육점에 가면, 벌건 피와 고깃점으로 범벅이 된 앞치마를 두른 주인이 반갑게 웃어 보인다. 나는 그의 중국어 연습 상대다. 처음 갔을 때 '족발'을 달라고 하자, 그는 고개를 들고 물었다.

"타이완에서 오셨군요?"

"어떻게 아셨어요?"

약간 의기양양해진 주인이 대답했다.

"베이징 사람들은 돼지족이라고 하고 광둥 사람들은 돼지손이라고 하는데, 타이완 사람들만 족발이라고 하더라고요."

뛰어난 관찰력이었다. 감탄하면서 그에게 물었다.

"그런데 왜 돼지손이라고 부르죠? 광둥 사람들은 이걸 '손'이라고 생각하는 건가요? 돼지가 네 발이 아니라 사람처럼 두 손과 두 발을 가지고 있다고 생각하나요?"

주인은 '돼지손' 하나를 골라 파란 가스불에 재빨리 털을 그슬리면서 쯧쯧 혀를 찼다.

꽃가게 주인은 자리를 비우고, 머리를 뒤로 쪽 찐 비쩍 마른 할머니가 가게를 보고 있다. 물통 옆에 가득 쌓인 수선화 구근이 여러 뿌리를 묶은 듯 큼지막하다.

"한 묶음에 이십오 냥이에요."

네 묶음을 골라 드는데, 할머니가 모두 내려놓게 하더니 웅얼웅얼 한참을 떠든다. 알아들을 수가 없다. 반대편 닭 파는 할머니가 건너와서 중국어로 설명을 해준다. 억양만 대충 들으면 광둥어나 다름없는 중국어다.

"이 양반 말이, 당신이 고른 게 좋은 구근인지 아닌지 잘 모르겠다고, 저쪽에 가서 주인을 데려와 제일 좋은 걸로 골라주겠다는구먼."

할머니가 비척비척 걸어나가고, 혼자 남아 가게를 지킨다. 맞은편 가게에서 닭장에 갇힌 닭이 날개를 푸드덕거리며 꼬끼오 운다. 동화 속에 늘 등장하는, 장엄하게 새벽을 알리던 그 프로다운 목소리다. 하지만 손님이 손가락으로 가리키자 닭집 할머니가 다리를 움켜쥔다. 휙, 칼이 내려오면 새벽의 소리는 사라진다.

헬렌

헬렌은 일주일에 한 번 오는 청소 도우미다. 산더미처럼 쌓인 신문과 잡지, 엉망진창인 책꽂이 그리고 침대 머리맡과 바닥에 아무렇게나 흩어진 책들을 보고, 처음에는 나를 꽤나 학식 있는 사람이라고 여겼던 모양이었다. 책 표지에서 내 사진을 발견한 후로는 더욱 존경하는 눈치였다.

헬렌은 한 번 오면 다섯 시간쯤 일하기 때문에, 죽을 끓이는 내 모습을 자주 보았다. 죽이라고 해봐야, 냄비에 쌀을 조금 넣고 많은 양의 물을 넣어 가스레인지에 올려놓은 후, 약한 불로 뭉근하게 익히는 게 전부였다.

부엌 바닥을 걸레질하면서 헬렌이 묻는다.

"타이완 사람들은 죽을 원래 이렇게 끓여요?"

"다른 사람들은 어떻게 끓이는지 모르겠지만," 나는 마음 한구석이 켕긴다. "나는 이렇게 끓여요."

잠시 생각에 잠겼다가 나는 되물었다.

"광둥 사람들은 이렇게 안 끓이나요?"

그다음 주 헬렌이 재료를 챙겨와 어떻게 죽을 끓이는지 시범을 보였다. 그녀는 먼저 쌀에 물을 붓고 소금과 기름을 약간 넣어 불렸다. 그녀는 오리 똥집과 말린 조개까지 챙겨왔는데, 헬렌이 끓인 죽은 완전히 차원이 다른, 천상의 맛이었다. 침이 마르도록 칭찬하자 헬렌이 웃으며 묻는다.

"배운 적이 없어요?"

그랬다. 나는 배운 적이 없었다.

이주일 후, 나는 직접 '헬렌의 죽'을 시도해보기로 했다. 지켜본 대로, 먼저 쌀에 소금과 기름을 넣고 불렸다. 냉장고에서 오리 똥집과 말린 조개도 한 움큼 꺼냈다. 오리 똥집이 고무 밑창처럼 딱딱했다. 전화를 걸어보니 헬렌의 목소리 뒤로 덜컹덜컹 바퀴 소리가 들린다. 지하철 안인 것 같다. 나는 고함을 질러가며 묻는다.

"오리 똥집이랑 말린 조개를 먼저 불려야 하나요?"

"그럼요. 뜨거운 물에 오 분쯤 불려야 해요."

고함소리가 돌아왔다.

"불리기 전에 썰어요?"

"썰어야죠."

"언제 집어넣어요?"

"끓으면 아무 때나 넣어도 돼요."

"고마워요."

오리 똥집은 불려도 여전히 딱딱해서 썰리지가 않는다. 어떻게든 썰어보려고 애쓰고 있는데, 전화가 걸려온다. 헬렌이 저쪽에서 고함을 지른다.

"먼저 물이 끓은 다음에 쌀을 넣어야 해요!"

그녀도 짐작했겠지만, 이미 늦었다. 쌀은 벌써 냄비 속에 들어간 뒤였다.

헬렌은 청소를 하면서도 책과 종이뭉치를 책상 위에 흩어놓은 채 컴퓨터 앞에 앉아 일에 몰두하고 있는 내 모습을 지켜보았다. 내가 하던 일을 멈추고 주방으로 가서 먹을 것을 만들려고 하면, 그녀의 눈이 내 움직임을 좇곤 했다. 언제인가 내가 생쌀 한 봉지를 버리려고 하자, 헬렌이 달려왔다.

"너무 오래돼 벌레가 생겼어요."

벌레를 보여주려고 했지만 눈에 띄지 않기에, 쌀을 한 공기 떠서 물속에 넣으니, 그제야 흑갈색 벌레가 물 위에 둥둥 떠오른다.

"이런 벌레는," 헬렌이 쌀봉지를 빼어들고 말한다. "괜찮아요. 씻으면 벌레가 물 위에 뜨니까 골라 버리면 돼요. 어려서부터 우리는 그렇게 배웠어요."

옆으로 비켜서서 지켜보는데, 쌀을 씻던 헬렌이 묻는다.

"선생님은…… 배우지 않았나요?"

나는 초등학생처럼 뻣뻣이 서서 대답했다.

"배우지…… 않았어요."

쌀을 다 씻고 난 헬렌은 큼지막한 마늘을 하나 가져와 쌀자루 속에 쑤셔넣고는, 미소를 지으며 말한다.

"이렇게 하면 벌레가 없어져요."

"똑똑하네요."

"선생님은…… 배우지 않았어요?"

음, 그랬다. 나는 배운 적이 없었다.

애버딘에서 사온 수선화 구근은 주먹만큼 컸다. 겉은 흑갈색 껍질에 여러 겹 둘러싸여 있지만, 속은 갓난아기 종아리만큼이나 뽀얀 유백색이다. 잘 어울리는 백자 화분에 구근을 심고 물을 잔뜩 부어준 후, 혼자 뿌듯해하고 있을 때였다.

헬렌은 온 집 안을 구석구석 돌아다니며 청소기를 돌리고 있었다. 나는 컴퓨터에서 눈을 떼지 않은 채, 청소기를 책상 밑으로 집어넣기 편하도록 자리에서 일어났다. 손오공이 하늘나라를 발칵 뒤집어놓는 것만큼이나 시끄러운 대청소가 끝나고 집이 조용해졌다. 그때 수선화 화분을 발견한 헬렌이 대수롭지 않게 한마디 던졌다.

"타이완 사람들은 수선화 구근의 껍질을 안 벗기나요?"

헬렌은 수선화 화분을 주방으로 가져가서는 작은 칼로 구근을 감싸고 있는 겉껍질을 한 층 한 층 벗겨냈다. 컴퓨터를 포기하고 옆에서 유심히 지켜보는 나에게 물었다.

"선생님은…… 배우지 않았나봐요?"

상황은 그렇게 뒤바뀌었다. 헬렌만 오면, 나는 달걀 하나 삶는데도 혹시 어딘가 잘못되지 않았을까 눈치를 보게 된다.

화재 경보

22층 높이의 아파트에 벌써 삼 년째 살고 있지만, 이웃은 한 명도 사귀지 못했다. 층마다 두 집씩, 모두 마흔네 가구가 산다. 집집마다 울타리와 마당이 있는 단독주택 단지라면, 마흔네 가구면 꽤 큰 마을이다. 그런 마을이라면 매일 이웃들이 우리 집 사립문 앞을 지나치다가 걸음을 멈추고 인사를 하거나 안부를 묻겠지. 하지만 아파트는 마흔네 집을 컨테이너박스처럼 한 층 한 층 쌓아올린 구조다. 이 모던 시티에서는 컨테이너마다 문을 굳게 닫아걸고, 무슨 일이 있어도 왕래하는 법이 거의 없다. 일하는 시간과 쉬는 시간이 서로 다르고, 엘리베이터에서조차 거의 마주치지 않는다. 자욱한 구름에 휩싸인 산꼭대기에서 혼자 사는 기분이다.

현관문을 열면 곧장 앞집 현관문이 보인다. 삼 년이나 되었지만 문 앞에서 누군가를 맞닥뜨린 적이 없다. 그 집 현관문 앞, 우산꽂이로 쓰는 커다란 항아리를 지키며 서 있는 근엄한 진용秦俑이 오히려 더 친숙하다. 고기 굽는 냄새가 문틈으로 비밀처럼 슬금슬금 새어나와 엘리베이터 안에 감돌 때면, 누군가 거기에 살고 있구나 새삼 느낄 뿐이다.

위층에는 뚱뚱한 사람이 살고 있다. 방 안 이쪽에서 저쪽으로 지나가는 발소리에서 무게가 느껴진다. 그 사람은 애완견을 키운다. 강아지가 움직일 때마다 날카로운 발톱으로 마룻바닥을 긁는 소리가 그대로 전달된다. 소리가 가벼운 것으로 보아 덩치가 작은 치와와 종류가 아닐까. 하지만 안드레아 생각은 다르다. "덩치가 큰 쥐일 수도 있잖아요?"

그에겐 아이도 하나 있다. 방에서 공놀이를 하는지, 가끔씩 규칙적으로 바닥에 튕기는 공 소리가 들린다. 그러다가 공이 구석으로 굴러가는 소리가 들리고, 그 뒤를 작은 발소리가 타다닥 따라간다. 그러던 어느 날, 소리가 완전히 달라지면, 그제야 깨닫는다. 위층에 새로 이사를 왔구나. 이삿짐센터 트럭 소리도, 대부대가 철수하는 소리도 듣지 못했는데 말이다.

유일하게 자주 마주치는 할머니 한 분이 있는데, 마르고 키가 큰 할머니는 젊은 아가씨처럼 늘 몸에 꼭 맞는 비단 치파오를 입고 있었다. 놀랍게도 할머니는 나에게 너무나 익숙한 타이완 사투리를 썼다. 우리는 아파트 입구에서 마주칠 때면 타이완 사투리로 인사하는 사이가 되었다. 올해 여든여덟인 할머니는 누군가를 놀라게 할까, 조심스럽게 걸음을 옮기며 홀로 아파트 정원을 산책하곤 한다. 이쪽 아까시나무에서 저쪽 유자나무까지 걸어갔다가, 다시 아까시나무로 왔다가, 다시 유자나무 쪽으로 건너가곤 했다. 오전 아홉시쯤, 급하게 아파트를 나서다가 아까시나무 아래 서 있는 할머니를 보았다. 황혼 무렵, 학교에서 돌아오다가는 유자나무 아래 서 있는 할머니를 보았다. 약간 우울하고 쓸쓸해 보이는 눈동자에는 담백한 긍지가 담겨 있었고, 붉은 노을이 하얀 머리칼을 물들였다.

아파트 정원에는 일주일에 네 차례, 트럭 한 대가 오후 내내 자리를 차지하고 서 있곤 했다. 트럭 뒷문이 열리면 작은 사다리를 통해 안으로 들어갈 수 있었다. 트럭은 잡화가게이자 채소가게였다. 삭힌 오리알, 양파, 바나나, 배추, 라면…… 반바지에 러닝셔츠만 입은 노인이 트럭 앞 조그만 나무의자에 앉아 신문을 읽고 있다. 채소의 종류도 다양하고 달걀도 꽤 신선했다. 교외에서 할아버지가 직접 키운 채소를 트럭에서 파는 것이었다.

어느 날, 화재경보가 시끄럽게 울렸다. 대피 연습이려니 생각하고 읽던 책을 붙잡고 그대로 있는데, 경보음이 오래도록 그치지 않았다. 안드레아가 서재에서 나왔다. 우리는 눈빛을 교환한 후 규정대로 대피하기로 했다. 책을 내려놓고 휴대전화를 챙겨 들고 계단으로 내려가는데, 계단참에 사람들 발소리가 어지럽게 울렸다. 우리보다 먼저 밖으로 대피한 주민 십여 명이 아파트 위쪽을 올려다보고 있었다. 검은 연기가 피어오르는 세대가 어디쯤인지 찾는 것이다. 소방차는 오 분도 안 되어 도착했고, 방화복을 입은 소방대원이 건물 안으로 들어갔다.

그때 처음으로 아파트 주민들을 만났다. 중국인과 외국인이 반반이었다. 사람들은 앞 다투어 떠들기 시작했다. 화재경보가 울렸을 때 무슨 물건을 챙겨 나왔을까? 마침 보고 있던 신문을 들고 나온 사람도 있었고, 지갑을 챙겨 나온 사람도 있었다. 어떤 이는 "다음에는 꼭 노트북을 챙겨 나와야지. 얼마나 귀중한 자료들인데" 다짐을 했고, 또 어떤 이는 "진짜 화재도 아닌데 노트북을 껴안고 내려오면 웃음거리가 될걸" 하고 참견을 했다. 금발의 한 여성은 손에 든 비닐가방을 흔들어 보이며 말했다. "난 이 가방을 항상 문 옆에 둬요. 안에 여권,

출생증명서, 결혼증명서, 박사학위증 그리고 백 달러가 들어 있죠."
사람들이 그 선견지명에 감탄하고 있는데, 소방대원들이 터벅터벅 걸어나왔다. "아무 일 아닙니다. 경보가 잘못 울렸습니다."

폭풀람

용안나무였다. 거친 나무껍질의 깊숙한 주름과, 나무둥치에 구불구불 불끈 솟아오른 힘줄로 보아, 백 년은 됨 직한 늙은 나무였다. 구불구불한 나뭇가지에는 우체통처럼 보이는 커다란 양철통 몇 개가 묶여 있었는데, 녹슨 철사나 전선으로 묶인 그 양철통에는 페인트로 쓴 번호가 적혀 있었다. '47통 58번지'.

그것은 우체통이 아니었다. 늙은 나무에 단단히 묶여 있는 그것들은 놀랍게도 양철로 만든 집이었다. 집이라기엔 너무나 작았는데, 심지어 이층집이었다. 양철통 전체가 파란색으로 칠해져 있어, 언뜻 보기에는 전위 예술가의 작품 같았다. 검은색 용안나무 위, 파란 양철집은 마치 한 몸처럼 단단히 매여 있었다.

안에 사람이 살고 있나?

문을 두드려보았다. 한참 부스럭거리는 소리가 나더니 나무문이 열리고, 망사문 안쪽에서 할머니 한 분이 조심스럽게 머리를 내밀었다. 망사문의 작디작은 구멍 너머, 이마 위의 백발과 주름이 두드러져 보였다.

할머니는 나를 보고는 입을 벌리고 웃어 보였다. 연세를 물어보자, 고개를 저으며 대답했다. "늙어서 다 잊었어." 이 양철집을 언제 지은 거냐고 물어도 역시 천진난만하게 웃어 보일 뿐이었다. "늙어서

다 잊었어." 뒤로 한 걸음 물러서서 보니 문 위에 '1954'라는 숫자가 쓰여 있었다. "1954년에 지은 거예요?" 할머니는 또 웃었다. "늙어서 다 잊었어."

사진 몇 장을 찍고 떠나려는데 할머니도 한 장 가지고 싶다고 한다. 꼭 사진을 부쳐주겠노라 약속했다.

양철집과 시멘트집이 가파른 비탈길에 들쑥날쑥 이어진다. 담장 한구석에 백일홍이 피어 있고, 얼룩 고양이 한 마리가 돌계단에 나른하게 누워 있었다. 버려진 마당에는 나팔꽃이 가득하고 흰나비가 어지럽게 날아다녔다. 사람 하나가 겨우 지나갈 만한 좁은 골목길에 햇살이 드리운다.

허름한 산동네지만 도랑물이 맑았다. 좁은 골목길이지만 돌계단이 가지런했고, 허름한 집들이지만 색깔은 화려했다. 하늘색, 분홍색, 노란색에 눈처럼 새하얀 집까지, 나름 잘 어울렸다. 학교가 파할 즈음이라, 아이들 뛰노는 소리가 온 동네에 울려퍼지기 시작했다. 어른들은 작은 가게 앞에 모여 앉아 차를 마시며 떠들썩하게 잡담을 나누고, 잡화점 주인이 단골에게 농을 걸었다. 열 명 남짓한 남자들이 주민오락센터에서 카드놀이를 하고 있었다. 한 남자가 흑백사진 한 장을 가져와서는 탁자 위에 올려놓으며 말했다. "여기, 1946년의 폭풀람 사진이오."

1946년이라고? 하지만 내가 폭풀람 마을을 찾은 건 그보다 더 오래전 일 때문이다.

증명이 불가능한 야사野史가 인터넷에 떠돌았다. 야사에 따르면, 폭풀람의 역사는 청나라 강희제康熙帝 때로 거슬러올라가는데, 당시 이천 명이 넘는 사람들이 전란을 피해 이곳으로 건너와 홍콩 섬의 '원주민'이 되었다는 것이다. 청나라가 명나라 잔존 세력 소탕에 나서면서, 1650년 함락된 이후 이십여 년 동안, 광둥 지역은 하루도 평안할 날이 없었다. 처마 밑 제비집들이 텅 비고, 산과 들에는 시체가 가득했다. 특히 광저우는 완전히 폐허가 되었다. 당시 청나라 군대는 포위작전을 펼친 지 열 달 만에 광저우를 함락했다. 승리의 기쁨에 취한 군대는 '광저우 학살'을 시작했고, 십이 일 동안 약 칠십만 명이 죽었다. 최근의 사건과 비교해보면 그 숫자를 실감할 수 있는데, 1994년 삼 개월 동안 이어졌던 아프리카 르완다 대학살 사망자 수가 팔십만 명이었다.

당시 네덜란드 대사 존 니우호프는 자신이 목격한 광저우의 참상을 다음과 같이 묘사했다. "청나라 군대가 들어오자 성 전체가 순식간에 처참한 모습이 되었다. 병사들은 손에 닿는 대로 때려부수고 모조리 약탈했다. 부녀자와 노인의 울음소리가 천지에 울려퍼졌다. 11월 24일부터 12월 5일까지, 골목마다 때리고 고문하고 죽이는 야만적인 소리가 끊이지 않았다. 성 전체에 통곡과 학살과 겁탈이 만연했고, 좀 넉넉한 사람들만이 전 재산을 털어 겨우 도살자들에게서 벗어나 목숨을 부지했다."

삼백오십 년 전에 폭풀람 산동네로 들어온 이천 명이 혹시 그 "전 재산을 털어 겨우 도살자들에게서 벗어나 목숨을 부지한" 광저우 사람들이 아닐까? 학살의 현장에서, 공포정치에서 벗어난 이들이 아이를 업고 노인을 부축해서 산을 넘고 물을 건너 겨우 찾아온 곳이 바로 이 머나먼 섬이 아니었을까? 여기서 황오리떼를 발견한 그들이 이 산골짜기를 광둥어로 황오리를 뜻하는 '폭풀람'이라 부르며, 후손들이 대대로 살아갈 고향으로 삼은 것이 아닐까?

'재개발'이 지상 목표가 되어버린 홍콩에서, 삼백오십여 년 전의 그 폭풀람 마을이 이 산골짜기에 고스란히 남아 있을 줄이야. 게으른 얼룩 고양이가 기지개를 켜고, 백일홍이 바람에 흔들리고, 자신의 나이조차 잊은 할머니가 웃으며 손짓하는 산골짜기 마을이 남아 있다니. 타다닥, 집으로 뛰어오는 아이들의 발소리가 들린다.

원숭이 마피아

3월, 신고가 끊임없이 들어왔다. 진산金山 야외공원 원숭이들의 처참한 상태를 알리는 내용이었다. 눈이 찢기고, 털이 뜯겨 피가 나고, 귀를 물어뜯기거나 수족이 잘려나간 경우도 있었다. 전문가가 급히 현장으로 달려가 조사해보니, 사람들의 짓이 아니었다. 원숭이들이 서로 무리를 지어 세력권 다툼을 벌인 결과였다. 진산공원이 있는 주룽산九龍山 일대에는 원숭이 마피아 조직이 아홉 개 있었고, 조직마다 적게는 여덟에서 많게는 이백까지 조직원이 있었다. 그들이 보인 행동은 장자莊子가 묘사한 '도척盜拓'의 무리와 다르지 않았다.

도척은 졸개 구천 명을 거느리고 세상을 휘저으며 제후의 영토를 침범하고 약탈을 일삼았다. 남의 집에 구멍을 뚫고 문을 부수고 들어가 소와 말을 훔치고 부녀자를 겁탈했다. 이익을 쫓느라 친지도 아랑곳하지 않고 부모 형제도 돌아보지 않았으며 조상의 제사도 지내지 않았다. 그가 지나가면, 큰 나라는 성을 지키고 작은 나라는 성 안으로 도망쳐 피하니, 백성이 그 고통을 겪었다.

주룽산에서 가장 큰 원숭이 마피아는 이백 마리나 되는 조직원을 거느리고 온 산을 호령하고 있었다. 세력권과 짝짓기를 두고 다툼이 벌어져, 결핏하면 몸싸움을 하는 바람에 곳곳에 핏자국이 남아 있었다. 이들 조직에도 나름 엄격한 규칙이 있어 배신자를 처벌하기도 했다.

진산공원에 산책하러 가면, 원숭이들은 공원 초입부터 두 눈을 부릅뜨고 험상궂은 표정으로 '출입 금지' 팻말 앞에 거만하게 앉아 있다. 바깥세상에 개방하지 않는 마을에 억지로 들어간 침입자가 된 기분이다. 때로는 호기심 어린 원숭이들의 구경거리가 되기도 한다. 정자 아래 둘러앉아 얘기를 나누고 있노라면, 어른 원숭이들도 그 뒤에 쭈그리고 앉아 귀를 긁적이며 회의를 연다. 사람들이 움직일 때마다 어린 원숭이들이 따라다닌다. 원숭이들은 갑자기 앞에 나타났다가 뒤쪽으로 사라지고, 나무에서 내려왔다가 다시 올라간다. 약간의 거리를 두고 사람들을 관찰하는 원숭이도 있다. 무리에서 떨어져 혼자 다니기 좋아하는 원숭이인가 했는데, 이마에 찢어진 상처가 있다. 동물보호소에서 일하는 친구가 설명해준다. "아마 싸움에 지고 쫓겨난 놈일 거야."

작은 오솔길 양쪽으로, 얼핏 무성한 수풀과 이리저리 덩굴만 얽혀 있는 듯 보이지만, 눈을 들어보면 나무 한 그루가 곧 하나의 마을에 다름아니다. 나무는 온통 원숭이로 뒤덮여 있다. 새끼 원숭이를 품에 안은 어미 원숭이가 가지마다 한 마리씩 앉아 있다. 커다란 눈은 얼굴의 반을 차지한다. 좀 자란 원숭이들은 이쪽 가지에서 저쪽 가지로 덩굴 그네를 타고, 크고 단단한 몸집의 마을 장로들은 엄숙한 표정으로 나뭇가지에 앉아 아래를 내려다본다. 손에 긴 담뱃대만 들면 늘 사당에 앉아 있는 마을 어르신으로 착각할 만큼 점잖은 모습이다.

원숭이들은 여러 종족으로 이루어져 있다. 짧은꼬리원숭이는 몸집이 큰 편이다. 1901년 이곳에 댐을 건설할 당시, 열매에 독이 있는 마전馬錢이 처치곤란이었다. 그래서 마전을 좋아하는 짧은꼬리원숭이를 데려오면서 번식하게 되었다. 긴꼬리원숭이는 몸집이 작은 편인데, 1950년대에 개인적으로 사육하던 이가 놓아주면서 야외에서 번식하게 되었다. 두 원숭이 종족의 혼혈 원숭이는 굉장히 귀엽다. 길지도 짧지도 않은 꼬리에, 털이 부드럽고 풍부해서 천진난만해 보인다.

홍콩은 인구가 점점 줄고 있다. 여성 한 명당 평균 0.95명의 아이를 낳는다고 한다. 이에 비해 홍콩의 원숭이 인구는 점점 늘고 있다. 해마다 십 퍼센트 가까이 늘어 이미 이천 마리를 넘어섰다. 이들의 세력 확장에, 홍콩 사람들은 수컷을 잡아 정관수술을 하고 암컷도 조치를 해 오 년쯤 번식을 늦추는, 특수한 '가족계획'을 고안해냈다.

원숭이 마을 주민이 늘어나면서 점차 인간의 거주지를 침입하는 사례도 생기고 있다. 얼마 전, 홍콩 중원中文 대학에는 공고문이 붙기도 했다. 공고문을 읽고 나도 모르게 피식 웃고 말았다.

교정에서 원숭이가 목격되는 사례가 생기면서, 캠퍼스 치안팀은 종종 야생 원숭이 출현 신고를 받고 있습니다.

'야생동물 보호 조례'에 따라 야생동물 학대는 금지되며, 위반할 경우 만 달러의 벌금을 부과하는데, 이 사실을 모르는 학생이 많습니다.

자연보호국의 의견에 따르면, '음식물을 주지 않는 한' 원숭이는 사람을 괴롭히지 않습니다. 다음의 경우 원숭이가 사람에게 예민하게 반응할 수 있습니다.

1) 원숭이 무리, 특히 어린 원숭이에게 접근할 경우, 해를 끼칠 의도로 오해받기 쉽습니다.

2) 소리를 지르거나 갑작스러운 행동을 할 경우

3) 원숭이에게 눈을 부릅뜨는 경우

이상만 주의하면 원숭이는 사람에게 무해하며, 이곳에서 살아갈 무조건적인 권리가 있습니다.

다음과 같은 자연보호국의 의견을 참고하십시오.

4) 주택가에서 원숭이가 학대당하거나 상처를 입을 경우, 또는

5) 원숭이로 인해 재물이나 인명의 손실을 초래하는 사건이 발생할 경우에 한하여 자연보호국이 개입합니다.

자연보호국은 원숭이가 주택가에 들어왔다는 신고를 받아도 무조건 출동해 쫓아내지는 않지만, 우리 캠퍼스 치안팀은 원숭이 발견 신고를 받으면 만일의 사태에 대비해 현장에 출동합니다.

도시의 원주민

세계 어느 곳에선가 경천동지할 사건이 일어나도, 대부분의 다른 지역에서는 평소와 다름없는 일상이 지속되기 마련이다. 멀리에서 혁명이 일어나고 전쟁이 터지는가 하면, 바로 이웃 나라에서 지진이 일어나고 사람들이 굶어 죽기도 하고, 내가 사는 도시에 전염병이 돌고 시위대가 일어나고 정당끼리 뒷거래를 하고 숙적을 암살하기도 한다. 그래도 사람들은 여전히 버스를 놓칠세라 우르르 뛰어다니고, 사무실의 전화는 쉬지 않고 울려댄다. 여전히 식당에서 시끄럽게 떠들어대고, 시장에서 비좁은 골목길을 뛰어다니고, 컴퓨터 모니터를 노려보며 밤을 지새운다. 모두 개미처럼 바쁘다.

얼마나 바쁘면 한 도시에서 함께 살아가는 종족을 알아채지도 못할까. 아니, 내가 지금 말하는 이들은 평소에 잘 보이지 않다가 일요일이면 갑자기 공원에 몰려나오는 인도네시아나 필리핀 출신의 보모나 간병인, 가정부가 아니다.

홍콩에서 가장 후미진 지역에 몸을 숨긴 나이지리아, 파키스탄, 아프리카 사람들도 아니고, 정작 타이베이 사람은 어디인지 알지도 못하는 한구석에 모여 숨죽이고 살아가는, 일자리를 찾아 대도시로 온 원주민도 아니다. 꼬불꼬불 미로처럼 얽힌 광저우의 구시가지 어두운 골목에 몸을 숨기고 있다가 기회를 엿보아 출몰하는 티베트인 역시 아니다.

그들 모두 이 대도시에서 아무 소리 없이 살아가는 소수 종족이지만, 내가 말하는 이들은 그들보다 더 쥐죽은 듯 지낸다. 도시인들은 보고도 못 본 척 그들을 아예 무시하지만, 그 숫자는 실로 방대하다. 게다가 실내에 숨어 지내지 않고, 도로 옆, 공원 안, 비탈길 위, 해변, 골짜기, 공동묘지, 캠퍼스 등 야외 어디서라도 볼 수 있다. 그렇다고 정처 없이 떠돌아다니는 노숙자는 아니다. 오히려 특별한 일이 없는 한 그들은 한곳에 머물러 산다.

이 도시에 사람보다 먼저 자리잡았으니, 그들이야말로 '원주민'인지도 모른다.

신문 정치면이나 사회면을 보면 거의 매일 사건이 발생하지만, 이 원주민 세계에서는 매 시간, 매 순간 사건 사고가 일어난다. 이 '원주민'을 뉴스 테마로 잡는다면, 스물네 시간 밀착 보도를 해도 모든 사건을 다 담아내지 못할 것이다.

3월의 뉴스부터 시작해보자. 홍콩을 상징하는 핑크빛 난초나무의 영광스러운 커튼콜이야말로 헤드라인 뉴스감이다. 난초나무는 11월 가을바람이 막 불기 시작할 때 희고 노랗고 붉은 꽃을 피우기 시작해, 진달래가 피는 3월까지 만개했다가 하나둘 시들며 떨어진다. 그러나 완전히 사라지는 것이 아니라, 뒤이어 핑크빛 꽃들이 조용히 피어나기 시작한다. 가지 끝에서 피어나기 시작한 꽃들이 하룻밤 사이 나무 전체를 핑크빛으로 물들이면, 희뿌연 안개 너머로 멀리서 바라보던 사람들은 말하곤 한다. "어, 홍콩에도 벚꽃이 있었네!"

이 무렵 크고 당당한 케이폭나무는 여전히 침착하게 서 있다. 자동차가 물결을 이루며 지나가는 도로 옆에 당당히 서서, 꽃도 잎도 달지 않고 점잖고 엄숙하게 사람들을 내려다본다. 만원버스를 기다리다 지쳐 주위를 둘러보다보면 몇 가지 사실을 알아챌지도 모르겠다.

뽕나무가 완전히 새로운 잎으로 갈아입었지만, 부드럽게 말린 뽕나무 이파리에 누에는 한 마리도 없다.

뽕나무 옆, 쫙 벌린 오리발 모양의 잎사귀를 달고 있는 은행나무는 작년보다 한 뼘쯤 더 자란 듯하다.

고무나무의 두껍고 반질반질한 잎사귀 사이, 하늘을 향해 새롭게 솟아오르는 붉은 혓바닥들이 무척이나 섹시하다.

오동나무의 커다란 잎사귀는 여전히 제멋대로 들쑥날쑥, 품위라곤 없지만, 이즈음이면 돋아나는 자그마한 꽃들을 보물이라도 바치듯 공손하게 감싸고 있다.

아침에 아파트 정문을 나서는데 무언가 이상한 느낌이 들었다. 심상치 않은 향기가 새벽 공기에 감돌았다. 이 향기는 어디에서 오는 것일까? 향기를 따라가보니, 봄비가 내린 다음 날, 아무 예고도 없이 폭죽처럼 꽃망울을 터뜨린 진달래가 있었다. 빨강, 하양 그리고 연분홍 꽃다지. 하지만 진달래엔 향기가 없다. 암녹색의 남양삼나무 한 그루가 보였지만 그것도 아니었다. 고개를 숙여 미심쩍은 관목 덤불을 살펴보았다. 조도만두나무, 무화과, 붉나무, 콜라나무…… 덤불 아래쪽도 자세히 살펴보았다. 달맞이꽃, 질경이, 도깨비바늘, 아욱메풀…… 모두 아니었다. 바람에 실려 날아와 마음을 심란하게 만드는 이 향기의 범인은 꼭 찾고야 말리라.

향기의 주인공은 놀랍게도 남양삼나무 뒤에 숨어 있었다. 유자나무에 만개한 하얀 꽃이 저 멀리 향기를 실어 보내고 있었던 것이다.

향기는 일주일 후, 올 때처럼 그렇게 기약 없이 사라졌다. 무언가 잃어버린 양 허전한 마음에 거리를 걷다가 그만 '원주민'의 습격을 받았다. 큼지막한 케이폭나무의 솜꽃이 머리 위로 뚝 떨어진 것이다. 고개를 들어보니 선홍색 솜꽃 송이가 나비부인처럼 가지에 앉아 고색창연한 아름다움을 말없이 뽐내고 있다.

이른 봄을 지나 5월 1일 노동절이 되면, 뉴스에서 떠드는 '황금 주말'의 진정한 의미를 깨닫게 된다. 그 한 주일 동안 '타이완 아까시나무'가 솜털 같은 꽃송이를 일제히 터뜨려, 홍콩의 산과 들이 온통 찬란한 황금색으로 변하는 것이다.

두보杜甫

식물의 한자 이름은 신기하고 아름답다.

숫자와 단위와 명사를 조합해 온갖 꽃과 나무의 이름을 만들어 낸다.

일관홍一串紅, 이현령목二懸鈴木, 삼년동三年桐, 사조화四照花, 오침송五針松, 유월설六月雪, 칠리향七里香, 팔각회향八角茴香, 구중갈九重葛 그리고 십대공로十大功勞까지.

백일홍百日紅, 천금등千金藤, 만년청萬年青은 또 어떠한가.

식물에 이름을 붙일 때, 사람들은 그 형태에서 동물을 연상하곤 했나보다.

강아지풀, 말발굽풀, 쥐꼬리망초, 코끼리귀나무, 오리발나무, 매발톱꽃, 개꼬리풀, 괭이눈, 노루귀, 봉황목, 호접란 그리고 닭 벼슬을 닮았다 하여 계관화라고 불린 맨드라미까지.

쥐오줌풀, 개불알풀, 여우주머니, 새대가리풀, 중대가리풀은 또 어떠한가.

바닷바람이 산들산들 부는 어느 날 오후, 《사람이 만든 비탈길 위나 옆에서 기록한 식물》 목록을 훑어본다. 눈에 띄는 풀과 나무의 이름을 내키는 대로 섞어만 놓아도 그대로 시 한 편이 된다.

백화지담초白花地膽草, 동방해기생東方槲寄生, 자동刺桐, 수가水茄, 칠저과七姐果
밀모소모궐密毛小毛蕨, 소엽홍엽등小葉紅葉藤, 산등山橙, 강송崗松, 치두파痴頭婆

이런 칠언절구를 읽은 적이 있는가?

포도蒲桃, 녹라綠蘿, 산모단山牡丹
맥동麥冬, 혈동血桐, 세엽용細葉榕
야칠野漆, 월귤月橘, 비양초飛揚草
황독黃獨, 해우海芋, 귀등롱鬼燈籠

글을 읽다보면 가끔 특정한 단어 하나가 우연히 눈에 들어와 박히는 경우가 있다.

황독? 분명히 어디선가 본 기억이 있다. 어떤 식물일까?

고서를 이리저리 뒤적이다가 드디어 찾아냈다.

서기 759년 겨울, 몇 년에 걸친 전란이 끝나자 흉년이 시작되었다. 삼 년 남짓 굶주리며 거친 산을 떠돌던 쉰 즈음의 두보가 가솔을 데리고 산골짜기로 흘러들어가 정착하였는데, 추운 날씨에 땅이 얼어붙자 가족은 굶주릴 수밖에 없었다. 고단한 삶의 몸부림을 고스란히 담고 있는 두보의 연작시 〈동곡현同谷縣에서〉는 마치 '기아 체험기'를 읽는 듯하다.

나그네여 나그네여 그 이름 자미子美여
흰머리 헝클어져 귀까지 덮었구나.
저공狙公 따라 해마다 도토리 주우며
저문 겨울 추운 산속을 헤맨다.
중원에서 소식 없어 돌아가지 못하고
손발이 얼어 트고 살이 썩어가는구나.
아! 첫번째 노래 처음부터 구슬프니
바람도 나를 위해 위에서 함께 우네.

_〈동곡현에서 1〉

가래야 가래야 흰 나무 자루가래야
너에게 의지해 목숨을 이어가네.
눈 쌓인 산중에 황독은 싹도 없고
짧은 옷을 당겨봤자 정강이도 못 가리네.
이렇게 너와 나 빈손으로 돌아오니
텅 빈 방에 아이들 신음소리뿐이구나.
아! 두번째 노래 목 놓아 부르니
이웃들도 나를 보고 측은해하네.

_〈동곡현에서 2〉

여기서 '자미'는 두보 자신이다. 저문 겨울날 두보가 손발이 꽁꽁 얼어가며 찾는 것은 '도토리'다. 장자의 〈제물론齊物論〉에서 저공은 도토리를 아침에 세 개 줄까 저녁에 세 개 줄까 하며 원숭이를 놀린다.

〈도척盜跖〉 편을 보면 도토리는 초기 인류의 주식이기도 했다.

옛날에는 새나 짐승이 많고 사람 수는 적어, 사람들은 모두 나무 위에 집을 지어 금수를 피했고, 낮에는 도토리를 먹고 밤에는 나무 위에서 잠을 잤다. 그래서 이들을 유소씨有巢氏라 불렀다.

도토리를 줍는 가난한 농민의 고달픈 모습은 지식인의 붓끝에서도 종종 묘사되곤 한다. 당나라 시인 장적張籍은 〈산골 농부의 노래〉에서 이렇게 읊고 있다.

늙은 농부 가난하여 산골짝에 사니
경작하는 산골 밭이야 겨우 요만큼.
수확은 적고 세금은 많아 먹을 것 없지만
관청에서 거두어간 곡식은 남아 썩어나고.
세밑에 호미와 쟁기를 빈 곳간에 세워두고
아이 불러 산에 올라 도토리 줍네.

농민의 고통과 굶주림에 대한 지식인의 연민을 엿볼 수 있다. 하지만 두보의 시에서는 아무 방편도 없이 황무지에 흘러든 지식인이 오히려 농민에게 연민의 대상이 되었다. 봉두난발의 두보는 홀로 산골짜기에 들어가 호미 한 자루에 의지해 눈 쌓인 땅에서 황독이라도 캐 주린 가족의 배를 채우고자 한다.

그런데 황독은 도대체 무엇일까? 《유독 식물 사전》에는 이렇게 소개되어 있다.

황약자黃藥子라고도 한다. 민간에서는 본수오本首烏라고 하며, 독이 있어 잘못 먹거나 과량 섭취할 경우, 입, 혀, 목구멍 등이 아리고 침이 흐르고 메스꺼워지면서 구토, 설사, 복통, 동공 축소 같은 증상이 나타나며, 심할 경우 의식을 잃고 호흡이 곤란해져 심장마비로 사망하기도 한다. 중독성 간염을 일으킬 수도 있다. 실험용 쥐의 복강에 25.5g/kg의 추출액을 주사할 경우 여섯 시간 안에 사망한다.

사진 속 황독은 누리끼리한 종양 덩어리처럼 보인다. 징그럽다. 두보가 아무렴 아이들에게 이런 것을 먹였을 것 같지는 않다.

이번에는 《본초강목》을 뒤져보았다.

황독, 껍질이 노랗고 속은 하얗다. '흙감자'라고도 부르며, 주로 쪄서 먹는다.

설명을 읽어보니, 두보가 눈 덮인 땅에 쭈그리고 앉아 캐던 황독은 토란의 일종으로 짐작된다.

비탈길에 아무렇게나 핀 야생화가 온 세상을 담지 않았다고, 잡초가 천년의 세월을 담지 않았다고, 그 누가 단언할 수 있을까?

댄스 플로어

2월 28일 오늘의 뉴스

다음 달부터 연말까지 매월 첫째 주 일요일에 페닌슐라 호텔 80주년 기념 티파티가 열립니다. 라운지에 꾸민 댄스 플로어에서 가수와 악단이 흘러간 명곡을 연주하는 가운데, 복고풍 의상을 갖춰 입은 직원들이 고풍스러운 자기와 샴페인잔으로 페닌슐라의 자랑인 디저트까지 풀서비스를 제공합니다.

페닌슐라 호텔의 일요일 티파티에 여러분을 초대합니다. 올해는 시곗바늘을 돌려 라운지 전체를 과거의 분위기로 연출합니다. 최근 나팔바지와 실크모자로 바뀐 벨보이 유니폼부터 댄스 플로어 장식과 요리까지, 모두 복고풍으로 세심하게 연출됩니다. 직원들은 중국 전통 의상을 차려입고, 가수와 악단의 무대가 마련될 라운지 역시 복고풍으로 새롭게 꾸몄습니다. 애프터눈 티 세트에는 중국의 전통 과자를 곁들입니다. 최고급 훈제 연어 샌드위치와 중국풍 에그 타르트, 그리고 둘이 먹다가 하나가 죽어도 모른다는 페닌슐라표 쿠키가 준비되어 있습니다.

"이거 재미있겠다, 우리 가보자."

내 제안에 릴리는 시큰둥했다.

"볼 게 뭐 있겠어. 필리핀 가수가 부르는 중국 노래? 어이쿠, 닭살이 다 돋네. 차라리 내 단골 댄스홀에나 갈래?"

예의 따위 차릴 것 없이 객관적인 눈으로 릴리를 보았다. 한때 멜로드라마의 여주인공을 맡을 만큼 가냘픈 미인이었지만, 이제 쉰다섯이 된 그녀는 코끼리만큼 우람하다. 남들 허벅지만한 팔을 들면 축 늘어진 살이 출렁거린다. 여전히 맑은 눈동자는 순진한 소녀 같지만 그 눈 밑으로는 겹겹의 다크 서클이 늘어져 있고, 두 뺨에 내비치는 푸른 기운은 아무래도 노인성 반점의 징조처럼 보인다. 하지만 대범한 성격의 릴리는 지금이 더 사랑스럽다. 양껏 먹고 마시고 떠들썩하게 즐기며, 그녀는 모든 것을 자연에 맡긴다. 다른 사람들은 나를 어떻게 생각할까, 내가 아름다워 보일까, 하는 하찮은 고민은 하지 않는다.

"댄스홀?" 깜짝 놀란 내가 되묻는다. "네가 춤을 춘다고?"

"얘, 너무 그러지 마!" 릴리는 나를 살짝 흘겨보고는 마지막 남은 버터쿠키를 손가락으로 집어 고개를 젖히고 한입에 쏙 집어넣는다. "훌륭한 춤 선생님이 있거든. 겨우 스물셋인데, 라틴댄스는 못하는 게 없어."

눈 앞에 펼쳐진 댄스홀은 상상했던 것과 비슷했다. 희미한 불빛, 진홍색 커튼, 검은 양복에 새하얀 셔츠를 입은 웨이터들. 그림자들이 빙글빙글 돌아가는 플로어와 홀 안 가득 울리는 리드미컬한 음악.

댄스 플로어의 여자들은 하나같이 펑크 가수처럼 미니스커트에 가냘픈 허리를 뽐냈나. 여자들이 움직일 때마다 치마가 연꽃처럼 펼쳐지면서 검은색 스타킹으로 감싼 긴 다리가 드러났다. 차츰 어둠에 익숙해지자, 여자들이 생각만큼 젊지 않다는 사실이 눈에 들어왔다. 대부분 쉰이 넘어 보였다. 여자들은 '선생님'들과 춤을 추고 있었는데, 그들은 대부분 금발의 청년이었다. '선생님'들 역시 가느다란 허리에 긴 다리로 유연하게 스텝을 밟고 있었는데, 앞으로 뒤로, 몸보다 허리와 엉덩이가 먼저 움직였다. 음악이 끈적끈적해지면, 서로 착 달라붙은 남녀는 수면 위로 퍼지는 두 개의 파문처럼 빙글빙글 감겨 돌아갔다.

릴리도 무도화로 갈아신고 야콥슨과 함께 미끄러지듯 플로어로 나갔다. 스웨덴에서 온 야콥슨은 허리가 좀더 가늘 뿐, 영화 〈타이타닉〉에 나온 그 버터 왕자처럼 생겼다.

다들 라틴댄스를 춘다. 라틴 민족은 에로티시즘의 예술가인가? 노래 마디마다 성에 대한 갈망으로 가득하고, 동작마다 섹시한 희롱이 감돈다. 라틴댄스는 구애의 몸짓이다. 알몸에 착 달라붙는 섹시한 속옷처럼, 성에 대한 환상과 욕망 어린 신음을 몸짓으로 표현한다.

하지만 플로어의 여자들과 선생님들은 그저 파트너로서 춤에 열중하고 있을 뿐이다. 스텝 하나하나가 정확하고 몸짓 하나하나가 아름답지만, 라틴댄스의 정수라 할 만한 욕망에 대한 환상과 집착은 보이지 않는다.

커피 한 잔을 다시 주문하면서, 나는 그 이유를 깨닫는다. 이 아름다운 여인들은 집에 돌아가면, 자신의 자유를 뒷받침해주는 남편과 얼굴을 마주하기 때문이다. 이 아름다운 남자들 역시 집에 돌아가면, 각자의 생계와 삶의 계획을 마주해야 한다. 여기에서 추는 춤은 여인에게는 수업이고, 남자에게는 일이다. 이 플로어에서 욕망이 생긴다면, 그것은 그 무엇보다 신중하게 통제해야 할 대상이 될 것이다.

밖으로 나오니 벌써 밤이다. 휘황찬란한 불빛이 화려한 도시를 뒤덮고 있었다. 릴리가 무도화를 손에 쥔 채 몸을 돌려 묻는다.

"재미있지?"

나는 고개를 저었다. 저 떠들썩한 사람들 속에서 내가 느낀 것을 어떻게 설명할 수 있을까. 댄스홀이 나에게는 "끝없이 지는 나뭇잎은 쓸쓸히 떨어지고"라는 두보의 시구를 연상시켰다고.

큐빅 팔찌

이 거리는 언제나 내 발걸음을 붙잡는다.

작은 가게마다 온통 레이스로 가득하다. 이 세상에서 레이스보다 더 활용도가 높은 것이 있을까? 여자아이의 나풀나풀한 스커트, 할머니의 낙낙한 바짓단, 아가씨의 몸에 찰싹 달라붙는 레이스 브래지어, 신부의 하얀 면사포, 화사한 디너 테이블클로스, 섬세한 손수건, 창문을 가리는 신비한 커튼, 꿈결 같은 침대 시트와 베갯잇, 성당 촛대 아래 자수 받침, 공연의 마지막을 장식하는 무대 커튼, 화려한 꽃다발 아래로 늘어진 장식 레이스 등, 갖가지 모양과 색깔로 재단된 레이스가 작은 가게 안에 잔뜩 걸려 있다. 주인은 레이스 천을 재단하느라 바빠 고개조차 들지 않는다. 꿈을 파는 그 가게들은 숨 막히게 아름답다.

그 옆은 단춧가게 골목이다. 작은 가게마다 단추로 가득하다. 녹두알처럼 작은 단추부터 갓난아기 손만한 단추까지 크기가 제각각이다. 천으로 감싼 것은 그 질감과 색깔이 다양하고, 천으로 감싸지 않은 것은 굴곡이 아름답거나 색상과 형태가 특이하다. 작은 가게에 진열된, 크기와 색깔과 모양이 다양한 수천수만의 단추들은 모두 뭔가 특별한 의미를 담고 있는 듯 보인다. 닫힘과 열림 혹은 거절과 승낙? 그것은 마치 대담한 전위 예술가의 의미심장한 선언처럼도 보인다.

다시 그 옆은 벨트가게 골목이다. 가게마다 온통 벨트로 가득하다. 가죽 벨트, 천 벨트, 플라스틱 벨트, 금속 벨트, 긴 벨트, 짧은 벨트, 넓은 벨트, 가는 벨트, 부드러운 벨트, 딱딱한 벨트, 구멍이 송송 뚫린 벨트, 클레오파트라에게 어울릴 법한 화려한 벨트, 불량배에게 어울릴 법한 검은 벨트, 뱀 모양 벨트, 호피 무늬 벨트……

레이스가게, 단춧가게, 벨트가게, 털실가게, 옷깃가게 등이 13번가로 모여들면서 맞춤복 거리가 형성되었다. 이곳에서 옷깃, 소매, 털실, 레이스, 벨트가 마술처럼 자기 자리를 찾고, 거기에 단추가 달리면서 한 벌 한 벌 아름다운 옷이 탄생한다. 한 보따리씩 옷을 사는 소매상들이 분주하고, 옷보따리를 잔뜩 싣고 떠나는 트럭이 엔진 소리와 타이어 자국을 남긴다. 거기에 떠들썩한 사람들의 목소리와 소란스러운 발소리가 섞인다. 광저우의 옛 모습은 거의 사라져 찾아보기 힘들지만, 이곳은 여전히 온갖 상인이 모여들어 떠들썩하다.

그 아이를 처음 본 곳도 바로 이 골목이다.

의자에 나란히 앉은 사람들이 커다란 탁자에 고개를 처박은 채 일하고 있었다. 골목 전체가 공장의 수작업 라인처럼 보였다. 아이는 팔찌를 탁자 위에 올려놓는다. 네팔풍의 은도금 팔찌에는 꽃송이 모양이 투각되어 있다. 탁자 가운데에는 쌀알 반톨만한, 반짝이는 큐빅들이 산더미처럼 쌓여 있다. 아이는 왼손으로 팔찌를 잡고 오른손으로는 작은 붓을 집어든다. 아교가 발린 붓끝으로 큐빅을 찍어 팔찌의 투각 부분에 집어넣는다. 다섯 장으로 펼쳐진 꽃송이의 꽃잎마다 하나씩, 큐빅이 들어간다. 구멍도 작고 큐빅도 작아서 눈을 가까이 대고 잘 넣어야 한다. 등받이가 없는 의자에 앉은 비쩍 마른 등이 깊숙이 구부러진다.

눈망울이 커다란 곱슬머리 남자아이는 열여섯 살이었다. 어디서 왔냐고 묻자 아이는 부끄러운 듯 웃었다.

"쓰촨四川 시골에서요."

부모와 함께 광저우에 온 지 석 달째란다.

"광저우에 오면 쉽게 돈을 벌 줄 알았던 게지."

남자아이 옆에 앉아 일하던 아주머니가 참견한다.

"하지만 그게 쉽나. 이제 열여섯이면 한창 공부할 나이인데."

책망하는 어조에 동정의 빛이 엿보인다.

"이 일은 임금을 어떻게 계산하나요?"

두 사람 모두 잠시 말이 없다가, 남자아이가 대답한다.

"다섯 개에 일 센트예요."

고개를 숙이고 눈은 팔찌에 고정시킨 채, 잠시도 손놀림을 멈추지 않는다.

"그럼 하루에 얼마나 벌어요?"

"이, 삼십 달러 정도요. 열 시간 꼬박 일하면요."

큐빅 다섯 개에 일 센트, 오십 개면 십 센트, 오백 개면 일 달러, 오천 개면 십 달러, 만 개면 이십 달러. 삼십 달러, 그러니까 미화로 사 달러를 벌려면 큐빅 만오천 개를 붙여야 한다.

팔찌는 홍콩이나 타이베이 노점, 심지어 프랑크푸르트 벼룩시장에서도 살 수 있다. 이런 팔찌들이 이 골목에서 만들어진다는 것을 나는 그제야 알게 되었다.

아이의 머리를 쓰다듬어주고 싶었지만 꾹 눌러참고, "고맙습니다"

인사만 남긴 채 나는 골목을 떠났다.

골목은 꽤 길었다. 길모퉁이, 돋보기를 낀 노인이 앉은뱅이의자에 앉아 고개를 숙인 채 망가진 하이힐 굽을 고치고 있다. 땅바닥에 놓인 녹음기에서 슬프고 구성진 광둥어 노래가 흘러나온다. 길가에 엎드린 고양이 한 마리가 가만히 듣고 있었다.

침향 沈香

가을로 접어들면서 사태가 급변했다. 왕위 계승을 경쟁에 붙인다는 발표가 나자, 각 파벌이 합종연횡을 거쳐 진영을 가다듬었다. 사람들 앞에서는 허리를 구십 도로 꺾어 인사하며 겸손한 모습을 연출하지만, 막후에서는 상대방을 함정에 빠뜨리기 위한 중상모략과 상처에 소금을 뿌리는 비열한 행위가 난무했다. 타이베이 지식인들은 스스로를 솔직담백하고 감성이 풍부하다고 생각하지만, 외부의 평가는 달랐다. 이성적이지 못할 때가 많고 온정이 지나쳐 휘둘리기 쉽다는 것이었다.

타이베이는 포부와 능력이 남다른 인물을 많이 배출하기로 유명한데, 나라와 고향을 사랑하는 그들의 열정 또한 남달랐다. 그들은 나라에 대한 근심과 우려를 글로 표명했고, 행동에 나서는 이들도 적지 않았다. 하지만 최근 각 파벌은 공과 사를 구분하지 못하고 사리사욕을 채우기에 급급했고, 분위기는 급변했다. 이제는 예스맨만 살아남고, 충언을 올리는 정직한 이들은 모난 돌이 정을 맞듯 오히려 탄압받게 되었다. 결국 의기소침해진 이들은 고향에서 은거하거나 출가하였고, 아직 시끄러운 도시를 벗어나지 못한 이들 역시 대부분 입을 다물었다.

어느 날 오후, 두 그룹의 애국지사들이 연이어 찾아왔다. 먼저 찾아온 이들은 애국의 열정을 품고 한때 지도부에 보좌관으로 들어갔던 젊은 지식인 그룹이었다. 하지만 그들이 따랐던 지도자가 권력을 차지한 후 안면을 바꾸어 주변의 충언을 무시하고 흉악한 품성을 드러내자, 그와 단호하게 결별했다. 수려한 용모와 영민한 사고력을 갖춘 젊은이들은 상대의 장점과 자신의 단점을 정확하게 파악하고 있었기에, 정사를 논할 때도 검술을 겨루듯 날카로웠다. 또한 자신이 할 수 있는 일이 없는 현실을 알기에 더이상 권력에 미련을 두지 않고 정의를 위한 싸움에 분연히 나설 만큼 용감했다.

나중에 온 그룹은 싸움터의 백전노장들로, 젊은 시절 삼고초려에 응해 나라의 초석을 굳건히 다지는 데 헌신한 이들이었다. 평생 백성을 위해 일하고 은퇴한 지 오래였지만, 쇠락한 국운과 낙담한 민심을 도저히 좌시할 수 없어 전국 각지를 돌며 유세를 하고 있었다. 귀밑머리가 하얗게 센 지 오래지만, 그들의 의지는 황혼녘부터 밤새도록 피를 토하며 우는 두견새처럼 굳건했다.

한참 이야기를 나누는데, 갑자기 천둥이 치더니 땅이 흔들리는 듯했다. 순식간에 먹구름이 몰려들어 사방이 어두워지고, 세찬 빗방울과 함께 요란한 천둥소리가 이어졌다. 백발의 노장이 쓴웃음을 지었다. "마른하늘에 날벼락이라, 마침 우리한테 꼭 필요한 것일지도."

비바람이 그치고 여기저기 등불이 켜지자, 도심의 큰 도로마다 꼬리에 꼬리를 문 차량 행렬이 이어지고 뒷골목이 떠들썩해졌다. 친구 양모楊某 군과 차를 타고 구시가지 뒷골목을 찾았다. 신선한 해산물 요리로 유명한 집이 있었다. 겉보습은 개장수처럼 험악한 인상이지만 검술의 대가인 양 현란한 칼솜씨를 자랑하는 요리사가 타이베이 최고의, 살이 탱글탱글한 새우 요리와 살살 녹는 생선 요리를 내왔다.

음식점은 떠들썩한 얘기 소리와 술잔 부딪는 소리로 시끌벅적했다. 구시가지 뒷골목의 식객들은 거칠 것 없는 자유로운 영혼답게 한입에 술잔을 털어넣고 큼지막한 고깃점을 씹어 삼켰다. 나이 지긋한 옆자리 손님이 갑자기 술잔을 들고 와 술을 권했다. 술기운이 조금 오른 듯 보였다.

"천하만사, 제 갈 길이 있는 법. 일단 뭉치면 끝까지 함께 가고 흩어지면 각자 제 길로, 그렇게 최선을 다하고 나서 그 열매를 거두면 되는 것 아니겠소. 우리가 한마음 한뜻임을 안 기념으로, 같이 한잔하고 싶소이다."

말을 마친 그는 단숨에 술 한 잔을 탁 털어넣었다.

시문과 불교에 정통하고 통찰력이 뛰어나기로 정평이 난 양모 군은 그가 자리를 뜨고서야 나지막이 읊조렸다.

"저잣거리에 고인高人이 있고, 구시가지에 지사志士가 많구나."

밤이 깊었지만 아직 흥이 가시지 않은 우리는 다시 차를 몰고 대학가 쪽으로 향했다. 아담한 찻집과 소박한 주점이 많아 학자와 문인이 즐겨 찾는 곳이었다. 한적한 골목길로 천천히 들어서자, 평범한 뒷골목에 작은 등불 하나가 보였다. 양모 군을 따라 들어가 둘러보니 작은 골동품가게였다. 쇼윈도에 고풍스러운 도자기와 장신구, 보석 등이 진열되어 있었다. 희미한 노란 불빛 아래 세월의 흐름이 멎은 듯했다.

은은하게 피어오르는 차 향기 속에서 단정하게 앉아 불경을 읽고 있던 주인은, 손님을 보고도 자리에서 일어나는 대신 차를 권했다.

"좋은 철관음鐵觀音을 구했습니다. 맛보시지요." 그러고는 잠시 후엔 서랍에서 종이 꾸러미를 꺼내어 그 안에 담긴 나무 부스러기를 향로에 넣었다. 순식간에 피어오른 푸른 연기가 아치형을 그리며 휘감아 오르고, 은은한 향기가 노란 등불과 부드럽게 어우러져 골동품들을 감싸안았다.

주인이 눈썹을 모은 채 향을 태우며 말했다.

"베트남 침향沈香입니다."

시인 양모 군이 명나라 때 의자에 단정히 앉아 두 눈을 지그시 감고 참선에 들어간 스님처럼 한 알씩 염주를 돌렸다.

새벽 한시쯤, 누군가 문을 밀어젖히며 성큼 들어서더니, 파란 실크 셔츠를 멋지게 차려입은 예순 남짓의 사내가 눈을 휘둥그레 뜨면서 소리쳤다.

"이 시간에 여기서 자네와 해우할 줄이야."

주인이 술을 따르며 그에게 자리를 권했다. 우리는 그제야 그가 오십여 년 전 싱어송라이터로 유명했던 유모劉某 씨라는 사실을 알아차렸다. 깊이 있는 목소리와 풍부한 성량을 갖춘, 남녀노소 모두 좋아하던 국민가수였다. 우리는 한 시대를 풍미한 전설적인 인물과 밤새도록 침향 향기 속에서 차를 마시고 술잔을 기울이며 문학을 이야기했다. 유모 씨는 창작의 고통과 예술가의 고독에 대해 털어놓았지만, 스스로에 대한 연민보다는 세상에 거칠 것 없는 그의 자유가 더 크게 느껴졌다. 몇 순배 술잔이 돌고 하고픈 말들을 쏟아내고 나자, 역시나 모두들 근심해 마지않는 나랏일로 화제가 모아졌다.

"천하만사, 제 갈 길이 있는 법. 예전부터 자네 글에서 상당한 깊이를 느껴왔는데, 어찌하여 나라의 큰일을 도모하려 하지 않는가?"

청나라 때 주석 접시를 선물로 받았다. 물고기 두 마리를 정교하게 조각한 소박한 접시였다. 새벽 세시, 산속의 거처로 돌아왔다. 사방이 고요한 가운데 풀벌레 소리가 정적을 깬다. 누워서 두보의 시를 읽으면서 잠을 청했다.

……처마 그림자 조금씩 기울고
나루터의 물이 끊임없이 비껴 흐르네.
들판의 배는 가느다랗게 불을 밝히고
추운 기러기 모래밭에 모여드네.
작은 꽃나무에서 향기가 퍼지고……

'지뢰 조심'

너무 아픈 상처는 건드리기조차 겁나고, 너무 깊은 아픔은 다가가 위로의 말을 꺼내기조차 어려운 법이다. 너무 잔혹한 학살은 똑바로 쳐다보기가 힘겨워 자꾸 눈을 감게 만든다.

중국 샤먼廈門에서 바다 쪽으로 몇 킬로미터 떨어진 곳에 타이완의 진먼金門 섬이 있다. 주희朱熹가 한때 이곳에서 가르친 적도 있다고 한다. 21세기 초인 현재, 인터넷 검색창에 '진먼'이라는 두 글자를 쳐 넣으면, 대부분이 유쾌한 정보다. '진먼 이박삼일 여행상품' '진먼 3,999 달러 여행상품' '병영체험 불포함' '생생한 전투 유적' '꼭 사고 싶은 전쟁 기념품' '포탄으로 만든 주방용 칼'…… 세계적으로 유명한 예술가가 이 방어 요새에 찾아와 공연을 하고, 정치가들은 과거의 슬픔일랑 얼른 잊고 찬란한 내일을 맞이하자고 열변을 토한다.

하지만 나는 진먼의 좁은 골목길, 전통 가옥, 오래된 나무가 제아무리 고풍스럽고 소박해서 무릉도원처럼 느껴진다고 해도, 어쩐지 방문하기가 망설여진다.

진먼의 아름다움은 말없는 상처와 고통에서 기인한다. 지붕이 반쯤 내려앉아 폐허가 된 서양식 건물 앞의 버려진 정원에는 가지마다 가득 달린 유자가 바람에 향기를 실어보낸다. 깨진 기와를 밟으며 들어서면, 반쯤 남은 담 아래에 물에 젖은 가족사진이 떨어져 있다. 오래된 사진은 빛바랜 과거만큼이나 창백하다. 들고양이 한 마리가 소리없이 담벼락 위를 지나가고, 해 그림자가 서서히 길어진다.

오토바이를 타고 마음껏 달리다보면, 숲 곳곳에 '지뢰 조심'이라는 글자 위에 검은 해골까지 그려넣은 녹슨 표지판이 서 있다. 길을 잘못 들어 숲으로 들어가면, 오솔길이 꺾어지는 곳마다 나지막한 비석이 서 있곤 한다. 비석에는 사진이 붙어 있지만 사진 속의 얼굴은 알아볼 수가 없고, 채 스물도 되지 않은 젊은 목숨이 용서 없는 시대에 지뢰 폭발로 인해 사라졌다고 말하는 것은 겨우 한 줄짜리 비문이 전부다. 그렇다. 지금 이 순간 내가 서 있는 이 땅에서 말이다. 아무도 그들의 이름을 기억하지 못한다. 사진이 붙어 있는 비석은 '진먼 3,999달러 여행 상품' 코스에 들어가기에는 너무나 초라하다.

오토바이를 타고 해변으로 가면, 달콤한 꿈처럼 가벼운 미풍이 얼굴에 스친다. 하지만 모래사장 위를 걸을 수는 없다. 아름다운 모래밭 가득 뾰족한 나무말뚝이 철조망만큼이나 흉측하게 뒤덮고 있기 때문이다. 여기서 여동생과 할머니가 병사들에게 사살되었다는, 화가 리시치李錫奇가 생각난다. 그의 그림이 그토록 깊이 있는 까닭이 그 아픔과 무관할 리 있겠는가. 여섯 살에 거리에서 터진 폭탄에 두 눈과 다리를 잃었다는 민요가수 진먼왕金門王도 떠오른다. 그의 노랫가락이 그토록 처량한 까닭이 그 상처와 무관할 리 없을 것이다.

1958년 가을, 이 아름다운 작은 섬은 사십사 일 동안 하늘에서 떨어지는 사십칠만 발의 폭탄을 고스란히 받아내야 했다. 그후로도 사십 년 동안 전투지역으로 지정되어 봉쇄되면서, 땅 밑에 무수히 많은 지뢰를 파묻어야 했다. 이곳의 아이들은 해변의 모래사장에서 웃고 떠들 수도, 숲에서 꽃을 꺾고 열매를 딸 수도, 바닷물에 뛰어들어 물장구를 칠 수도 없었다. 이곳의 어른들은 고향의 지도를 본 적이 없고, 어느 산봉우리가 얼마나 높은지 물어볼 생각조차 할 수 없었다. 섬 밖의 세계가 얼마나 큰지 상상할 엄두조차 내지 못했다.

이곳의 많은 아이가 학교 가는 길에 손과 다리를 잃어야 했다. 간장을 사러 바다를 건넜던 이들은 오십 년이 지나서야 돌아왔고, 그들이 돌아왔을 때, 머리를 길게 땋아 늘였던 동네 처녀는 이미 백발이 성성한 할머니가 되어 있었다. 기억을 더듬어 찾아간 고향집은 유자꽃 향기는 여전했지만, 지붕이 내려앉고 벽이 부서진 폐허만 남아 있었다. 찢어진 가족사진을 주워든 노인은 눈물이 솟아올라 아무것도 볼 수 없었다.

아프가니스탄, 팔레스타인, 앙골라, 수단, 중동, 미얀마…… 이들 슬픔의 땅에는 수천수만의 지뢰가 묻혀 있다. 중국, 미국, 러시아, 인도…… 이들 나라는 아직도 지뢰를 만들고 있고, 이억 개가 넘는 지뢰가 지금 고객의 주문을 기다리고 있다. 지뢰 한 개를 매설하는 데 드는 비용은 삼 달러에서 이십오 달러에 불과하고, 그다지 긴 시간이 들지도 않는다. 하지만 지뢰 한 개를 제거하는 데에는 삼백 달러에서 천 달러까지 비용이 든다. 지뢰를 제거하기 위해서는, 자칫 잘못했다가는 온 몸이 가루가 될지도 모르는 위험을 무릅쓴 채, 한 손에 지뢰탐지봉을 들고 한 발 한 발 땅을 훑어나가야 한다. 한 사람이 하루 종일 확인 가능한 면적은 이십 제곱킬로미터에서 오십 제곱킬로미터 정도다. 다시 말해 아프가니스탄의 오분의 일에 불과한 이 땅의 지뢰를 제거하는 데에만 사천삼백 년이라는 시간이 필요하다.

진면에는 수령이 수백 년은 됨 직한, 거대하고 울창한 목면나무 한 그루가 있다. 붉은 꽃이 피면 하늘을 온통 노을빛으로 물들이는 이 나무 앞에 서면, 누구나 저도 모르게 무릎을 꿇고 경배를 올리고 싶어진다.

애기장대

진먼 사람들은 자신의 어린 시절을 담담하게 털어놓았다. 이 섬의 아이들은 공놀이를 하지 못하고 자랐다. 행여 농구공 몇 개를 묶어 바다에 띄우고 공산당 편으로 넘어가기라도 할까봐, 공은 금지 품목이었다. 어두워지면 폭격의 목표가 될까 두려워 집집마다 두꺼운 담요로 창문을 가리고 소리가 새어나갈까 목소리를 낮춰야 했다. 사십 년이었다. 남자들은 군대 시절, 사고를 방지하기 위해 정부가 성충동 억제 물질이자 발암 물질인 아플라톡신을 넣은 현미를 먹였다는 사실을 사십 년이 지난 지금에야 알았다고 털어놓았다. 여자들도 이제는 말할 수 있다. 어느 해인가 아이가 위독해 타이완 병원으로 데려가기 위해 군용기를 탔는데, 마침 군사 작전이 있었기에 망정이지 그렇지 않았더라면 비행기는 꿈도 꿀 수 없었다고.

낮이면 누런 황소가 보리밭에서 풀을 뜯고, 밤이면 해오라기가 목마황숲을 넘어 날아가던 시절, 진먼 사람들은 포격 소리가 펑펑 울리는 하늘 아래, 지뢰가 잔뜩 깔린 땅 위에서 조심스럽게 연애를 하고 결혼을 하고 아이를 낳아 길렀다. 요즘 여행사가 여행상품을 홍보할 때 주로 쓰는 문구가 있다. "힘겨운 삶을 기꺼이 받아들이고 죽음을 두려워하지 않고 맞서 싸웠다." 언제부턴가 타이완 섬의 용감한 신세대 정치가들도 큰소리를 치기 시작했다. "그쪽에서 우리 타이베이를 공격한다면, 우리도 상하이를 공격하겠다. 그쪽에서 폭탄 백 개를 떨어뜨리면, 우리도 그쪽에 폭탄 백 개를 투하하겠다." 홍콩 신문들이 이 발언을 대서특필하자, 타이완의 자금이 대거 홍콩으로 흘러들어갔다. 타이완 사람들은 홍콩 최고급 주택가인 미드레벨의 부동산을 앞 다투어 사들였다.

힘겨운 삶을 기꺼이 받아들이고 죽음을 두려워하지 않는 사람이 어디 있겠는가? 어떤 사람이 행복을 추구할 권리를 포기하겠는가? 공놀이를 하고 싶지 않은 어린아이가 어디 있겠는가?

어쩌면 전 세계 육십억 인구의 대다수에게 행복을 추구할 권리 따위는 처음부터 없었는지도 모르겠다.

중동 산악 지대의 아이들도 평생 공놀이를 하지 못한다. 타지키스탄, 투르크메니스탄, 카자흐스탄, 우즈베키스탄 등이 국경을 맞대고 있는 이천오백 제곱킬로미터의 춥고 황량한 땅에 지뢰 삼백만 개가 터지기만을 기다리고 있기 때문이다. 용맹한 지도자들이 더이상 싸우지 않기로 결정하자, 이제 지뢰가 맨발로 밭을 일구는 농민의 몸을 날려버리고, 방과 후 집으로 돌아오는 아이의 발을 산산조각내고, 등에 아기를 업은 채 밭으로 새참을 나르는 어머니의 눈을 멀게 하는 것이다.

왜 지뢰를 제거하지 않을까. 유감스럽게도 돈이 없어서다. 싸울 때는 국가의 안위와 민족의 주권 수호라는 숭고한 목적을 위해 군비 확충에 아낌없이 돈을 쏟아붓지만, 싸움이 끝나면 시체나 겨우 수습할까 이미 무기로 오염된 땅을 복구할 돈은 더이상 남아 있지 않다. 지뢰를 제거하려면 수억 달러가 필요한데, 당장 아기들이 먹을 분유조차 부족한 형편이기 때문이다.

전 세계에서 매년 이만육천 명이 지뢰 때문에 사망한다. 지구 전체에 일억천만 개의 지뢰가 '잘못 건드릴' 사람을 기다리고 있다. 다행히 얼마 전 덴마크의 한 생명공학 회사가 지뢰 탐지용 풀을 '개발'했다고 한다. 애기장대의 유전자를 변이시켜 일종의 지뢰 탐지기로 만든 것이다. 땅속의 지뢰가 부식해서 새어나오는 이산화질소를 뿌리가 감지해내면, 유전자변형 애기장대는 줄기와 잎 전체가 녹색에서 붉은색으로 변한다. 애기장대가 지나치게 확산되지 않도록 인위적으로 꽃가루 생성을 막을 수도 있다. 그 회사의 대표는 스리랑카나 보스니아처럼 참혹한 고통을 겪은 땅에서 실험 재배를 계획하고 있다고 한다.

이천오백 제곱킬로미터의 면적에 애기장대를 심으면, 아름다운 초록색 풀들은 하나둘 흉측한 붉은색으로 변할 것이다. 그 애기장대의 운명이 바로 진먼, 판문점, 아프가니스탄 사람들의 공통된 운명은 아닐까. 갑자기 소름이 돋는다. 인류가 생명을 이토록 학대하고 파괴한 다음에도 의지할 무언가가 과연 남아 있게 될까. 용맹한 지도자들의 마음속 깊숙이 증오와 야심이라는 지뢰가 남아 있는 한, 애기장대의 감지능력만 가지고 사랑하는 우리 아이들을 과연 구해낼 수 있을까.

'보통 사람들'

내 눈으로 이런 장면을 직접 보게 될 줄은 몰랐다.

타이완 남부 작은 시골 읍내의 네거리에는 스물네 시간 뜨끈뜨끈한 더우장을 파는 가게가 있다. 이렇게 스물네 시간 영업을 하는 멋진 더우장가게는 타이완에만 있다. 캄캄한 밤중에 춥고 어두운 골목길에서 따뜻하고 밝은 가게 안으로 들어서면, 평평한 철판 위에서 먹음직스럽게 익어가는 고기전병과 공기중에 가득한 신선한 더우장 냄새에 문득 행복해진다. 바삭바삭한 유타오油條와 부드러운 부침개, 절로 코를 벌름거리게 되는 파전이 하나 가득 눈앞에 펼쳐진다. 바쁘게 전병을 부치던 아주머니가 잰걸음으로 다가와 주문을 받는다. 읍내는 캄캄한 어둠에 잠겨 있지만, 이 소박하고 작은 가게는 따뜻한 삶의 온기와 고소한 냄새로 환하게 빛난다.

슬리퍼를 신은 손님 하나가 걸어들어오더니, 고개를 처박고 더우장을 마시고 있는 친구를 알아보고는 등짝을 후려치며 말한다.

"어때, 우리 내기할까? 너희가 우리를 육십만 표* 차이로 이긴다.

* 국공내전에 패한 국민당은 타이완에 들어와 '외성인'을 지지 기반으로 장기 집권했다. 야당인 민진당은 일찍부터 타이완에서 살던 '본성인'을 지지 기반으로 2000년 처음으로 정권 교체를 실현하고 2004년 대선에서도 승리하지만, 팔 년 만인 2008년 다시 국민당이 집권하게 되었다. '본성인'과 '외성인'의 구별은 주로 정치적인 차원의 것으로, 양자는 민족적으로 동일하고 출신 지역도 많이 겹쳐 사투리도 비슷한 경우가 많다.

어때?"

'더우장'이 고개를 들고 반쯤은 농조로 말을 받는다.

"얼씨구, 팔 년 동안 나라를 엉망으로 만들었으면 됐지, 내기는 또 무슨 내기!"

'슬리퍼'가 멈칫하더니, 갑자기 얼굴색을 바꾸며 소리친다.

"너희 외성인 놈들이야말로 고향인 중국으로 돌아가시지!"

'더우장'이 벌떡 일어나, 어느새 금방이라도 내려칠 듯 머리 위로 의자를 번쩍 치켜든 상대를 노려보며 목에 핏대를 세운다.

"누구더러 돌아가래? 나도 꼬박꼬박 세금 내는데, 네놈이 무슨 권리로 돌아가라 마라야!"

'슬리퍼'가 치켜든 의자로 내려치려 하자, 옆에 있던 사람이 힘껏 붙잡는다. '슬리퍼'는 팔을 잡힌 채 의자를 휘두르며 고함친다.

"넌 타이완 사람이 아니니까, 꺼져!"

외성인이—그제야 나는 '더우장' 역시 슬리퍼를 신고 있다는 사실을 알아챘다—나가면서 고개를 돌려 타이완 사투리로 고함을 내지른다.

"그래, 타이완 만세다! 잘 먹고 잘 살아라!"

나는 엄마 손을 꼭 붙들고 귀에 대고 속삭였다.

"두 사람은 친한 친구예요. 그냥 좀 투덕거리는 것뿐이에요."

두 사람의 말을 제대로 알아듣지 못하는 엄마는 내 설명을 곧이곧대로 믿고는 눈살을 찌푸린다.

"어린애처럼 싸우다니, 다 큰 어른들이 참!"

나는 유타오를 몇 조각으로 나눈 다음 뜨거운 더우장에 부드럽게 적셔 엄마가 천천히 씹어 드시도록 했다.

집에 돌아와서도 잠이 오지 않아 컴퓨터를 켜고 인터넷 뉴스를 검색해보았다. 독일《슈피겔》지 헤드라인 뉴스는 다음과 같았다.

1990년대부터 진행된 미발표 연구에 따르면, 독일과 오스트리아에서 의사부터 뮤지컬 배우까지, 선생님부터 학생까지, 모두 이십만 명의 '보통 사람'이 제2차 세계대전 당시 유럽의 유태인 학살에 참여했다.

빈 출신의 한 경찰관은 1941년 백러시아에서 근무하면서 2,273명의 유태인을 총살하는 임무에 가담했는데, 그는 당시 아내에게 보낸 편지에 이렇게 쓰고 있다.

"첫번째 총살 명령을 집행할 때는 손이 부들부들 떨렸어. 열번째가 되니까 마음이 가라앉고 조준도 정확해지더군. 여성과 아이, 그리고 갓난아이까지 총으로 정확하게 겨누게 되었지. 나에게도 두 아이가 있지만, 나는 생각했어. 우리 아이들이 이들의 손아귀에 들어가면 더 끔찍하게 당할지도 모른다고."

제2차 세계대전 이후, 우리는 일반적으로, 천인공노할 범죄행위는 정상이 아닌 사람들, 소수 전범의 지휘하에 벌어진 예외적인 사건이라고 생각해왔다. 그렇게 생각하면, 선량한 보통 사람들은 그런 악행에 가담하지 않았다고 생각하면, 그래도 마음이 놓이니까.

그러나 곧 이런 생각은 잘못된 것으로 드러났다. 범죄에 가담한 이십만 명의 '보통 사람들'은 특정 종교나 연령대 또는 교육 수준에 집중되지 않았다. 광범위한 사람들이 골고루 이 끔찍한 범죄에 참여한 것이다. 현대사회에서도 잘못된 정권이 지배할 경우 누구나 끔찍한 전범이 될 수 있다고 한다.

하늘이 희끄무레하게 밝아오기 시작했다. 아름다운 산 능선이 보일락 말락, 희미하게 구름 뒤에서 나타나고, 지지배배 지저귀는 새소리가 창을 통해 흘러들어왔다.

더우장가게 주인 말로는, 하마터면 치고받을 뻔했던 그들은 생선장수와 학교 선생인데, 그날은 술을 좀 마셔서 그렇지 원래 친한 사이라 며칠만 지나면 예전처럼 사이좋게 지낼 거라고 했다.

그러나 스멀스멀 엄습하는 불안감을 떨치기가 힘이 든다. 문명과 야만을 가르는 선은 아주 얇고 희미해서, 살짝만 당겨도 쉽게 끊어지니까.

서울

한적한 골목길에서 걸어나오는 스님 한 분을 보았다. 회색 승복 자락이 바람에 휘날렸다. 스님의 얼굴에는 주름이 가득했지만 눈빛은 고요히 가라앉아 있었고 걸음걸이도 진중했다.

둘둘 말린 화선지 뭉치와 크고 작은 붓들이 잔뜩 걸린 서예용품점을 보았다. 검은 붓대에 연꽃 봉오리를 연상시키는 하얀 털이 달린 붓은 그 자체로 아름다웠다. 사람들이 지나다니는 길거리에 펼쳐진 좌판에는 수작업으로 만든 탁자 너비의 한지가 가득 쌓여 있었다. 자연스럽게 구김이 가 있는 종이에는 군데군데 짙은 대나무 이파리와 붉은 철쭉꽃으로 장식되어 있었다. 10월의 햇살이 종이 위를 비추자, 나는 그 자리에 멈춰 서서 넋을 잃고 바라보았다. 아름다움을 얼마나 숭배하기에 이런 종이를 만들어내는 것일까?

경복궁의 높은 담장을 따라 달리던 자동차가 방향을 바꾸어 작은 골목길로 접어들자, 양쪽으로 쭉쭉 뻗은 나무들이 길게 이어졌다. 모두 은행나무였다.

울퉁불퉁한 거친 돌이 깔린 구불구불한 계단 끝자락에 쓰러질 듯 위태로워 보이는 목조가옥이 있었다. 금방이라도 시청에서 나와 노란색 띠를 두르고 '주의! 붕괴 위험 건물' 팻말을 내걸 듯 보였다. 나무문을 밀자 삐걱 소리가 나면서 바닥도 조금 흔들리는 느낌이었다.

그러나 놀랍게도 안쪽은 사람들로 꽉 차 있었다. 북, 바이올린, 피아노, 기타 소리 속에서 젊은 여가수가 허스키한 목소리로 팝송을 부르고, 머리를 하나로 땋아내린 종업원이 양손에 맥주병을 가득 쥐고 사람들 사이를 누비고 있었다.

찢어진 소파에는 테이프가 여러 겹 붙어 있고, 탁자는 잿빛 양철 쓰레기통 위에 유리판을 덮어 만든 것이었다. 나무가 드러나 있는 천장 여기저기 하얀 비닐이 쳐져 있었는데, 비가 샐 때를 대비한 것인 듯했다. 천장에는 1950년대에 쓰던 망가진 자전거도 하나 매달려 있었다. 벽에는 글씨가 적힌 액자가 걸려 있었는데, "저축은 국력" 아래에는 "박정희"라고 쓰여 있었다. 그 옆에는 누렇게 빛이 바랜 더러운 사진도 붙어 있었는데, 박정희 전 대통령의 사진이었다.

나는 친구와 함께 맥주를 시켜 고개를 젖히고 병째 들이켰다.

친구는 1940년 평양 근처 시골에서 목사의 아들로 태어났다. 다섯 살 때 전쟁에 패한 일본군이 철수하자 공산당이 들어왔고, 그의 가족들은 중국 선양으로 피난을 갔다가 삼 년간 그곳에서 눌러살았다.

"선양에서 가장 인상 깊었던 일은 뭐였어?"

"겨우 여덟 살이었으니까, 이해하기 힘든 일이 많았지. 일본인들이 떠나고 들어온 소련 사람들이 여자를 찾아 집집마다 뒤지고 다니던 게 기억나. 엄마와 이웃집 아주머니는 나뭇잎 바스락거리는 소리만 들려도 얼른 나를 업고 뒷문으로 도망쳐 수수밭에 숨었지. 밤새도록 밭에 숨어 있으면 정말 추웠어. 또, 폭탄이 떨어지던 것도 기억나. 선양에서 국민당과 공산당이 내전을 벌일 당시, 매일 어디선가 폭탄이 날아들어 집들이 불타고 사람들이 죽었어. 대포소리가 점점 가까워졌지. 당시에는 이해할 수 없었지만, 기차역 앞에서 어떤 사람이 맞아 죽는 것도 봤어. 국민당 사람들이 집집마다 뒤져 공산당원을 색출해 그 자리에서 때려죽였지. 정말 무시무시한 광경이었어."

이 한국 아이는 1948년 선양에서 일어난 사건을 본 것이었다. 그가 겪은 그 세월이 공산당 역사책에는 이렇게 기억되고 있다는 사실은 모르겠지.

> 1948년 9월 12일부터 1948년 11월 2일까지, 중국 인민해방국 동북야전군이 랴오닝遼寧 서부와 선양, 창춘長春 지역에서 국민당 군대를 공격하여 사십칠만여 명의 적을 섬멸하는 대승을 거두었다. 이는 해방전쟁 최초의 승전보로, 랴오선遼沈 전투라고 한다.
>
> 해상으로 철수하는 선양 지역의 국민당 군대를 저지하기 위해, 동북야전군이 10월 28일 중국공산당 중앙군사위원회의 지시에 따라 랴오닝 서부 지역인 선양과 잉커우營口에 추격부대를 배치하고 푸순撫順, 번씨本溪, 안산鞍山 등지를 연이어 공격하여 함락했다. 11월 1일 공격부대가 총공세에 나서 이튿날 선양을 함락시키고 국민당 군대 십삼만 명을 섬멸했다. 랴오선 전투 결과, 동북해방군은 겨우 육만구천여 명의 희생으로 사십칠만여 명의 동북 지역 국민당 군대를 섬멸했다.

11월 2일 선양이 (공산당 측의 표현으로는) '해방' 혹은 (국민당 측의 표현으로는) '함락'되고 나서, 중국 공산당 중앙위원회는 이튿날 다음과 같은 축전을 보냈다. "우리 동북 지역의 군대와 인민이 일치

단결하여 용감하게 싸운 결과…… 삼 년간의 전투에서 백만여 명의 적을 섬멸하고 드디어 동북 아홉 개 성 전부와 삼천칠백만 동포를 해방시켰다."

승리의 기쁨을 표현한 축전을 이제 와 곱씹어보면, 너무나 무서운 내용이 아닐 수 없다. 중국인이 서로 총칼을 들고 싸운 결과 수백만 동포를 죽였다고 기뻐하고 있는 것이니까.

환갑을 훌쩍 넘긴 그 한국 아이가 조용히 말했다.

"우리는 죽음을 각오하고 선양을 탈출해 헐벗은 채 떠돌다가 드디어 한국으로 돌아왔지. 서울에 자리를 잡았을 때는 열 살쯤이었어. 여기서도 나는 길거리에서 사람을 때려죽이는 광경을 봤어. 이승만 정권 때였지. 경찰이 집집마다 뒤져 빨갱이를 색출해 길거리로 끌고 나와 죽도록 팼어."

박정희 독재정권하에서 이 한국 아이는 유럽으로 망명해 반정부 인사가 되었고, 한국 정부는 그를 블랙리스트에 올려 고향으로 돌아올 권리를 빼앗았다. 그는 독재자가 죽고 민주화가 이루어진 후에야 한국으로 돌아왔다. 그가 망명한 지 십삼 년째 되는 해였다.

나라

언제인가 타이완에서 일상적으로 쓰는 단어 하나가 홍콩에는 없다는 사실을 알고는 깜짝 놀랐다.

타이베이에서는 오다가다 파티에서 얼굴을 마주친 사람들끼리 이렇게 인사하곤 한다.

"귀국했다면서요? 언제 다시 출국해요?"

칠백만 홍콩 사람들은 커다란 공항 옆에 산다. 사람들은 매일 공항에서 나오고 공항으로 들어간다. 홍콩 사람들에게 공항은 집 앞에 있는 버스정류장이나 다름없다. 어디에 가든 항상 그 공항으로 들어갔다 나오니까. 하지만 홍콩을 떠나는 것을 '출국'이라고 말하지 않고, 홍콩으로 돌아오는 것 또한 '귀국'이라 부르지 않는다. 홍콩은 '나라'가 아니며, 어떤 '나라'의 일부도 아니라는 사람들의 인식이 엿보이는 대목이다. 그렇다면, 홍콩 사람들은 이를 어떻게 표현할까?

귀를 쫑긋 세우고 몰래 엿들은 결과는 다음과 같았다.

"나 내일 상하이에 가야 해."

그것은 '출국'이 아니다.

"그가 어제 홍콩으로 돌아왔대."

그것은 '귀국' 역시 아니다.

신문은 이렇게 보도한다. "금메달을 딴 선수가 공항에 도착하자,

홍콩 사람들이 열렬하게 환호했다." 절대로 "금메달을 딴 선수가 입국 게이트로 들어오자, 국민이 열렬하게 환호했다"고는 쓰지 않는다. '공항'이 있을 뿐 '입국 게이트'는 없고, '홍콩 사람'이 있을 뿐 '국민'은 없다.

홍콩 사람들은 홍콩을 말하면서 결코 '나라'라는 단어를 쓰지 않는다. 그들이 '나라'라는 단어를 사용해서 일컫는 대상은 홍콩이 아닌 다른 곳이다. 홍콩보다 훨씬 큰 북쪽의 중국이거나, 빅토리아 항구에 우뚝 서 있는 '인민해방군 빌딩'이 그곳이다. 홍콩에는 '입법회'는 있지만 '국회'는 없고, '초등학교'는 있지만 '국민학교'는 없다. '홍콩 대학'은 있지만 '국립 홍콩 대학'은 없다. 누군가 부르짖는 '홍콩 사랑'을 '나라 사랑'과 혼동해서는 안 된다. '애국'이 되면 그것은 다른 의미로 바뀌기 때문이다. 홍콩에서 '나라'라는 단어는 중화인민공화국의 전유물이다.

타이완 사람들은 정반대다. 그들은 항상 '출국'했다가 '귀국'한다. 대통령이 출국했다가 귀국할 때는 '입국 게이트'를 통과하면서 항상 '국민'에게 한마디 남긴다. 지식인들이 관심을 가지는 것은 '국가 대사'이고, 정부가 전문가로 떠받들면서 모셔온 해외 학자들이 '국시國是' 회의에 참석한다. 어떤 가치관을 옹호할 때는 '국정國情'이 다르다는 말을 자주 입에 올리고, 군대 막사에는 '충국보은忠國報恩'이라는 표어가 붙어 있다. 학생들은 학교에서 '국어'를 말하고 '국문학'을 배운다. 서로 찻잔을 던지고 머리카락을 쥐어뜯으면서 집단 난투극을 벌이는 곳은 '국회'이며, 국회에서 고함을 지르며 다투는 문제는 '국가國歌'나 '국기國旗' 또는 '국화國花' 변경에 관한 안건이다. 도시를 재정비할 때는 '국토 계획'을 세우고, 경제 문제에 관한 토론은 늘 '국력' 강화로 결론나기 마련이다.

'국가'의 정체성을 둘러싸고 혼란이 생기면서, 다시 말해 중화민국이 아직 유효한지, 타이완민주국이 농담인지 진담인지 모호해지면서, 정치가들은 그동안 애용했던 '나라 사랑'이라는 구호를 버리고 '타이완 사랑'이라는 새로운 구호로 군중을 동원하기 시작했다. 하지만 이 경우를 제외하면 '나라'는 여전히 사람들 마음 깊이 자리잡고 있다. 대학 총장들은 회의할 때 "우리는 나라의 동량이 될 인재를 길러야 합니다"라고 강조하고, 지식인들은 정부를 비판하면서 "지금 타이완은 나라가 나라 꼴이 아니고, 지도자가 지도자 노릇을 하지 못한다"고 탄식한다. 붉은 셔츠를 입은 시위대*가 광장에서 밤을 새고 있을 때, 지나가는 할머니나 아주머니는 혀를 차곤 한다. "이런 국가 원수 밑에서 애들이 뭘 보고 자라겠어!" "나라가 어쩌다 이 지경이 됐는지!"

홍콩 빅토리아 파크에서 후자를 광둥어로 통역하면 "홍콩이 어쩌다 이 지경이 됐는지!"일 것이다. 홍콩 사람들의 의식 속에서 '나라'라는 단어는 머나먼, 그래서 구체성을 잃은 하나의 추상명사다.

하지만 홍콩의 역사는 얼마나 복잡한가. 1980년대부터 매년 10월 10일이 되면 집 앞에 중화민국 '국기'를 내거는 집이 많아졌다. 홍콩에서 일 년에 한 번, '국기'가 휘날리게 된 것이다. 그것은 물론 지금의 타이완과는 상관이 없다. 그저 아직까지 남아 있는 1949년 이전의

* 2006년 당시 민진당 천수이볜(陳水扁) 총통의 하야를 주장하는 정치적 시위에서 참여자들은 대부분 붉은 셔츠를 입었다.

'국가'의식을 '국기'를 통해 표출하는, 일종의 감상일 따름이다. 그 감상은 말로 설명하기 힘든, 조금은 혼란스러운 어떤 기억이다. 과거에 대한 그리움이자 은밀하고도 개인적인 역사의식이며, 정치 이데올로기나 역사의 진실과는 전혀 무관한 어떤 기억인 것이다.

내가 타이완에서 왔다고 하자, 홍콩에서 만난 대머리 택시기사가 말한다.

"나는 티우겡렝•에서 자랐습니다. 학창 시절 중화민국 구호기금의 장학금을 받았고, 졸업하고도 타이완으로 가 삼 개월간 직업 훈련을 받았습니다. 항상 감사하고 있습니다만, 아직까지 보답할 기회가 없어서 아쉽습니다. 타이완 국가를 들으면 지금도 울컥합니다."

룸미러를 통해 본 그의 얼굴은 희미했지만, 나지막한 목소리에 그리움이 가득했다.

• 홍콩에서는 국공내전에 패한 국민당 난민을 격리 수용하기 위해 티우겡렝에 수용소를 지었다.

홍콩

중국 사람들과 타이완 사람들은 홍콩에 없는 것을 잘도 찾아낸다. 예를 들어, 홍콩에는 서점, 특히 대형 서점이 거의 없다. 타이베이처럼 전국적인 영업망을 갖춘 유명 서점도, 중국의 베이징이나 상하이처럼 건물 전체에 온갖 전문 서점이 들어찬 북캐슬도 없다. 또 홍콩에는 카페나 와인바 문화도 부족하다. 프티부르주아지 감성이 엿보이는 상하이의 카페 문화도, 아방가르드한 분위기의 베이징 와인바 문화도, 타이베이 대학가 술집의 지식인 문화도 없다. 또한 홍콩 관료는 멋진 하드웨어를 짓는 프로젝트에는 능하지만, 문화의 심층적인 의미나 미래를 논할 만한 자질은 없다. 홍콩의 지식인은 고립되어 있고, 작가는 외로우며, 독자는 소외되어 있고, 사회는 지나치게 현실적이다. 그래서 어떤 이는 잔인하게도, 홍콩은 도시도 국가도 아니며, 본질적으로 '영리' 이외의 모든 사회적 가치가 결여된 '기업'에 불과하다고 지적하기도 한다.

그런데 중국 사람들과 타이완 사람들은 홍콩에만 있는 독특한 것 또한 잘 찾아낸다. 중국이나 타이완이 도저히 따라잡을 수 없는, 배우고 싶어도 도저히 배울 수 없는 그런 것들 말이다. 일례로, 청렴한 공공기관과 효율적인 업무능력을 들 수 있다. 중국에선 일당 독재 때문에 상상조차 불가능한 일이고, 그나마 민주화된 타이완 역시 최근의 혼탁한 양상으로 미루어 짐작건대, 홍콩의 제도를 그대로 갖다쓴다 하더라도 과연 제대로 운영될지 의심스럽다.

공익과 영리를 동시에 추구하는 홍콩 마사회의 경영방식은 그중에서도 독보적이다. 그 노하우를 배우려고 찾아오는 이들이 많지만, 완벽한 제도를 갖추는 것만으로는 부족하다. 제도뿐 아니라, 공과 사를 구분할 줄 아는 공평무사한 일처리 능력과, 어디에도 구속받지 않는 추진력이 요구된다. 중국이나 타이완이 홍콩의 수준에 도달하려면 많은 시간이 필요할 것이다.

홍콩 공항의 관리능력 역시 유명하다. 엄청난 수의 승객과 물류가 모여들지만, 보이지 않는 손처럼 효율적인 공항 관리 시스템 속에서 공항 이용객들은 오히려 편안함과 쾌적함을 느낀다. 이에 비해 화교권의 다른 공항은 아무래도 서툴고 뒤떨어져 있다.

한데, 홍콩에는 중국 사람들이나 타이완 사람들은 선뜻 찾아내기 힘든 홍콩만의 독특한 것도 있다. 형체가 없어 눈에는 보이지 않는 것이므로, 도시적 감성이라고 이름붙이면 어떨까. 그것은 서고에서 고서 희귀본을 심심치 않게 찾을 수 있는 고풍스러운 베이징의 감성과도 다르고, 화려한 크리스털 샹들리에를 바로크풍 건물 천장에 늘어뜨린 상하이의 서구적 감성과도 다르며, 깊은 산중의 암자나 산사의 대나무숲에서 졸졸 흐르는 시냇물 소리를 들으면서 은은한 차 향기를 음미하는 타이베이의 차분한 동양적 감성과도 다르다.

홍콩 사람들의 도시적 감성은 주로 공공의 공간에서 드러난다. 홍콩의 비즈니스빌딩 로비에서는 거의 언제나 마케팅을 위한 칵테일파티나 전시회가 열린다. 한 시간쯤 일찍 가서 준비하는 광경을 지켜보

라. 긴 탁자 위에 깔린 눈처럼 새하얀 테이블보는 늘 주름 하나 없이 깨끗하게 다림질되어 있고, 검은색 유니폼을 갖춰 입은 웨이터들은 화이트와인, 레드와인, 샴페인, 주스 잔을 정해진 자리에 가지런하게 세팅한다. 잔의 위치를 헷갈리는 경우는 없다. 마이크 줄은 깔끔하게 바닥에 고정되어 있고, 그 위에는 아름다운 카펫을 덮어 가린다. 손님들이 드나드는 동선이 늘 세심하게 고려되고, 불빛과 음향도 분위기에 맞게 잘 조율되어 있다.

똑같은 콘셉트의 칵테일파티나 전시회를 중국의 어느 비즈니스빌딩에서 개최한다면, 왁자지껄하고 무질서한 행사로 전락하고 말 것이다. 타이완에서라면, 각각의 잔을 제자리에 놓고 테이블보의 얼룩을 없애고 마이크가 갑자기 고장나지 않도록 하는 데 공을 들여야 할 것이다.

고급 호텔의 자선 만찬이라면, 홍콩 사람만이 '동서양의 조화'를 만들어내는 노하우를 안다고 할 수 있을 것이다. 그들은 각 테이블에 귀빈들을 어떻게 섞어 앉혀야 사교효과를 극대화시킬 수 있는지, 어떤 영상과 음악을 틀어야 참석자들이 감동하는지, 어떤 물건을 경매에 붙이고 어떤 경우에 입찰식으로 진행해야 모금액이 커질지, 그 묘미를 안다. 그리고 그 과정은 영국식 유머가 재치있게 섞인 유창한 영어로 진행된다. 그래야 세계 각국에서 모여든, 서로 다른 언어를 쓰는 고객들이 기꺼이 지갑을 열 수 있다.

똑같은 만찬이 중국이나 타이완에서 열린다면 어떻게 될까?

공연이 준비된 칵테일파티일 경우, 굳이 주의를 주지 않아도 홍콩 사람들은 무대가 예술가들만의 공간이라는 사실을 주지하고 있다.

예술가들만이 무대의 스포트라이트를 한 몸에 받을 자격이 있다고 생각하기에, 정부 관료의 축사나 기업가 표창과 같은 프로그램은 무대가 아닌 라운지에서 이루어진다. 축사는 대부분 짤막하고, 시상식도 대부분 금방 끝이 난다.

홍콩 사람들 특유의 도시적 감성의 키워드는 '세련됨sophistication'이라 할 수 있을 것이다.

홍콩 반환 10주년 기념행사에서, 중국 인민해방군이 격정적인 애국 가무를 선보였을 때, 이를 지켜보던 홍콩인들이 애매한 미소를 보인 것도 그 때문이었을 것이다.

지나가다 우연히 야외 결혼식을 보았다. 보름달이 환하게 뜬 따뜻한 여름밤이었다. 풀밭 곳곳에 하얀 천막이 쳐 있고, 바닷바람에 봉황목 잎이 꽃잎처럼 흩날렸다. 수백여 명의 하객들이 달빛 속에 앉아 있고, 관현악단이 흥겨운 음악을 연주했다. 그리고, 작은 등잔불 아래 사진 한 장이 세팅되어 있었다. 작은 사진 속에는 신랑 신부가 서로 끌어안고 서 있었다.

눈처럼 새하얀 천

우리는 페닌슐라 호텔 바에 앉아 있었다. 한 손을 허리 뒤에 대고 반듯하게 서서 한 손으로 와인을 따르는 호텔리어는 다분히 전문가다워 보였다. 와인이 차오르는 잔을 지켜보던 친구가 문득 감개무량하다는 듯 탄성을 질렀다.

"생각나? 어린 시절, 아니 1980년대까지만 해도 이 호텔 앞을 지나갈 때면 나 자신이 너무 초라하게 느껴져서 들어올 엄두조차 내지 못했는데."

친구는 가난했던 기억을 얘기하기 시작했다. 비좁은 뒷골목에 자리잡은, 골목만큼이나 비좁은 집 안은 가득 쌓인 일감으로 더욱 좁게 느껴졌다고 한다. 플라스틱 조화와 크리스마스 전구를 끼우는 일이었는데, 그 집에서 언제나 피로에 지친 엄마가 유럽으로 팔려나갈 값싼 크리스마스 장식을 쉴 새 없이 조립했다. 지친 엄마의 발치에는 먹이고 입히고 학교에 보내야 할 아이들이 둘러앉아 있었다. 아이들은 모두 기억한다. 교회에서 나누어주던 분유의 맛과, 밀가루 포대를 잘라 만든 셔츠와, 학비를 빌리기 위해 이웃집을 찾아다니던 엄마의 모습을. 가난에 대한 기억은 홍콩 사람들이나 타이완 사람들이나 비슷하다.

일요일이면 홍콩의 호텔마다 손님이 미어터진다. 그런데 그 구성원들이 좀 특이하다. 대부분이 노부모를 모시고 온 중년의 가장과 아이들의 손을 붙잡은 아내로 이루어진 것이다. 일요일의 호텔은 가족 모임 장소가 된다. 테이블 위에 차곡차곡 쌓인, 딤섬을 담았던 대나무 바구니 사이로 노인들의 백발이 보인다. 삼, 사십대가 유난히 그 부모 세대를 챙기는 까닭은, 어쩌면 쓰라린 가난 속에서도 서로를 보듬었던 그 기억 때문이 아닐까.

하지만 지금 젊은 세대, 페닌슐라 호텔 앞에서도 전혀 위축되지 않고, 화려한 백화점을 제집처럼 드나들면서 머리부터 발끝까지 명품으로 휘감고 다니는 젊은 세대가 중년이 되면, 과연 부모에게 어떻게 대할까? 무료한 일상을 소비로 달래는 배부른 자의 무관심? 아니면 자신이 누리는 모든 물질을 당연하게 생각하는 무심함?

인도 작가 수케투 메타Suketu Mehta는 뭄바이의 신세대를 그린 최근작 《맥시멈 시티maximum city》에서 이렇게 말하고 있다.

> 뭄바이에서 기차는 매일 육백만 명의 승객을 실어나른다. 기찻길 옆으로는 판잣집들이 바싹 붙어 있어서, 잠든 아이가 침대에서 떨어지면 선로 위로 구를 정도다. 빈민가에서는 매년 천 명 정도가 기차에 깔려 죽는다. 통근열차에 겨우 올라타도 비집고 들어갈 틈이 없다. 사람들은 잡을 만한 것이라면 뭐라도 잡고 매달린다. 두 손에 목숨을 맡기는 것이다. 선로에 바싹 붙어선 전신주에 부딪혀, 달리는 열차에 매달린 사람들의 머리가 잘려나가기도 한다.
>
> 들판에 방치된 수검을 차마 두고 볼 수가 없어서, 연 만드는 일을 하던 한 사람이 주검마다 하얀 천을 두 마씩 잘라 덮어주기 시작했

다. 목요일마다 기차역 주위를 돌아다니며 그 일을 하다보니, 일 년에 천이 육, 칠백 마는 필요하게 되었다. 젊었을 적 그는 통근열차에 올라타려다 떨어져 죽은 사람을 본 적이 있었다. 누군가 더러워진 광고 현수막을 찢어 주검을 대충 덮어놓은 것을 보고, 그는 도저히 참을 수가 없었다.

"망자의 종교가 무엇이든 눈처럼 새하얀, 깨끗한 천은 꼭 필요하니까요."

뭄바이에서는 해마다 사천 명이 기찻길 위에서 죽는다.

많은 이들의 기억 속에 기찻길이 있다. 독일인들에게는 제2차 세계대전이 끝나고 헐벗고 굶주리던 시절, 석탄을 실어나르는 열차가 지나간 뒤에 선로에 떨어진 석탄 덩어리를 줍던 기억이 있고, 타이완 사람들에겐 달리는 기차 꽁무니를 뒤쫓으며 열차 위에 가득 쌓인 사탕수수를 몰래 빼내 먹던 기억이 있다.

과거가 되고 나면 가난의 기억은 흑백사진처럼 아련한 아름다움으로, 쓰라리지만 달콤한 추억으로 바뀐다. 하지만 뭄바이 사람들에게도 기찻길이 아름다운 추억이기만 할까? 포만감 뒤에 찾아오는 무료함을 소비로 달래는 배부른 자보다 더 가난한 존재가 과연 있을까?

복제된 샛별

그는 그림을 여러 폭 바닥에 펼쳐놓았다. 가게가 워낙 비좁은 탓에 세 장을 펼치자, 그림을 밟을까 걱정되어 옴짝달싹할 수가 없었다.

나는 빈센트 반 고흐의 〈별이 빛나는 밤〉을 가리켰다.

"이 그림은요?"

"백 달러 주세요."

"육십 달러."

그는 짐짓 괴로운 표정을 지어 보이며 〈별이 빛나는 밤〉을 손가락으로 가리켰다.

"보세요, 얼마나 잘 그렸는지. 똑같지 않습니까? 물감 값만 육십 달러는 넘어요, 아가씨."

"그럼, 좀더 둘러보고 올게요."

그러자 그가 한 손을 들고 막아섰다.

"좋습니다. 육십 달러에 가져가세요."

그는 붓 자국이 선명한 유화를 얇은 비닐로 덮은 뒤 조심스럽게 말아서 건네주었다.

가게에서 나와 화가의 거리로 들어섰다. 길 양편의 그림가게들이 화려한 색감으로 눈길을 끌었나. 신열 상품이 드레스가 아니라 그림이라는 점이 다를 뿐, 분위기는 화사한 옷가게와 다를 바 없었다. 사람들 말로는, 어느 기인이 이 선전深圳 변두리 동네에서 반 고흐의 그림을 그리고 또 그렸다고 한다. 평생 그리다보니 솜씨도 좋아지고 유명해져, 전 세계에서 중국의 '고흐'를 인터뷰하러 찾아왔고, 몇 년 후 이 변두리 동네는 화가의 거리로 변모했다. 이 거리의 화가들은 모두 반 고흐의 그림을 그리게 되었고, 그렇게 그려진 고흐의 모사품들은 비단 치파오나 황금 용을 수놓은 셔츠처럼 관광객들에게 인기 있는 기념품으로 팔려나가게 되었다.

집으로 돌아온 나는 〈별이 빛나는 밤〉을 펼쳐놓고 면밀하게 살펴보았다. 색상이나 구도가 진품과 다를 바 없었다. 작은 붓 자국까지 똑같아 보였다. 만약에—물감 냄새에 숨이 막힐 듯해 창문을 열어 바닷바람을 쐬었다—과학적으로 감정한 결과 전문가조차 진품과 구별하지 못할 정도로 화가의 모작 실력이 훌륭하다면, 그의 〈별이 빛나는 밤〉이 원작과 같은 감동을 줄 수 있을까?

〈별이 빛나는 밤〉과 사랑에 빠지게 된 특별한 계기가 있다. 바닷가에 살면서 매일 뜨고 지는 해를 보고 있노라니, 해질 녘이면 항상 먼저 나타나는 별 하나가 눈에 띄었다. 다른 별보다 유독 크고 밝고 가까워서, 나는 별의별 상상을 다 해보았다. 멀리 고기잡이 어선의 불빛일까? 기후 변화를 탐측하는 인공위성일까? 그것도 아니면 구름 너머 산골짜기에 은거하는 기인이 책을 읽으려고 켠 불빛? 바다 위에 나지막하게 떠 있는 그 별은 지나가던 배의 돛대에라도 걸리면 그대로 툭 떨어질 것만 같았다.

두둥실 떠오르는 달 옆을, 그 별이 늘 다소곳하게 지키고 있었다. 달빛이 흐린 날도, 유난히 농염하고 끈적끈적해 보이는 날도 별빛은 한결같았다.

어느 날 황혼녘이었다. 우리 집 발코니에서 나는 천문학자 친구와 함께 저녁놀 속에서 찬란하게 타오르던 석양이 바로 옆자리의 그 별과 함께 구름 속에서 산으로, 다시 바다로 천천히 사라지는 모습을 보고 있었다. 그때 천문학자 친구가 말했다.

"바다에서 보는 샛별은 유달리 밝네요."

나는 깜짝 놀랐다. 샛별, 그러니까 금성이었구나. 아침저녁으로 보면서도 샛별이라고는 생각지 못했었다. 이제 이름을 알고 나니, 왠지 우리 사이가 더욱 각별하게 느껴졌다.

재빨리 인터넷에 접속해 반 고흐의 〈별이 빛나는 밤〉을 검색해보았다. 내 기억으로는, 고흐가 그린 것이 바로 금성이었다.

프랑스 남부의 요양원에서 반 고흐는 동생에게 다음과 같은 편지를 보냈다.

"오늘 아침 날이 밝기 전, 한참 동안 창문 앞에 앉아 있었어. 아무것도 보이지 않는 어둠 속에서 오로지 샛별이, 큼지막한 샛별이 보였어. (……) 밤은 낮보다 더 활기차고 생생한 색채로 가득해."

나는 상상해보았다. 밤새 잠 못 이루다가 결국 일어나 옷을 걸치고 싸늘한 밤 속으로 걸어들어간다. 공교롭게도 대문을 굳게 닫아건 요양원에 들어가 고개를 들어보니 어두컴컴한 큰 건물에 활짝 열어젖힌 창문이 하나 보이고, 그 창문 앞에 고독해 보이는 한 사람이 앉아서 황폐한 대지와 쓸쓸한 세상을 바라보고 있다. 창밖으로는 검은 밤하늘에 별 하나가 밝게 타오르고 있다. 반 고흐는 말한다.

"별을 보고 있노라면, 별이 나를 내달리게 만들어. (……) 나는 스스로에게 묻곤 해. 우리는 지도를 펼쳐 그 위에 작은 점을 찍고, 기차를 타고 그 점까지 가잖아. 그런데 왜 저 별에는 가지 못할까? '죽음'이라는 기차를 타면 저 별들에 닿을까?"

서른일곱의 반 고흐는 자신의 말대로 죽음이라는 편도 기차여행을 떠났다. 여행가방에 고통과 시련 그리고 채 분출하지 못한 열정만을 담은 채. 〈별이 빛나는 밤〉은 하나의 지도다. 고흐의 영혼이 여행해 나갈 노선을 그린. 별이 빛나는 밤에, 교회 첨탑 옆에서 밝게 빛나는 샛별이 활기차고 생생해 보인다. 별이 너무 낮게 지나가서 한 발짝만 잘못 디뎌도 교회 첨탑에 걸릴 것만 같다.

선전 화가 거리의 〈별이 빛나는 밤〉이 감동을 줄 수 있을까?

질문을 바꾸어보자. 과학자가 눈물 한 방울을 물, 염분, 맛 그리고 온도까지 똑같이 복제해낸다면 그 복제품을 과연 '눈물'이라고 부를 수 있을까?

노래기

침실 카펫 위에 누워서 루루와 통화하다가 기이한 현상들에 관한 얘기가 나왔다. 폐쇄적인 중국 대륙에 사는 젊은이의 안목이 타이완 젊은이보다 더 국제적인 이유는? 다양성을 추구하는 타이완 신문이나 잡지의 수준이 대륙보다 떨어지는 이유는? 한다 만다 말만 무성한 쑤화蘇花 고속도로가 예정대로 2020년 완공될 가능성은?

"어떤 문제는 결국……"

막 말을 꺼내려는데, 긴 벌레 한 마리가 눈에 들어왔다. 벌레는 내 맨발에서 겨우 한 뼘 남짓 거리에서 카펫 위를 꿈틀꿈틀 기어가고 있었다. 내 발만큼이나 길고 통통한, 짙은 갈색 벌레였다. 일제히 움직이는 수백 쌍의 다리가 대낮에 행군하는 군대처럼, 터미널로 들어서는 기차처럼 장엄해 보였다.

기겁한 나는 얼른 발을 오므렸다. 가슴이 쿵쿵 뛰고 온몸이 저려왔다. 혀까지 마비됐는지 나는 횡설수설하면서 전화를 끊었다. 머릿속에서 번개가 치고 천둥이 울렸다. 맙소사, 어떡하지? 어떡해!

거미나 메뚜기 따위는 겁나지 않는다. 심지어 대부분이 비명을 지르고 도망가기 마련인 바퀴벌레나 쥐를 보고도 침착하게 대처하는 편이다. 하지만 지렁이, 송충이, 뱀, 지네, 거머리, 구더기처럼 길고 물컹한 것들은 내 심장을 저리게 만들고 머리를 마비시킨다. 발바닥에서부터 시작된 공포심이 머리끝까지 전달되면서 머리털이 쭈뼛 선다. 어린 시절 생물 교과서에는 뱀 사진이 실려 있었는데, 그 사진만 나오면 나는 책을 얼른 덮어버리곤 했다. 엄마가 된 후, 낯선 도시를 방문할 때마다 항상 아이들을 데리고 그곳의 동물원을 찾곤 했지만, 파충류 구역에 나를 끌고 들어갈 수 있는 사람은 없었다. 누군가 내 몸 안에 아담과 이브와 똑같은 유전자를 심어놓은 게 틀림없다. 그래서 내가 아담과 이브처럼 길고 물컹한 것에 대해 비이성적인 공포를 느끼는 게 아닐까.

전화기를 걷어차고 제습기에 부딪혀 넘어지면서 나는 주방으로 달려갔다. 큼지막한 살충제 스프레이를 찾아 들고, 나는 살금살금 침실로 돌아왔다. 놈은 아직도 열심히 기어가고 있었다. 다리는 많아도 속도가 느려 다소 마음이 놓였다. 그러니까 눈 깜짝할 새에 내 침대 위로 기어올라가 이불이나 베개 속으로 사라질 가능성은 없다는 얘기다. 맙소사, 너무나 끔찍한 상상이었다. 스프레이를 놈에게 겨누는 순간, 이성이 발동했다. 이 생물체에게 무슨 잘못이 있는 거지? 어쩌다 내 침실로 잘못 기어들어왔다고 죽어야 하는 거야? 이 생물체의 수명은 얼마나 될까? 아직 '어린애'면 어떡하지?

부들부들 손을 떨며 스프레이로 놈을 겨눈 채, 빨리 결정하라고 스스로를 다그쳤다. 위기상황인 만큼 즉각 결단을 내려야 한다. 종이를 가져와 놈을 감싸쥐고 창밖으로 던지는 건 어떨까? 하지만 그 감촉을 생각하니 부르르 진저리가 쳐졌다. 치밀어오르는 구역질을 도저히 참을 수가 없었다. 욕실 수건으로 감싸쥐면 어떨까? 수건이 종이보다는 두꺼우니까.

그사이 놈은 벌써 오, 륙 센티미터쯤 더 앞으로 나아갔다.

다시 주방으로 달려가, 서랍을 열고 젓가락을 꺼내 침실로 돌아왔다. 확신하건대 그때 나는 분명 창백하게 질린 얼굴에 다리를 가늘게 떨고 있었으리라. 놈의 배 밑으로 살짝 젓가락을 집어넣어 들어올리는 순간, 숨이 막혀 죽는 줄 알았다. 나는 생각했다. 그래, 놈이 카프카일 리는 없잖아?

놈은 2층 발코니에서 포물선을 그리며 아래로 떨어졌다. 나는 가슴을 움켜쥐고 거의 구르다시피 주방으로 달려가서는 젓가락을 쓰레기통에 던져넣었다. 다시 침실로 돌아갈 엄두가 나지 않았다. 놈이 들어왔다면 다른 벌레도 얼마든지 들어올 가능성이 있었다. 베개 속에 숨어 있으면 어떻게 하지?

다시 루루에게 전화를 걸어 방금의 상황과 걱정을 털어놓자, 그녀는 웃으며 나를 놀렸다.

"그게 바로 혼자 사는 여자의 서글픔 아니겠어."

하지만 나는 쥐가 슬리퍼 위를 지나갔다고 고래고래 소리지르는 남자를 본 적도 있었다.

침구를 모조리 뒤집어서 턴 다음 살충 스프레이를 발코니 구석구석에 골고루 뿌리고 나서야, 나는 다시 침실로 들어갈 수 있었다.

다음 날 아침 관련 서적을 뒤져보았다. 어제 그놈은 배각류倍脚類에 속하며, 노래기라고도 부른다. 따라서 순각류에 속하는 지네와는 다르다. 둘 다 곤충이 아닌 절지동물이지만, 노래기는 느리고 지네는 빠르다. 노래기는 마디마다 다리가 두 쌍씩 있다. 종류에 따라 다리가 칠백오십 개나 되는 경우도 있지만, 보통은 팔십 개에서 사백 개 정도라고 한다. 계속 읽어내려갔다.

> 노래기의 복부에는 적게는 아홉 개에서 많게는 백 개가 넘는 마디가 있다. 마디가 매우 짧아서, 앞으로 밀고 나아갈 정도일 뿐 빨리 움직이지 못한다. 마디마다 다리 두 쌍, 숨구멍 두 쌍, 신경절 두 개가 있다. 노래기의 생식샘은 세번째 마디 중간에 있고, 체내 수정을 한다. 수컷은 일곱번째 마디에 있는 생식기로 암컷의 몸 안에 정액을 넣는다.

'생식샘'과 '정액'까지 있다고? 이 무서운 놈에게도 나름의 생명과 삶이 있구나. 나에게는 진저리나게 징그러운 존재지만, 그토록 다리가 많은데도 마디가 너무 짧아 기껏해야 몇 센티미터밖에 못 움직인다니…… 조금쯤 마음이 약해졌다.

상식

놈의 이름이 '노래기'라는 것을 알고 난 후 얼마 안 되어 핑둥에 갔을 때였다. 그곳 주민 두 분이 내 말을 듣고는 핀잔을 준다. "별것도 아닌 일로 호들갑은." 그들에게 노래기는 어려서부터 익숙한 벌레였다. 두 사람은 한술 더 떠 노래기의 몸통에는 껍데기가 있어 지렁이처럼 물컹물컹하지 않고 딱딱하다고 알려주었다.

내가 놀랄 차례였다. 이것도 '모든 사람이 다 아는데 나만 모르는' 일이었던 걸까?

나는 나름대로 타이완에 큰 공헌을 했다. 《건강 잡지》 탄생에 꽤 결정적인 역할을 한 것이다. 오래전 유럽에서 타이완으로 막 돌아온 후 인사차 한 선배를 찾았을 때였다. 선배는 한눈에도 아주 피곤해 보였다. 이유를 물어보니 전립선 비대증의 고통을 호소했다. 선배와 작별한 후 인원펑殷允芃을 만나기 위해 약속 장소로 향했다. 도착해보니 원펑은 벌써 자리에 앉아 기다리고 있었다. 급하게 들어오는 나를 보고 원펑이 다정하게 물었다.

"좀 피곤해 보이네?"

어떻게 대답해야 할지 난감했다. 전혀 문제가 없었는데도 피곤해 보인다고 하니 별 생각 없이 대답이 나왔다.

"전립선 비대증인가."

가방을 내려놓고 자리에 앉아 메뉴판을 훑어보고는, 기다리고 있는 종업원에게 캐러멜마키아토 한 잔을 주문했다. 그제야 나를 물끄러미 쳐다보는 원평의 표정이 조금 이상하다는 사실을 알아챘다.

그녀는 내 '농담'에 대한 설명을 기다리고 있었다. 한참을 기다린 후에야 내게 농담할 의도가 전혀 없다는 사실을 알아챈 원평은, 마치 남자에게 바지의 지퍼가 열렸다고 귀띔할 때처럼 난처한 표정으로 상체를 앞으로 내밀고 최대한 목소리를 낮추어 말했다.

"잉타이, 음…… 여자한테는 전립선이 없어."

어?

순간 나는 멍해졌다.

그날 타이베이 번화가의 커피 전문점에서, 캐러멜마키아토가 하얀 컵에 담겨 천천히 나에게 다가오던 그 순간, 타이완 《천하 잡지》 발행인인 인원평은 《건강 잡지》의 창간을 결심했다. 그녀에 따르면, 룽잉타이조차 이토록 의학상식이 부족하다면 어쩌면 대다수 타이완 사람들의 의학상식 수준을 걱정해야 할 것이며, 그렇다면 그로 인해 심각한 위험에 처해 있을지도 모르는 이들을 시급히 구해내야 한다는 사명감을 느꼈다는 것이다.

나는 부끄러운 나머지 고개를 들지 못했다. 이 이야기는 타이베이 문단에서 모르는 이가 없을 정도로 널리 퍼졌다. 그러던 어느 날, 친구 J를 만났다. J는 타이완 사람이면 누구나 다 알 정도로 유명한, 꽤 많은 팬을 확보한 작가이자 화가였다. 내가 사람들의 웃음거리가 된 경위를 듣더니 J가 의연하게 내 어깨를 탁 치면서 말했다.

"괜찮아. 얼마 전까지 나는 전립선이 목에 있는 줄 알았는데 뭐."

게다가 J는 사내대장부였다.

지식의 맹점에 대해, 나는 열일곱이 되던 해에 처음 알았다. 타이난臺南 여고에 다니던 나는 학교를 마치면 늘 같은 버스정류장에서 버스를 타고 집으로 돌아왔다. 그 정류장에서 버스를 탄 지 일 년쯤 되던 어느 날, 차량 행렬을 쳐다보다가 나는 결국 옆에 있던 친구에게 묻고야 말았다.

"왜 도로 이쪽 차들은 다 이 방향으로 가고, 저쪽 차들은 또 그 반대방향으로 가는 거지?"

친구의 표정은 그때의 원평과 같았다. 어쩔 줄 몰라하는 얼굴이었다.

그러니까, 이번에도 세상 모든 사람들이 다 아는 노래기를 나만 몰랐던 것일까? 그럴 리가.

다음 날 가족 식사에 마침 대학생 조카 둘도 왔기에, 나는 여론조사를 시도했다.

"너희들 노래기라는 벌레 아니?"

조카들이 눈동자를 굴리며 초등학생처럼 대답했다.

"다리가 아주 많은 절지동물입니다."

마음이 무거워졌다. 어이쿠, 안 되겠구나. 그들도 알고 있었다. 나는 다시 물었다.

"그럼 지네와 다른 점은?"

"지네는 납작하지만 노래기는 둥글고, 지네는 독이 있지만 노래기는 독이 없죠."

"그리고 또?"

"더이상은 몰라요."

"직접 본 적은 있니?"

"직접 본 적은 없지만 교과서에서 그림으로 봤고, 시험에도 나와요."

드디어 조금쯤 자신감을 회복한 나는 일부러 화난 표정을 지어 보였다.

"이것 봐라, 이것 봐. 결국 책에서 배운 가짜 지식일 뿐, 노래기를 본 적도 없잖아. 잘 들어. 지네는 마디 하나에 다리 한 쌍이 있지만, 노래기는 다리가 두 쌍씩 달려 있어."

옆에서 아무 말 없이 듣고 있던 오빠가 갑자기 끼어들면서 조용히 이야기를 시작했다.

"어느 해인가, 모두 함께 호박씨를 까먹고 있었지. 항상 너는 까먹는 속도가 남들보다 느렸는데, 나중에야 알아챘지. 다들 뾰족한 부분을 깨물어 어렵지 않게 껍질을 까는데 너만 굳이 둥근 부분을 깨물어 먹는 거야. 그때가 아마, 서른이었지?"

두 대학생이 동시에 소스라치게 놀라며 외쳤다.

"네에? 뾰족한 부분을 깨무는 거였어요?"

치치淇淇

어느 해인가 유럽에서 타이완으로 돌아온 나는 위지충 선생과 한가롭게 담소를 나누고 있었다. 화제는 젊은 혈기가 끓어넘치던 1932년 당시의 양쯔 강 여행담으로 이어졌다. 처음으로 본 양쯔 강이 얼마나 웅장했고 들판은 또 얼마나 드넓었는지, 아름다운 강산도 감탄스러웠지만 그보다 더 인상적인 것은 물고기떼였다고 했다. 수많은 물고기가 펄떡펄떡 튀어오르며 은빛 강물을 사방으로 흩뿌리는 광경은 더없이 인상 깊었다고 했다.

"물고기가," 선생이 두 팔을 활짝 펼쳐 가늠해 보였다. "송아지만큼이나 컸지."

순간 나는 깜짝 놀라 손에 쥐고 있던 숟가락을 떨어뜨릴 뻔했다. 선생의 표현이 얼마 전 꼼꼼하게 정독한 《입촉기入蜀記》의 내용과 똑같았기 때문이다. 1170년, 중년의 육유陸游는 양쯔 강을 유람하면서 본 광경을 다음과 같이 적고 있다.

> 송아지만큼 크고 하얀 물고기 십여 마리가 강에 출몰했다. 물 밖으로 나올 때면 큰 파도와 같은 물보라가 사방으로 튀는 모습이 실로 장관이었다.

타이완의 위지충이 양쯔 강에서 본 광경이 칠백육십 년 전 송나라 사람 육유가 본 그 모습 그대로가 아닌가?

유럽으로 돌아가 서재에서 《입촉기》를 다시 들춰보면서, 나는 육유와 동시대에 양쯔 강을 유람했던 이들의 기록을 정리해보았다.

> 강물 속에서 십여 마리가 출몰하니, 거무스름하거나 누르스름하였다. (……) 갑자기 붉은 지네처럼 보이는 놈이 힘차게 고개를 저으며 강물을 거슬러오르니, 물보라가 두세 척 높이까지 튀어 우리를 겁주기 충분하였다.

송아지만큼이나 큰 물고기라면 상괭이나 돌고래일 것이나 강물을 거슬러올라가던 몇 척 길이의 '지네'라니, 이 무시무시한 놈은 대체 무엇이었을까?

> 아침에 일행과 한 배를 타니 역시 촉나라 배였다. 갑자기 나타난 물고기는 몸이 푸르렀고, 배는 붉었다. 돛대 옆에서 족히 세 척 높이로 뛰어올라, 뭇 사람들이 기이하게 여겼다.

읽다보니 나도 모르게 웃음이 나왔다. '배가 붉은, 푸른 물고기'는 과연 무엇이었을까. 고생물학자라면 답변할 수 있을까?

> 12일. 강에서 뿔이 달린 놈을 보았다. 멀리서 보니 송아지처럼 생긴 물고기가 소리를 내면서 강물 속에서 나타났다.

한밤중 강 건너편 산중에 등불처럼 보이는 불빛 두 개가 멀리서 깜박였다. 뱃사공에게 물어도 다들 모른다고 했다. 이무기의 눈동자라는 자도 있고, 천년 묵은 영지靈芝가 내뿜는 기운이라는 자도 있으나, 제대로 아는 이가 없었다……

밤에 큰 자라가 물속 깊이 떠도는 광경을 보았다.

육유가 살던 당시에는 뿔이 달린, 송아지만큼이나 큰 물고기가 강에 살고, 멀리서도 깜빡이는 불빛처럼 보일 만큼 눈빛이 형형한 괴물이 산속에 있었나보다. 또한 뱃머리에 우뚝 서서 흐르는 강물을 따라 내려가다보면 '물속 깊이 떠도는 큰 자라'를 만나는 시절이었나보다.

2006년 11월부터 국제과학탐사대 소속 과학자들이 우한武漢에 모여 첨단 장비를 갖추고 삼천 킬로미터에 달하는 양쯔 강 유역을 탐사하면서 이곳 돌고래의 생태를 연구했다. 중국 최초의 사전인 《이아爾雅》에는 양쯔 강 돌고래에 대해 다음과 같이 설명하고 있다.

돌고래에 속하며, 철갑상어와 비슷하다. 배가 크고 머리가 작아, 뾰족하고 긴 형상이다. 이빨이 드러나 있고 코가 이마에 있으며 소리도 낸다. 강에서 흔히 보이는데, 큰 놈은 사람 키를 넘기도 한다.

국제과학탐사대는 한 달 남짓 탐사한 결과, 다음과 같은 결론을 내렸다.

양쯔 강 돌고래는 이천오백만 년 동안 지구와 함께 늙어온 '살아 있는 화석'으로, 이미 멸종되었다.

1980년 둥팅洞庭 호수에서 고기를 잡던 농민이 얕은 늪에서 상처투성이로 죽어가던 돌고래를 발견했다. 정성껏 치료받고 동물원에 들어오면서 '치치淇淇'라는 이름을 갖게 된 이 돌고래는 전문가들의 보호를 받으며 살게 되었다.

치치는 홀로 이십이 년을 살다가 쓸쓸히 죽었다. 까마득한 세월 동안 막막한 푸른 하늘을 이고 살다가 결국 마지막 돌고래로서 사라질 때, 얼마나 외로웠을까.

늑대가 온다

독일 환경부는 올해 2월 '누가 늑대를 두려워하는가?'라는 의제하에 진지한 회의를 열었다. 정장을 차려입은 의원들이 모여, 그동안 유럽의 숲에서 사라졌다가 백 년 만에 되돌아온 회색 늑대를 어떻게 할 것인가, 격렬한 토론을 벌였다.

결국 배은망덕한 늑대에게 잡아먹힐 줄은 꿈에도 모르고 순해빠진 '동곽東郭 선생'들이 가련한 '늑대'를 구해줄 방법을 의논하는 광경이, 머릿속에 저절로 떠올랐다.

사실, 늑대는 그림 형제에게서 엄청난 중상모략을 받은 바 있다. 특히 독일인들은 수세대에 걸쳐, 아직 말도 배우기 전에, 걸음마도 떼놓기 전부터, 부모가 잠들기 전에 침대 머리맡에서 읽어주는 동화책을 통해, '늑대는 무서운 동물이다'라는 이데올로기를 일방적으로 주입받는다. 날카로운 이빨을 가진 흉악하고 음흉한 늑대는 빨간 두건 소녀의 할머니를 한입에 삼켜버린 뒤, 할머니 옷을 입고 빨간 두건 소녀까지 속이려 한다. 일곱 마리 귀여운 새끼 양들도 엄마가 외출하고 집을 비운 사이에 하마터면 늑대에게 완전히 속아 넘어갈 뻔한다. 늑대가 엄마의 목소리를 흉내내고 밀가루를 손에 발라 엄마 손처럼 하얗게 분장까지 한 것이다. 아기 돼지 삼 형제는 더욱 비참하게 당한다. 늑대가 이들의 보금자리를 다 날려보내지 않았는가. 물론 결국은 정의가 승리하고 늑대는 죽음을 맞는다. 그림 형제는 늑대의 종말을 비참한 죽음으로 만들었다. 빨간 두건 소녀 이야기 속 늑대는 사냥꾼의 총에 맞아 죽고, 새끼 양을 잡아먹으려던 늑대는 물에 빠져 죽고 나서도 배가 갈리기까지 한다.

이런 증오를 교육받으며 성장한 아이들이 과연 어른이 되어 늑대와 평화롭게 공존할 수 있을까? 게다가 일상 언어의 세계에서도 늑대의 처지는 최악이다. 양의 탈을 쓴 늑대, 늑대처럼 엉큼한 속셈, 늑대를 피하려다 호랑이를 만난다…… 심지어 일이 뜻대로 되지 않아 낭패狼狽를 볼 때도, 유혈이 낭자狼藉하다고 할 때도, 늑대 '랑狼'자는 빠지는 법이 없다. 칭찬이라곤 어디에도, 한마디도 없다.

늑대는 원주민들의 전설 속에서 고결과 힘의 상징으로 숭배받던 로마나 몽골 또는 일본에서조차 오명을 뒤집어쓰는 운명을 피하지 못했다. 인류는 공공연히 늑대 종족을 '집단 학살'했고, 20세기 들어 유럽과 북미 지역의 숲에서 늑대는 거의 사라졌다.

그러면서 도시의 광장마다 비둘기가 모여들기 시작했다.

뉴욕에는 비둘기가 백만 마리 살고 있다. 비둘기 수가 거주 인구의 세 배가 넘는 물의 도시 베니스에서는 길을 걷고 다리를 건널 때마다 비둘기가 발에 차인다. 비둘기 한 쌍이 일 년에 평균 열두 마리의 새끼를 낳는다니, 놀라운 번식력이다. 보건부 공무원에게는 골칫거리가 아닐 수 없다. 비둘기를 통해 전염되는 질병이 특히 임산부나 노약자에게 위협적이기 때문이다. 비둘기는 사실 날개 달린 쥐나 다름없다고 할 수 있다. 페스트를 퍼뜨린다고 알려진 쥐에는 질색하는 사람들도 날아다니는 쥐에 다름아닌 비둘기에는 대부분 우호적이어서,

모이를 주고 돌본다. 그 이유는 어처구니없게도, 비둘기의 이미지가 너무 좋기 때문이다.

성경에서 추악한 인류가 홍수로 멸망할 위기에 처했을 때, 절망 속에 찾아든 한 줄기 희망이 바로 비둘기가 물고 온 월계수 가지였다. 이때부터 통통한 비둘기는 귀여움의 대명사가 되었고, 멍청하기 짝이 없는 비둘기는 평화를 상징하게 되었다. 그렇게 결국 비둘기가 싸는 묽은 똥이 공원에 서 있는 동상의 눈동자를 허옇게 뒤덮게 되었고, 더러운 비둘기 깃털이 노천카페에 앉아 있는 당신의 커피잔 속으로 날아들게 되었다. 보건부에서는 비둘기 먹이에 번식 억제제를 섞거나 초음파를 쏘는 등 비둘기 방제에 골머리를 썩는다. 하지만 아무도 비둘기를 없애야 한다고 주장하고 나서지는 않는다. 제아무리 용감한 공무원이라도 '쥐 잡기' 운동을 예로 들거나 비둘기 싹쓸이와 같은 정책을 입에 올리지 못한다. 평화를 사랑하는 시민들이 분노하여 침을 뱉고 쫓아낼까 겁나는 것이다.

반면 늑대는 이제 거의 사라지고 없다. 이에 자연보호주의자들이 일단 늑대의 명예 회복을 위한 이미지 개선 작업에 나섰다. 동쪽으로는 폴란드에서부터 서쪽의 영국까지, '늑대의 생존권' 존중을 호소하는 단체가 점점 늘고 있다. 그들은 각 나라의 광장마다 알록달록한 홍보물을 늘어놓고—아마도 바로 옆은 수단 대학살에 항의하는 그룹이겠지만—늑대의 멋진 사진이 실린 포스터 앞에서 낭랑한 목소리로 지나가는 행인들에게 외친다. "늑대가 인류를 해친 적은 한 번도 없습니다. 오히려 늑대는 사람을 두려워하고 피합니다."

늑대 보호 정책이 실시되면서, 노르웨이에 이십 마리, 이탈리아에

오백 마리, 스페인에 이천 마리, 스위스에 세 마리, 독일에 삼십 마리가 살아남았다. 미국의 경우 늑대의 생존권을 위해 오랫동안 노력한 결과, 옐로스톤 공원에 현재 사백오십 마리가 살고 있다고 한다.

농가에서 키우는 양을 늑대가 잡아먹으면 어떻게 하느냐고 누군가 물을지도 모르겠다. 실제로 한 농민이 따지고 들었다. 낭만이나 아는 도시 사람들이야 숲속의 늑대를 사랑하자고 하지만, 늑대가 잡아먹어버린 내 양은 누가 보상하지? 국가에서 보상을 약속하자 농민의 불만도 잠잠해졌다. 훗날 통계 자료에 의해 사람들의 선입견이 틀렸다는 사실이 밝혀졌다. 늑대는 먹잇감으로 농가의 양을 그다지 좋아하지 않았다. 오히려 숲에 늑대가 살게 되면서 생태계는 더욱 건강해졌다. 늑대가 사라졌던 시절에는, 옐로스톤 공원에서 비정상적으로 개체수가 늘어난 사슴이 백양나무와 버드나무를 뜯어먹어 큰 문제가 되었다. 그 결과 백양나무나 버드나무를 필요로 하는 수달과 엘크도 점점 줄어들었다. 또 늑대가 돌아오기 전까지, 하이에나가 여우를 괴롭히는 일이 많았다.

늑대가 돌아오자 사슴이 줄었고, 늑대가 먹다 남긴 사슴고기가 회색 곰에게 돌아가게 되자, 새끼 곰이 늘어나기 시작했다. 하이에나가 줄어들었고, 쥐와 토끼가 늘면서 여우와 독수리가 번성하게 되었다.

늑대가 오니, 와아, 정말 좋다.

또다른 이민자

사 년 남짓한 뉴욕 생활에서 가장 기억에 남는 것은 화려한 도시 문화도 서구적 감성도 아닌, 우리 집 정원에 살았던 한 가족이다.

우리 집 정원 밖의 황무지에는 곳곳에 무성한 잡목과 가시덤불이 있었다. 덤불에 몸을 숨기고 우리 집을 지켜볼 때, 그들에게는 전등불이 중요한 정보였을 터. 밤에 가장 먼저 불이 꺼지는 곳은 저녁 설거지를 끝내고 난 주방이다. 이어 서재와 거실 등불 아래 사람 그림자가 나타났겠지. 밤이 깊어지면 서재와 거실 불이 꺼진 뒤 이번엔 침실 불이 켜질 테고, 침실 불까지 꺼지고 나면 하얗게 빛나는 눈 위에 나무 그림자가 드리워졌겠지. 그들은 그제야 검은 그림자 속에서 꿈틀거리며 울타리를 뛰어넘을 채비를 했을 것이다.

처음 정원에서 나는 소리를 들었을 땐, 도둑이 든 줄 알았다. 그래서 조심조심 침대에서 내려가 검고 두꺼운 창문에 바싹 붙어서서 밖을 내다보았다. 달빛을 받아 반짝이는, 정원 가득 내려쌓인 하얀 눈 위로 다섯 식구가 울타리를 넘어 들어왔다. 눈 위에 흩어져 서 있는 품이 일단 상황을 살피려는 듯했다. 키도 몸집도 들쑥날쑥한 얼굴들이 가면처럼 보이기도 하고, 큼지막한 두 눈가에 칠한 검댕이 지나치게 짙어 보였다. 어찌 보면 눈가를 화장을 한 캐러비안의 해적 같기도 하고, 눈두덩을 검게 칠한 서커스단의 피에로 같기도 했다. 달빛이 환히 비추는 정원을 지나 엄마 아빠 그리고 세 장난꾸러기 아이가 주방 계단을 향해 다가왔다.

계단 위에는 쓰레기통과 음식물 쓰레기가 놓여 있었다. 그들은 쓰레기통을 뒤집어엎고 샅샅이 뒤져 그 자리에서 즉석 먹자파티를 벌였다. 그러고는 범죄 현장을 떠나면서도 범행을 은폐하려는 시늉조차 하지 않았다. 다음 날 새벽 엉망진창이 된 사건 현장을 수습하는 일은 항상 우리 가족의 몫이었다.

우리는 너구리 가족과 함께 사 년을 살았다. 이웃과 잘 지내보려고 도서관에서 자료를 찾아본 결과, 너구리의 평균수명은 원래 이십 년이지만, 대도시에 사는 이들 북미 원주민의 평균수명은 삼, 사 년에 불과하다는 사실을 알게 되었다. 어미가 자동차에 치여 죽거나 독이 든 음식물을 먹고 죽게 되면, 새끼도 살아남지 못하기 때문이다.

2004년 영국의 한 동물 애호 신문이 '나치 너구리'라는 제목으로 보도한 적이 있다. "유럽 대륙을 휩쓸고 지나간 나치 너구리가 지금 영국 런던으로 진군하고 있다. (……) 털북숭이들이 곧 영국해협을 건너 진격해올 것이다." 너구리가 북미에만 사는 게 아니었구나. 그런데 이 '나치 너구리'들은 대체 어디에서 온 걸까?

알아보니, 1934년 당시 독일의 삼림부 장관이었던 괴링이 독일 숲에 너구리 한 쌍을 방사하도록 허가했다. '독일 삼림의 다양성 증진'을 위한 조치였다. 그런데 1945년 연합군의 베를린 공습 과정에서 모피를 얻기 위해 너구리를 기르던 농장이 폭격을 당했고, 그 결과 '해방'된 너구리들이 자유를 찾아 숲으로 도망쳤다. 게다가 1960년대 귀국하는 나토 소속 미군 병사들이 막사에서 마스코트 삼아 키우던 너구리를 숲에 풀어주면서, 너구리의 전후 베이비붐에 한몫했다.

육십 년 후인 현재, 독일의 숲에는 백만 마리가 넘는 너구리 가족이 살고 있다고 추정된다. 그동안 텔레비전을 통해서만 너구리를 보았던 독일인들은 어느 날 놀라운 광경을 목격한다. 쾌활해 보이는 이 이민자들이, 눈 주위를 검게 칠한 이 조그마한 종족이, 털북숭이 손으로 쓰레기통을 뒤져 먹는 음식에 만족하지 않고 포도원의 지하 저장고까지 숨어들어간 것이다. 그 안에서 이들은 날카로운 이빨로 통을 갉아내고 마음껏 와인을 마시고는 잔뜩 취해 해롱거리고 있었다.

어떤 너구리들은 도시 생활을 즐긴다. 중세의 성을 개조한 최고급 호텔에서 밤새도록 이상한 발소리가 들리고 치즈와 닭고기가 사라지곤 했다. 갑작스러운 정전은 대개 전선을 갉아먹다가 끊어버리는 너구리 때문이었다. 어느 날 갑자기 천장 전체가 무너져내리기도 했다. 배불리 먹어치운 너구리들의 무게를 견디지 못한 탓이다.

괴링은 유럽 대륙으로 너구리를 '초청'했지만, 이후 더이상 숲에 관심을 두지 않았다. 그는 나치 독일의 공군 대원수이자 히틀러의 공식 후계자가 되었고, 1945년 뉘른베르크 전범 재판소에서 교수형을 언도받았다. 군인답게 총살형으로 생을 마감하기를 원한 괴링의 소망은 거부되었고, 그는 결국 교수대에 매달리기 두 시간 전에 청산가리를 삼키고 자살했다. 괴링은 유태인의 '척결'을 명령하는 서류에 최종적으로 서명한 사람이었다. 그는 숲에 다양성이 필요하다고 생각했지만, 인간 사회에도 '다양성'이 필요하다는 사실은 이해하지 못했다.

감옥에서 죽음을 기다리면서, 괴링은 민중과 지도자의 지배 복종 관계에 대해 다음과 같은 의미심장한 말을 남겼다.

일반인들은 당연히 전쟁을 원하지 않는다. 러시아, 영국, 미국, 아니 독일 역시 마찬가지다. 지극히 당연하다. 하지만 결국 결정권자는 정치 지도자이고, 사람들을 이끌고 가는 일은 매우 간단하다. 민주 정부든 파시스트 정부든, 의회 체제든 공산 독재 체제든, 여론이 제 목소리를 내든 말든 상관없이, 지도자가 사람들을 움직이기란 너무나 쉽다. 밖에서 적들이 위협한다고 말하고 나서, 전쟁에 반대하는 사람들을 모조리 '비애국자'로 몰거나 조국을 위기에 빠뜨린다고 뒤집어씌우면 그만이다. 이것은 모든 나라에서 다 통하는 수법이다.

울남 하늘

불면증 때문에 잠 못 이룰 때, 고서를 뒤적이다보면 늘 의외의 사실을 발견하게 되고, 일단 그렇게 되면 잠들기가 더 힘들어진다. 어젯밤에도 이것저것 뒤적이다가 언어에 대한 육유의 해석을 읽게 되었다.

울남蔚藍은 하늘을 은유하는 명사로, 의미를 풀어 써서는 안 된다. 그러나 두보가 이를 "위에는 울남 하늘이 있어, 빛 드리워 구슬 누대를 안았노라"라고 하자, 한구韓駒가 "물빛과 하늘빛 모두 짙은 울남이로다"라고 하여, 하늘과 강의 색깔이 모두 쪽빛이라는 뜻으로 사용했다. 아마도 두보로 인한 오용이 아닐는지.

이불을 덮고 누워 있던 나는 이 대목에서 벌떡 일어나 곧장 서재로 달려갔다. 한구의 시 전문을 찾아보았다.

변수에서 날마다 삼백 리를 달렸나니,
조각배의 돛을 동쪽으로 다시 편다.
아침에 기杞 나라 땅을 지날 때는 북쪽에서 미풍이 불더니,
저녁에 영릉寧陵 배를 대니 달이 남쪽에서 빛난다.

고목이 서리를 맞아 우수수 소리내고,

차가운 꽃잎에 드리워진 이슬이 또르르 떨어진다.

망연하여 내가 어디에 서 있는지 모르겠는데,

물빛과 하늘빛 모두 짙은 울남이로다.

육유는 한구가 명사인 '울남'을 형용사로 알고 술어로 썼다고 지적한 것이다. 한밤중 캄캄한 서재에서 잠옷 차림에 맨발로 책을 움켜쥔 채 나는 정신 나간 사람처럼 멍해졌다.

스물두 살 때 일어난 한 작은 사건은 평생토록 내 글쓰기에 영향을 미쳤다. 당시 나는 유치한 러브레터를 보내면서 '울남 하늘'이라는 표현을 썼다. 편지를 받은 물리학도 남학생이 물었다.

"넌 '울남'이 무슨 뜻인지 알기나 하고 쓴 거야? '울남'의 '울'이 뭘 가리키는지는 알아?"

그때 나는 아무 말도 하지 못했다. '울남'이면 그냥 '울남'이지 그게 무슨 뜻인지는 왜 묻는 거야. 그런 생각이 먼저 든 다음엔…… 그래, 솔직히 '울남'도 '울'도 진짜 무얼 뜻하는지는…… 그래, 모른다.

그는 냉랭하게 물었다.

"제대로 알지도 못하는 표현을 왜 굳이 쓰는 거야?"

나는 휘둥그레진 눈으로 그를 쳐다보며 생각했다. 그래, 잘난 물리학도는 언어도 과학적이고 객관적으로 해석하는구나. 신성한 우주만물의 이름으로는, 명사만 되고 형용사는 안 된다는 거야? 명사만 진정한 실재라는 거야, 뭐야.

나는 언어학도였지만, '울蔚'이 성대하거나 당당한 모습을 일컫는 표현이며, 《안씨가장척독顔氏家藏尺牘》에서 "해내海內 인문人文이 흰 구름과 화려한 노을처럼 경사京師에 모여드니 천고에 성세라 할 만하다"라고 쓴 것처럼, 인문을 하늘 가득한 화려한 노을에 빗댈 수도 있다고 대답하지 못했다. 또한 그에게 그러면 직접 《문선文選》의 〈서도부西都賦〉를 읽어보라고, "무성한 나무가 푸르고, 방초가 제방을 덮는다茂樹蔭蔚 芳草被隄"는 구절에서처럼 '울'은 초목의 울창함을 형용하며, 그리고 또 이격비李格非의 《낙양명원기洛陽名園記》에서 "그사이 무성한 수풀을 연기와 구름이 덮어 가리니, 높은 누각과 굽은 정자가 사라졌다가 언뜻 보이네其間林大薈蔚 煙雲掩映 高樓曲榭 時隱時見"와 같은 구절에서 볼 수 있듯 울창하게 우거져 시야를 가리는 녹음이 곧 '울'이라고 대답할 만한 학식을 갖추지도 못했다.

태고의 원시 밀림 같은 울창한 숲도, 하늘을 화려하게 불태우는 노을도 모두 쪽빛 '남藍'자로 표현했을 때, 그 하늘이 얼마나 철저하게 푸르렀을지, 그 가없는 울남 하늘을 상상이나 할 수 있겠어?

스물두 살의 나는 그렇게 대답할 수 없었다. 하지만 그 질문은 피부 깊숙이 박힌 푸른 가시처럼 조용히 함께 자라나, 내 글쓰기를 관통하는 하나의 원칙이 되었다. 그것은 '이해하지 못하는 어휘는 쓰지 않는다'는 것이었다.

그런데 육유가 하필이면 이 '울남'이라는 표현을 거론했단 말이지? 게다가 '울남'이 본래 명사로 '하늘'의 대명사이니, 한구처럼 형용사로 써서는 안 된다고도 지적했단 말이렷다.

"위로는 울남 하늘이 있다"고 쓴 두보는 770년에 죽었으니, 8세기 사람이다. "물빛과 하늘빛 모두 울남"이라고 한 한구는 1135년에 사망했으니, 12세기 사람이다. 육유가 두 사람의 '울남'을 비판한 때는 대략 1194년이었고, 내가 '울남'을 대충 쓰면 안 된다고 배운 해는 1974년이었다.

책을 내려놓고 창가로 다가가 창문을 힘껏 밀어젖혔다. 쏴아, 바닷바람이 상쾌하게 밀려들면서, 곧이어 해안을 가볍게 때리는 파도소리가 들렸다.

꽃나무

유럽에서 생활하던 시절, 정원의 잡초를 뽑을 때면 늘 한 포기 정도는 남겨두곤 했다. 여름이면 여기저기 삐죽 얼굴을 내민 하얗고 가냘픈 마거리트가 아이 키만큼 훌쩍 자라 바람이 불 때마다 하늘거렸다. 하지만 겨우내 쌓였던 눈이 녹기 시작할 무렵부터 늘 잔뜩 기대를 품고 기다린 것은 민들레였다. 유럽의 민들레는 꽃송이가 유난히 크고 색이 진해, 마치 들판에 활짝 핀 국화처럼 보였다.

민들레를 잡초로 분류하는 독일에서, 규칙을 잘 지키는 독일인들은 잡초를 제거하지 않는 것은 사회 질서를 해치는 일이라고 여긴다. 집주인에게는 보도블록 틈바구니에 자라난 민들레를 제거해야 할 책임이 있다. 나는 주말이면 어린 아들과 함께 의무 노동에 동참했다. 인도에 무릎을 대고 앉아 민들레의 뿌리를 손으로 힘껏 뽑아내는 작업이었다. 제초제를 뿌리지 않으려면 손으로 직접 뽑는 수밖에 없었다.

나는 민들레 뿌리에 익숙해졌다. 땅 위의 줄기와 그 줄기 끝에 피어난 한 송이 꽃은 겨우 십 센티미터 정도에 불과하지만, 땅 밑의 뿌리는 보통 오십 센티미터는 되었다. 뽑아보면 축축한 뿌리에 보드라운 흙더미가 붙어 있었고, 가끔씩은 달갑지 않은 지렁이 한 마리가 솜털뿌리 끝에 붙어 있기도 했다.

나에게 민들레는 그저 단순한 민들레가 아니다. 민들레는 언제나 어릴 적 읽었던 랠프 에머슨Ralph Waldo Emerson을 떠올리게 만든다. 스물세 살 즈음의 나는 한참 언어의 아름다움에 탐닉하고 있었다. 그러다가 정확한 날짜가 기억나지 않는 어느 밤, 에머슨의 글귀가 내 눈에 들어와 박혔다.

"글은 민들레의 뿌리처럼 튼튼해야 한다. 거짓도 치장도 안 된다."

아주 평범한 이 화두가 평생을 함께했다. 민들레의 뿌리는 땅속 깊이 뻗어내린, 흙과 연결된 존재다. 창공 아래 대지에 굳건히 뿌리박힌 잡초답다.

에머슨이 어떤 글에서 이런 말을 해서 나에게 이토록 영향을 미친 것일까? 출처는 찾지 못했지만, 내키는 대로 책을 뒤적거리다가 우연히 그의 시 한 편을 보았다. 거의 삼십 년 만에 그의 시를 읽으려니, 마치 오랜 친구와 재회한 듯이 기뻤다. 하지만 번역된 시는 불소가 함유된 수돗물을 섞어놓은 과일주스처럼 밍밍했다.

자두견紫杜鵑

오월, 처량한 해풍이 황량한 사막을 지날 때
숲속에 찬란하게 핀 자두견을 보았네.
잎 없는 꽃송이가 음습한 구석에 떨어져
황량한 사막과 흐르는 시냇물을 즐겁게 하네.
자색의 꽃잎이 살랑살랑 물 위에 떨어지니,
까마귀처럼 검은 늪이 그로 인해 아름다움을 더하누나.
붉은 새가 여기 깃을 담그려 날아왔다가,

자신을 부끄럽게 만드는 꽃에게 사랑을 속삭일지도.
자두견아! 성인聖人이 너에게 왜냐고,
왜 아름다움을 여기에 헛되이 버리느냐고 묻거들랑,
사랑스런 존재여, 그에게 대답하라.
눈동자가 있는 것이 보기 위함이라면,
아름다움이 곧 네 존재의 이유라고.
장미의 적수여, 네가 왜 여기에 피었는가.
나는 알지 못했고 물으려도 하지 못했다.
하지만, 우둔할지 몰라도 나는 믿노라,
나를 여기로 이끈 신이 너를 여기로 데려왔다고.

내가 직접 번역해보자 싶었다. 영어 원문을 찾아, 그 자리에서 평생 처음으로 영시 번역을 시도했다.

붉은 진달래

바닷바람이 고요함을 깨뜨리는 오월,
숲속에서 우연히 마주친 진달래.
늪 한구석에 이파리 없이 핀 붉은 꽃송이가
거친 들판과 유유한 시냇물을 환하게 밝히고,
붉은 꽃잎이 떨어져 흩날려
캄캄한 물빛을 화사하게 물들이네.
쉬어가려 그늘을 찾아든 붉은 까치조차

깃털의 빛깔을 무색케 하는 꽃잎에 경배할지도.
왜 아름다움을 여기에 헛되이 버리느냐고
누군가가 묻거든,
대답하라, 눈이 보기 위해 생겼다면,
아름다움은 그 자체가 존재의 이유라고.
장미와 아름다움을 겨루는 자여,
어떤 인연의 힘에 이끌려
네가 피고 지는 이곳으로 와,
내가 이렇게 널 보게 됐을까.

이 대목에서 갑자기 가슴이 뛰어 나는 펜을 멈추었다. 이 구절은 16세기 왕양명王陽明이 한 말과 같지 않은가.

친구가 꽃나무를 가리키며 물었다.
"천하에 마음 밖에 사물이 없다지만, 이 꽃나무는 깊은 산속에서 스스로 피었다가 지는데, 내 마음과 무슨 상관이 있습니까?"
왕양명이 대답했다.
"당신이 이 꽃을 보기 전에는, 이 꽃은 당신처럼 외롭게 존재하지요. 하지만 당신이 이 꽃을 바라보는 순간 비로소 꽃의 빛깔이 선명해지니, 이 꽃이 당신의 마음 밖에 있지 않습니다."

흉가

짧은 골목길은 초입에서 끝까지 오십 미터도 채 되지 않았고, 지저분하기 짝이 없는 골목 안에는 나무 한 그루 심어져 있지 않았다. 산책하던 나는 붉은 대문 위에 붙은 '매물'이라는 글자를 보고, 마침 가방에 들어 있던 카메라를 꺼내 찰칵, 사진을 찍었다. 요즘에는 보기 힘든 모습이고, 이런 사진을 찍어본 적도 없었으니까. 그러고는 왜 그랬는지, 곧장 사무실로 돌아왔다.

몇 시간 후, 불현듯 그 사진이 떠올랐다. 나는 카메라를 꺼내 사진을 확인하고 전화번호를 적었다. 그러고는 샤오춘小春에게 번호를 주며 전화를 걸어 집값을 알아보라고 했다. 샤오춘은 내 앞에서 곧장 전화를 걸었다. 늘 미소를 잃지 않는 샤오춘답게, 그는 기분 좋은 목소리로 공손하게 말을 꺼냈다.

"말씀 좀 여쭤보겠습니다……"

몇 마디 잇지 못하고 샤오춘의 얼굴색이 돌변했다.

장황한 설명이 시작되었다.

"중개인 말로는 직업윤리 때문에 숨길 수 없어서 얘기해준다면서……"

"흉가래?"

그가 고개를 끄덕였다. 일흔 살의 퇴역 군인이 빚쟁이에게 맞아 죽은 사건이 있었단다.

“오호,” 나는 신바람이 났다. “좋아, 오늘 저녁 약속을 잡아줘. 그 집을 보러 가게.”

“저녁에요?”

샤오춘이 놀란 듯 두 눈이 휘둥그레졌다.

겨울 저녁은 해가 일찍 진다. 우리는 찬바람이 쌩쌩 부는 골목길로 들어섰다. 어두컴컴한 가로등 아래, 나무 한 그루 없는 골목이 버려진 공장처럼 을씨년스러웠다. 주차하고 나오는 중개인의 그림자가 가로등 불빛에 길게 늘어나 담 위로 드리워졌다. 그때 대문이 기울어 있는 것이 눈에 띄었다.

중개인이 열쇠로 대문을 열며 말했다.

“길을 침범했네요. 대문이 골목 쪽으로 좀 기울었군요.”

골목길 입구를 살짝 곁눈질하면서 경사를 가늠해보았다. 부웅, 오토바이 한 대가 순식간에 지나가면서, 골목길 안으로 헤드라이트 불빛이 들어왔다가 금세 다시 사라졌다.

원래는 정원이었던 대문 안쪽에 비닐로 지붕을 씌워 햇빛을 막아 놓아 방 안이 어두컴컴했다. 중개인이 스위치를 올리자 파리한 불빛이 켜졌다. 습기 때문에 여기저기 벽지가 벗겨진 벽에 비친 우리의 그림자가 초현실주의 영화에 나오는 괴물처럼 보였다. 샤오춘이 속삭이듯 물었다.

“언제, 사건이 언제 일어났죠?”

“칠 년 전입니다.”

그렇게 대답하며 중개인은 콧등에 주름을 잡으며 킁킁 냄새를 맡왔다. 겁을 잔뜩 집어먹은 샤오춘이 다시 물었다.

"무슨 냄새를 맡는 거죠? 냄새가 나요?"

"안 납니다." 중개인이 킁킁거리기를 멈추고 말했다. "냄새가 나나 안 나나 그냥 한번 맡아봤어요."

"그냥? 도대체 무슨 냄새를 찾는 거죠?"

샤오춘이 감정을 억누르지 못하고, 중개인의 목이라도 조를 듯한 기세로 덤볐다.

내가 끼어들었다.

"방이 모두 세 개네요. 퇴역 군인이 쓰던 방은 어디죠?"

중개인이 멀찌감치 떨어져 서서 주방 옆에 있는 문을 손가락으로 가리켰다.

"저기, 바로 저 방입니다."

중개인이 가리킨 방으로 들어가는데, 그가 샤오춘에게 하는 말이 들렸다.

"노인을 꽁꽁 묶었다더군요. 노끈으로 두 손을 뒤로 묶고 입에는 양말을 쑤셔박은 다음 사정없이 때렸답니다. 결국 머리에 뒤집어씌운 점퍼 때문에 질식사했죠. 이웃들은 비명소리를 듣고도 귀를 막았답니다. 아무도 도와주러 오지 않았죠."

방 안은 오랫동안 환기를 하지 않아 눅눅했다. 구석에 핀 곰팡이가 벽지에 사람 머리통만 한 얼룩을 그리고 있었다.

"아주 쌉니다."

중개인은 나에게 그렇게 말하면서도 여전히 멀찌감치 떨어져 서 있었다.

"싸게 내놓았죠. 천만 달러입니다."

사람 머리처럼 생긴 곰팡이가 핀 방을 나서면서 그에게 물었다.

"그 퇴역 군인은 이름이 뭐였죠?"

"이름도 꽤 괴상했습니다, 막불곡莫不穀이라고……"

'막'씨 성에 이름이 '불곡'인가? 그런데 '막불곡'은, "세상이 두루 평화롭다"는 《시경詩經》의 한 구절인데.

> 가을이 되어 쌀쌀해지니, 온갖 초목이 시들어버리네.
> 난리로 어지러운 세상에, 병든 나는 어디로 가야 하는가.
> 겨울이 되어 추워지니, 매서운 바람이 쌩쌩 몰아치네.
> 세상이 두루 평화로운데, 어찌 나만 홀로 괴로워하는가.

《시경》의 한 구절을 따서 '세계 평화'를 뜻하는 이름을 가진 이가 일흔 살 되던 해에 잔인한 폭력으로 죽다니.

일주일 후, 동료 교수들과 식사하고 있을 때였다. 핵물리학, 생화학, 물리학 등 이공계 전문가만 열 명이었는데, 그들에게 매물로 나온 흉가를 둘러본 얘기를 들려주고 의견을 물었다.

"그 집을 사는 데 반대하는 사람 손 한번 들어봐."

여덟 명이 번쩍 손을 들더니 이유를 설명했다. 대충 정리해보면, 육신으로 느낄 수 없고 눈으로도 볼 수 없는 어떤 세계가 존재할 수도 있으니 조심하는 편이 낫다는 의견이었다. 서넛은 자신이 직접 겪은 이야기를 해주었다. 얘기인즉슨, 모래 위에 발자국이 남고 바람 속에 소리가 실리며 빛 속에 그림자가 생기듯이, 죽음의 뒤편 어딘가에 혼백이 떠도는 깊숙한 어둠이 있어……

침묵을 지킨 나머지 둘에게 '반대하지 않는' 이유를 설명해달라고 부탁했다. 과학자다운 훈계를 들을 수 있겠구나, 내심 기대를 했다. 그런데 그중 하나가 대뜸 진지한 어조로 말하는 것이었다.

"귀신이 다 나쁘다는 법은 없지. 귀신도 착한 귀신이 있어 너를 보호할 수도 있잖아. 네 재능을 사랑해서 친구가 될 수도 있고."

나머지 한 친구가 거들었다.

"약간의 조치를 취하면 귀신을 쫓아낼 수도 있을 거야. 네가 직접 살지 않고 게스트하우스로 쓰면 어떨까. 사람들이 몰려와 시끄러워지면 귀신도 떠나지 않고는 못 배길걸."

다시 일주일 후, 미국인 외교관 친구와 오찬을 하게 되었다. 과학자 친구들의 반응까지, 그간의 경과를 털어놓고 그의 의견을 구했다. 외교관 친구가 손에 쥐고 있던 포크와 나이프를 내려놓더니 믿을 수 없다는 표정으로 나를 똑바로 쳐다보며 말했다.

"망설일 이유가 없잖아? 당연히 사서는 안 되지. 급살 맞을까 겁나지도 않아?"

그 집에 갔다 와서 정작 병이 난 사람은 샤오춘이었다. 의사 말로는 '우울증'이라고 했다.

새해

2007년의 마지막 밤, 열여덟 살의 필립이 새해 전야를 친구와 보내겠다며 외출한 후, 나는 호텔 창가에 앉아 있었다. 타이 북부의 겨울 하늘은 청명했고, 빈곤으로 인해 도시가 어두컴컴해진 틈을 타 대담해진 별들이 하나둘 당당하게 모습을 드러내고 있었다. 별들은 밝은 빛을 내뿜으면서도 완벽한 침묵을 지켰다. 저 아래 거리에 음악이 울려퍼지고, 사람들이 시끄럽게 떠들고 있어서였을 것이다. 거리에서 막 호텔로 돌아왔기에 나는 안다. 한껏 기분을 내며 거리를 휩쓸고 다니는 이들은 모두 관광객이다. 어두운 골목에서는 피곤에 지친 여인이 늘어놓은 물건을 대강 정리하고 있고, 벌거벗은 갓난아이를 다 해진 담요로 감싸안고 곁에 누인 여인들은 이미 곯아떨어졌을 것이다.

밤하늘에는 이제 불꽃이 터지기 시작한다. 불꽃이 터지는 순간, 그 찬란한 아름다움에 사람들이 날뛰며 환호한다. 해가 바뀌는 밤의 풍경답다. 하지만 이 시간은 천지신명의 생일도 아니고, 영웅이 탄생하는 순간도 아니다. 신화에 나오는 위대한 순간도 아니고, 한 민족의 역사에 중대한 의미를 갖는 시간도 아니다. 그렇다면 사람들은 대체 무엇을 축하하는 것일까?

우리는 무엇으로 시간을 가늠하고 있을까?

모래시계의 모래가 모두 떨어져내리면 한 시간이고, 향 하나가 조용히 타올라 모두 재로 바뀌면 한 시진이며, 뜨거운 차 한 잔이 차갑게 식으면 한 식경이다. 또, 시계의 초침이 똑딱똑딱 한 바퀴를 다 돌면 일 분이다.

가끔 우리는 무언가 '파괴'되는 것으로 시간을 확인한다. 매일 무심하게 지나치던 어느 집 울타리의 페인트가 벗겨지고 기둥이 썩는가 싶더니 결국 조금씩 지붕이 내려앉기 시작한다. 그러다가 어느 날, 나무와 담쟁이가 집을 뚫고 자라나면 '파괴'는 완성된다. 이렇게 되기까지 얼마나 많은 시간이 걸릴까?

가끔 우리는 아주 작은 '움직임'으로 시간을 확인한다. 별들이 이동하고, 조수가 밀려들어왔다가 밀려나가고, 그림자가 길어지다가 다시 짧아지는 움직임, 이 모두가 시간의 잣대가 된다. 홍콩의 해변에서 나는 매일 수평선에 샛별이 나타날 때의 위치를 눈여겨보곤 했다. 샛별이 떠오르는 위치는 여름과 겨울이 서로 달랐다. 타이베이에서 내가 즐겨 보던, 석양이 산등성이와 만나는 시각도 봄과 가을이 서로 달랐다.

또 어떤 방법으로 시간을 재보았을까? 아이들이 어렸을 적, 나는 아이들 침실 문에 백오십 센티미터짜리 나무 자를 세워놓고, 해마다 생일이면 작은 칼로 아이의 키를 새겼다. 칼자국이 조금씩 높아지면서 시간도 조금씩 흘러갔다.

부부와 다섯 아이로 이루어진 남아메리카의 어느 가족은 무려 삼십 년 동안 해마다 같은 날 일곱 식구가 모여 사진을 찍었다. 그사이 젊은 부부는 노부부가 되었고, 귀여운 아기는 무거운 걱정거리를 안고 사는 중년이 되었다.

또 어느 날부터 숫자 쓰기를 시작한 미친 예술가도 있었다. 그는 아침에 눈을 뜨자마자 전날 쓰던 숫자를 이어 쓰기 시작해, 밥을 먹고 차를 마시면서, 차를 타고 내려 길을 걸으면서, 화장실에 가서 손을 씻으면서, 계속 숫자를 썼다. 비행기를 탈 때에는 비행기 좌석에 쓰고, 병원에서 주사를 맞을 때에는 병상에 썼다. 교회에서 예배를 볼 때에는 예배당 의자에 썼다. 초마다 분마다 시간마다 매일, 매달, 매년 쓰다보니, 단위가 끝없이 늘어났다. 그만큼 예술가 자신도 점점 나이가 들었다.

"끝없이 지는 나뭇잎이 쓸쓸히 떨어지고, 다함이 없는 긴 강이 잇따라 오는구나"라고 시를 지을 때 두보는 시간을 기록한 것이 아니었을까? "무성하던 꽃들이 떨어지고 봄빛이 총총히 사라지네" 하고 노래하던 이 역시 시간의 경과를 기록한 것이 아니었을까? 열의에 찬 소년 시절부터 냉소에 찌든 중년까지, 해마다 자화상을 그렸던 렘브란트 역시 시간을 기록한 것에 다름아닐 것이다.

농경사회에서 춘분, 추분, 하지, 동지를 진지하게 따지던 농부라면 방문 옆에 세워둔 보이지 않는 나무 자 위에 촘촘하게 한 줄기, 한 줄기 시간을 새기지 않았을까?

그렇다면 묵은해를 보내는 떠들썩한 파티를 열어 셋, 둘, 하나, 숫자를 거꾸로 세는 것도 시간을 재는 일종의 집단의식이 아닐까? 밝은 불빛 때문에 도시인들은 별들의 움직임과 조수간만의 차이를 재는 습관을 잊었다. 이제 도시인들은 단 하루의 시간만 인식하고 살아간다. 그날 밤이 되면 술과 음악과 불꽃을 준비하고 소란한 군중의 힘을 빌려 용기를 내어, 보이지 않는 나무 자 위에 칼자국을 남기는 것이리라.

새벽 네시, 조용하게 잠든 젊은 도시에서 2008년이 조용히 시작되었다. 우리는 단정하게 차려입고 어둠 속에서 호텔을 떠나 타이와 라오스 국경 지역으로 출발했다. 다섯 시간 동안 구불구불한 산길을 달리고, 이틀 동안 배를 타고 강을 따라 내려가는데, 차디찬 공기가 나를 깨웠다. 옛날 메콩 강 위에서 사람들은 무엇으로 시간을 쟀을까? 곰곰이 생각에 잠긴다.

메콩강 뱃길

타이와 라오스의 접경 마을 호이사이에서 라오스의 고도古都인 루앙프라방까지는 거리가 얼마나 될까?

지도 위의 축척은 약 이백 킬로미터라고 대답한다. 이는 비행기가 공중의 한 점에서 다른 한 점까지 직선으로 날아갈 때의 거리를 뜻한다. 이백 킬로미터는 얼마나 긴 시간 동안 가야 하는 거리일까?

루앙프라방 거리의 작은 카페에 앉아, 나는 그런 생각에 빠져 있었다. 카페 건너편은 라오스 왕국의 공주가 살았던 저택으로, 지금은 호텔이 되어 있었다. 핑크빛 협죽도가 거리 가득 피어 있고, 긴 복도에 깔려 있는 붉은 마루 위에도 꽃잎이 흩어져 있었다. 나도 모르게 꽃자수 신을 신은 시녀가 긴 복도 저쪽에서 살포시 걸어오는 모습을 상상해보았다. 자꾸만 눈을 가리는 앞머리를 살짝 쓸어올리는 시녀의 머리카락에서 풍기는 은은한 재스민 향이 코끝에 느껴지는 것만 같았다.

라오스의 맑은 하늘은 파랗고, 햇살은 황금빛이었다. 갑자기 진홍빛 부겐빌레아 꽃다지에서 날아오른 검은 벨벳 같은 나비가 난간을 넘어 눈 깜짝할 사이에 내 커피잔에 앉았다. 만약 나비가 정문으로 다니라는 꾸지람을 듣고 카페 문으로 돌아와야 했다면, 내 커피잔까지의 거리가 달라졌겠지.

호이사이는 타이와 라오스 국경에 있는 메콩 강변의 작은 마을이다. 진흙길 양쪽에 풀로 엮은 집 몇 채가 전부인 호이사이에서는 갓난아이를 등에 업은 채 땅바닥에 앉아 나무를 비벼가며 불을 붙이는 아낙을 흔히 볼 수 있다. 남루한 옷을 입은 아이가 멜대 양쪽에 물통을 걸고 비틀거리며 지나가고, 흉악한 칠면조가 싸움에 지고도 미처 멀리 달아나지 못한 수탉을 쪼아댄다. 이런 호이사이에는 공항이 없다. 그러니, 하늘길 이백 킬로미터란 그저 이론상의 숫자일 뿐이다.

하늘길 이백 킬로미터를 가늠해보려면 도로를 닦는 것도 좋은 방법이다. 실크 스카프를 잡아당기듯 팽팽하게 당긴 노끈을 울퉁불퉁한 산맥에 이어붙여 꼬불꼬불한 산길을 만들면, 대충 사백 킬로미터쯤 나온다. 호이사이에서 여기 루앙프라방까지, 수많은 골짜기를 지나 구불구불 이어진 사백 킬로미터의 산길을 통과하려면 얼마나 긴 시간이 걸릴까?

이 질문 역시 의미가 없다. 가난한 라오스 산골짜기에는 도로가 없으니까. 호이사이에서 메콩 강을 따라 내려오는 뱃길이 루앙프라방까지 오는 유일한 길이다.

비단 허리띠처럼 생긴 메콩 강은 살아 숨쉬는 이 대지 위, 총 사천이백 킬로미터를 흐른다. 그중 천팔백육십오 킬로미터는 산과 산 사이에서 라오스의 메마른 대지를 적시고 있고, 호이사이에서 루앙프라방까지의 뱃길은 대략 삼백 킬로미터다. 삼백 킬로미터의 뱃길은 몇 시간이나 걸릴까?

현지인의 대답은 "일단 가봐야 압니다"였다. 여기서는 하루에 한 번 배가 다닌다. 새벽에 출발해 예닐곱 시간쯤 가다가 날이 저물면

강기슭 산골 마을에서 하룻밤을 묵고, 이튿날 다시 예닐곱 시간 강을 따라 내려가면 저녁 즈음에야 목적지에 도착한다.

그렇게 우리는 바나나처럼 생긴 나무배에 오르게 되었다. 호이사이에는 부두가 따로 없기 때문에 선장이 큰 나무판을 배와 강기슭 사이에 걸쳐놓아주었고, 우리는 배낭을 짊어지고 그 위를 조심조심 건넜다. 맨발이거나 플라스틱 슬리퍼를 신은 마을 사람들은 어깨에 짊어진 짐이 무거워 구부정한 자세로 배에 올랐다. 닭 조롱, 오리 조롱, 쌀 포대 등 온갖 잡동사니가 갑판에 잔뜩 쌓이고, 오토바이와 자전거는 뱃머리로 끌어올렸다.

승객들은 나무의자에 최대한 붙어앉았다. 의자가 너무 딱딱하고 차가워 차라리 바닥에 기대어 앉는 이들도 있었다. 창문이 없어 곧장 얼굴을 때려오는 강바람 때문에 하루 종일 기침이 멎지 않았다. 하지만 또한 바로 그 덕분에 메콩 강 삼백 킬로미터의 풀 한 포기, 나무 한 그루, 물결이 굽이치고 출렁이는 모든 순간이 눈앞에 그대로 펼쳐졌다.

누구도 삼백 킬로미터의 뱃길에 걸리는 정확한 시간을 당신에게 말해주지 못한다. 메콩 강 양쪽 기슭 곳곳에 마을이 있고, 마을의 모래사장에서 배를 기다리는 사람을 발견하면 선장은 곧장 배를 대기 때문이다. 멀리 배 그림자가 보이면, 마을 아이들이 하던 일도, 가지고 놀던 물건도 내팽개치고 사방에서 달려왔다. 달려오는 아이들 뒤쪽으로 누런 흙바람이 일었다.

아이들의 피부는 새까맣게 그을려 있었고, 입은 옷은 대개 낡을 대로 낡아서 올이 다 드러날 정도로 해지거나 군데군데 찢어져, 대충 몸만 가리는 정도였다. 작은 사내아이들은 거의 벌거벗은 채 형이나 누나에게 기대어 천진난만한 모습으로 우리를 쳐다보았다. 마을을 지나갈 때마다 아이들이 물가로 달려와 검은 눈동자를 크게 뜨고 배 위, 파란 눈의 외국인을 구경했다. 우리가 타고 있는 배에도 파란 눈의 아이가 타고 있었다. 길게 휜 속눈썹에 사과 같은 뺨을 가진 아이는 젊은 부모의 품에 안겨, 까르륵 까르륵 웃음을 그치지 않았다. 네덜란드어를 쓰는 부모는 아이에게 라오스 전통 의상을 입히고, 통통한 손목에는 황금빛 팔찌를 채워주었다. 마치 왕자라도 되는 것 같았다.

마을을 지날 때마다 아이들이 떼지어 달려왔다. 손을 내밀어 사탕을 달라고 조르거나 하지는 않았다. 아이들은 그저 모래톱이나 바위 위에 서서 눈을 크게 뜨고 조용히 쳐다보았다. 라오스는 인구의 거의 절반이 문맹이다. 아이들이 사는 메콩 강변의 마을에는 학교가 없다. 아이들은 매일 강변에서 부모와 함께 농사를 짓거나 고기를 잡고, 친구들과 모래사장에서 공을 찬다. 매일 한 번씩 지나가는 배에 탄 외국인들이 아이들에겐 그날 하루 가장 재미있는 구경거리다.

이 아이들과 라오스 왕자처럼 차려입은 네덜란드 아이와의 거리는 또 얼마나 될까? 그 거리는 잴 수나 있는 것일까?

시간이 멈춘 곳

루앙프라방에 간다고 하니까, 친구는 꼭 쑤막을 만나보라고 했다. 구시가지 초등학교 맞은편에 있다는 쑤막의 식당은 오랜 세월 프랑스 식민지였던 라오스이니만큼 오픈 키친의, 제대로 된 프랑스 레스토랑이라는 것이었다.

오래된 시가지라곤 그 길 하나였고, 학교도 하나뿐이었다. 어느새 투명한 프랑스 오픈 키친 앞이었다. "쑤막이요?" 한 젊은이가 손가락으로 맞은편 거리를 가리켜 보였다. 길 한가운데에 누렁이 한 마리가 누워 있고, 검은 양산을 받쳐들고 걸어가는 스님 두 분의 노란색 가사가 바람에 펄럭였다. 맞은편 보리수 아래 작은 노점에 앉아 있던 쑤막이 마침 몸을 돌려 우리를 쳐다보았다.

그는 낮에는 영업을 하지 않으니 저녁에 오라면서, 하지만 괜찮다면 여기 노점에서 함께 점심을 먹지 않겠느냐고 물었다.

보리수 아래 놓인 나지막한 의자에 쑤막이 앉고, 노점 주인이 맞은편에 앉아 있었다. 주인은 곱사등이 노인이었다. 노점 판매대에는 진녹색 바나나 잎 위에 윤기가 자르르 흐르는 찹쌀밥, 구운 생선, 몇 가지 절인 채소와 정체불명의 향신료가 놓여 있었다. 우리는 기꺼이 앉아서 손으로 밥을 집어먹었다.

학교 운동장에서 아이들이 큰 소리로 웃고 떠들며 노는 소리가 들렸다. 자전거가 삐걱거리며 지나간 뒤를 오토바이가 지나가고, 갖가지 언어를 쓰는 여행자들이 시냇물처럼 흘러갔다. 대부분 '고생'을 각오하고 라오스를 목적지로 선택한, 유럽에서 온 젊은 여행자들이었다. 누렁이는 아무래도 길 한복판이 더웠는지, 천천히 일어나 진저리를 치더니 슬렁슬렁 노점 옆으로 걸어와서는 다시 느릿느릿 누웠다. 바람에 흔들리는 보리수 이파리 사이로 햇빛이 쏟아졌다.

쑤막은 영어로 말하려고 애썼지만 프랑스 악센트가 심했다. 다섯 살에 프랑스로 갔던 쑤막은 스물두 살이 되어서야 라오스로 돌아와 결혼했다. 하지만 스물여덟이 되던 해에 라오스 공산 혁명이 일어나자 다시 프랑스로 망명을 떠나 삼십 년 동안 돌아오지 못했다. 이제 자신의 뿌리를 찾아 돌아온 쑤막은, 이 고풍스러운 도시에서 저녁에는 요리를 하고, 낮에는 하릴 없이 노닥거리며 지낸다.

이튿날 아침, 카페에서 어느 영국인과 함께 아침을 먹으며 이야기를 나누고 있는 쑤막을 보았다.

셋째 날 낮에는 모자를 쓰고 망토처럼 외투를 대충 걸쳐입은 채 거리를 산책하는 쑤막을 보았다. 얼핏 보면 완전히 프랑스인 같았다. 그랬다. 라이프스타일까지 완전 프랑스식이었다.

그날 저녁, 우리는 쑤막의 레스토랑에서 만찬을 들었다. 인도에 놓인 작은 탁자에 앉아 와인을 곁들여 식사를 하면서, 지나가는 사람들을 구경했다. 맞은편에 수백 살은 됨 직한 노점 옆 늙은 보리수가 보였다. 시간이 멈춘 공간 속에서 행복감이 서서히, 아주 서서히 온몸으로 퍼져나갔다.

밤하늘 아래에서 우리는 아주 늦도록 앉아 있었다. 다른 손님이 모두 떠나자, 쑤막이 사진첩을 가져와 식탁 위에 펼쳤다. 우리는 한 장 한 장 사진을 넘겨보았다. 결혼식 사진 속 스물두 살의 쑤막은 해군 장교처럼 새하얀 예복을 입고 있었다. 솜털이 보송보송한 얼굴과 동그란 두 눈에서 젊은이다운 치기가 엿보였다. 요리가 가득 쌓인 피로연 뷔페 테이블 앞에 라오스의 공주와 쑤막의 가족이 서 있었다. 사업가였던 쑤막의 아버지 옆에 서 있는 이가 라오스 주재 미국 대사였다. 어떤 사진에서는 쑤막이 라오스 왕자 곁에 서 있고, 다른 사진에서는 신부가 내무부 장관과 함께 서 있었다. 신부는 유엔 주재 라오스 대사의 딸이었다.

"이 날씬한 프랑스 여성은 누구예요?"

"내 손을 잡고 있네. 다섯 살 때 막 프랑스에 도착했을 때로군. 프랑스인 보모였어요."

쑤막이 내 와인잔을 채우고 비어 있는 자기 잔에도 와인을 따랐다. 그의 눈동자에 온기가 감돌았고, 느릿느릿 목소리도 더욱 평온해지는 듯했다. 바쁘게 움직이던 조수들은 이미 집으로 돌아간 뒤였고, 불이 꺼진 주방도 고요했다. 내가 사진첩의 마지막 페이지를 덮자, 쑤막은 높다랗고 하얀 주방장 모자를 벗어 옆에 내려놓았다.

"1975년 다시 프랑스에 망명한 뒤에," 쑤막은 와인을 한 모금 마시고는 잔에 담긴 짙은 붉은색을 살펴보았다. 전문가는 잔에 담긴 색깔만 봐도 와인의 등급을 아는 법이다. "파리 대학 국제정치학과를 졸업한 인텔리가 식당 접시닦이부터 시작한 거죠."

인생의 전반과 후반에, 쑤막은 두 가지 인생을 살았다. 아니, 이제 고향에 다시 돌아왔으니 제3의 인생을 또 살고 있는 셈이다. 그가 따스한 눈빛으로 열여덟의 필립을 보며 살짝 미소를 지었다. 열여덟 살의 아이가 팔순 노인처럼 다 이해하리라 믿는 듯, 쑤막은 이야기를 마무리지었다.

"불교는 모든 것을 받아들이지. 나는 인생의 반을 왕자로 살고, 나머지 반을 거지로 살았단다. 하지만 그 당시에 몰랐을 뿐, 흐르는 강물의 상류와 하류가 하나인 것처럼 왕자와 거지도 사실은 하나의 존재더구나. 다 지나가고 옛일이 된 지금, 이제는 안단다. 그래, 그 모든 것이 좋았구나."

보리수 아래가 텅 비었다. 어느새 노점이 걷히고, 곱사등이 노인도 가버렸다는 사실을, 나는 그제야 깨달았다.

연꽃의 나라

아이들이 많았다. 까만 피부에 눈동자가 유난히 반짝이는 아이들이었다. 아직은 관광객이 많지 않아서인지, 손을 내밀고 "일 달러, 일 달러만 주세요" 소리치는 아이는 없었다. 아이들은 저희들끼리 놀고 있었다. 초등학교 수업이 파하자, 백 명도 넘는 아이들이 일제히 운동장에 모여 음정과 박자가 제멋대로인 노래를 불렀다. 국가인 모양이었다. 노래가 끝나고 경례를 한 후, 두 꼬마아이가 단상 양쪽에서 줄을 잡아당기자 색이 바랜 낡은 국기가 게양대 위에서 천천히 내려왔다. 또다른 꼬마 하나가 단상에서 웅얼웅얼 구호를 외치자, 아이들은 갑자기 와아, 소리를 지르며 뿔뿔이 흩어졌다. 대부분이 교문 앞에서 기다리는 가족에게로 달려갔지만, 몇몇은 운동장에 그대로 남아 서로를 쫓아다니며 흙먼지를 일으켰다. 남자아이 둘이 학교 담장 위로 올라가 앉더니, 거리를 내려다보며 정강이를 까닥거렸다.

길가에는, 작은 남자아이가 형과 함께 솔방울만한 작은 나무토막에 불을 붙이더니, 골프라도 치는 듯 손에 쥔 버드나무 가지로 활활 타오르는 나무토막을 때려가며 굴렸다. 형제는 내내 그렇게 불공을 치면서 길을 따라 지나갔다.

남칸 강과 메콩 강이 만나는 지점에 위치한 루앙프라방은, 절반은 섬인 셈이다. 인구 삼만 명이 채 못 되는 작은 도시지만 서른 곳이 넘는 사원이 옹기종기 모여 있고, 유네스코 문화유산으로 지정되지 않았더라도, 직접 가보면 한눈에 범상치 않은 분위기를 느낄 수 있다. 메콩 강 쪽에서 보면 제국의 위엄을 간직한, 당당하고 큼지막한 돌계단이 있다. 발밑을 조심하면서 돌계단을 올라가다가 문득 고개를 들자 커다란 사원이 눈에 들어왔다. 경건하고 고요하게 내려앉은 검은색 속에 화려한 황금색을 새겨넣은 사원이 강렬한 아름다움을 내뿜었다.

사원의 정원을 가로지르면 바로 남칸 강이었다. 놀랍게도 강둑에는 돌로 만든 난간이 완전한 모습으로 남아 있어, 돌로 조각한 연꽃이 강둑으로 향하는 돌계단마다 피어 있다. 불경에서는 연꽃을 두고 "향기롭고 순수하며 부드럽고 아름다운" 네 가지 덕을 갖추었다고 이른다. 순수하고 해맑은 갓난아기에게도 어울릴 법한 찬사다.

강둑에 서서 멀리 남칸 강을 내려다보면, 반대편은 울창한 밀림이다. 황혼녘 부드러운 햇빛 속에서 윤기 흐르는 비단 허리띠처럼 도도하게 흐르는 강물이 메콩 강과 합류하고 있었다. 강기슭에 일구어놓은 밭에 농민들은 곡식을 심고, 어민은 그물을 던지고, 아이들은 공을 차며 뛰어놀았다. 강물에 몸을 담그던 물소 몇 마리가 벌떡 일어나 모래사장으로 향하자, 물새들이 화들짝 놀라 흩어졌다. 우주의 기원을 설명하는 《기세경起世經》의 한 구절이 떠올랐다.

여러 산에 온갖 하천이 있어, 백 가지 길로 흩어져 흐르되 순조롭게 아래를 향하여 점점 완만하게 흐른다. 그 흐름이 느리지도 급하지도 않고 파도도 치지 않는다. 강둑이 깊지 않고 얕아 건너기 쉬우며, 물은 깨끗하고 맑다. 온갖 꽃이 흩어져 날리는 강물이 넓은 강폭을 꽉 채우며 두루 흐른다. 강물을 따라 양쪽 둑에는 온갖 나무로 이루어진 숲이 있어, 그 가지와 잎이 강물에 드리운다. 갖가지 향기로운 꽃과 열매가 달렸고, 푸른 풀이 가득히 깔렸으며, 뭇 새들이 서로 화답하며 지저귄다.

스님 한 분이 옆을 스쳐 지나간다.

강둑에서 유쾌한 고함소리가 들린다. 크고 작은 아이들이 맨발로 공을 차며 누런 흙바람을 일으켰다.

《기세경》에서 뭐라 하든, 내 손에 들린 독일어 책은 다음과 같이 설명하고 있다. 이 나라 육백만 인구의 평균수명은 오십오 세가 채 안 된다. 아동 중 절반이 영양결핍에 시달리고, 사십 퍼센트에 가까운 국민이 학교에 다니지 못해 문맹이다.

또다른 책은 이렇게 설명한다. 1964년부터 1973년까지 십 년 동안 미국 폭격기가 총 58회 출격, 폭탄 이백만 톤을 이곳에 떨어뜨렸다. 제2차 세계대전 당시 독일에 떨어뜨린 폭탄의 두 배에 해당하는 양이다. 당시 라오스 인구가 삼백만 남짓이었으니, 일 인당 유례없는 양의 '폭탄세례'를 받은 셈이다.

당시 라오스는 어디와도 싸우지 않았다. 미국은 단지 베트콩을 소탕하기 위해 라오스에 이백만 톤에 해당하는 집속탄集束彈 팔천만 개를 떨어뜨렸다. 광범위한 지역을 폭격하는 데 주로 사용되는 집속탄은 모자폭탄母子爆彈이라고도 부른다. 모폭탄의 시한장치가 터지면, 수십 개에서 백 개가 넘는 자폭탄이 터져나와 흩어지기 때문이다. 자폭탄의 크기는 테니스 공만했는데, 문제는 이 연꽃의 나라에 투하된 팔천 만 개의 집속탄 가운데 십 퍼센트에서 삼십 퍼센트 정도가 불발된 채 밀림에 떨어져, 울창한 수풀 사이에 숨었다는 사실이다. 십 년, 이십 년 그리고 삼십 년 후, 부지런한 농민이 풀을 베려고 밀림으로 들어올 때, 순진한 아이들이 토끼를 쫓다가 뛰어들 때, 폭탄은 그제야 펑 터진다.

그러니까, 그들은 십 년 후를 폭격한 셈이다. 1973년에 떠난 미국의 폭격기는 라오스의 대지에 언제 터질지 모르는 시한폭탄을 이천사백만 개나 남겼다. 2003년을 며칠 앞둔 어느 날, 라오스 사람들은 전쟁을 치르지도 않았는데 지난 삼십 년 동안 오천칠백 명이 폭탄으로 목숨을 잃고 또 오천육백 명이 손발을 잃었다는 사실을 발견했다. 집에서 기르는 물소가 논에서 폭탄을 삼켜 터져 죽는 일도 다반사였다.

멀리서 두 아이가 가까이 달려왔다. 아까 그 형제였다. 형제는 각자 버드나무 가지를 들고 번갈아가면서 솔방울만한 불공을 때리며 그 뒤를 좇아 뛰고 있었다.

느리게 보기

중국 남부 구이저우貴州를 연구 조사차 방문하고 돌아온 친구는 가장 인상 깊었던 장면으로 놀랍게도 다음을 꼽았다.

농민 수십 명이 모내기를 하는데, 비슷한 숫자의 농민이 논두렁에 쪼그리고 앉아 이들을 지켜보고 있었다는 것이다. 해가 뜰 때부터 질 때까지 날마다 같은 일이 반복되었다. 학자로서 그는 참을 수가 없었다. 아니, 이 나라는 한 조가 일하면 다른 한 조가 감시를 해야만 한단 말인가? 논두렁으로 달려간 친구가 쪼그려앉은 사람들에게 다짜고짜 따졌다.

"왜 일하는 사람들을 지켜보고 있습니까?"

앉은자리에서 담배를 피우던 이들이 여전히 논에서 눈을 떼지 않고 걸쭉한 사투리로 대답했다.

"그냥 보는 것뿐입니다만."

"왜 보고 있는 거죠?"

"달리 할 일이 없으니까요."

그랬다. 그 땅은 농민 몇 사람이면 충분했다. 다른 사람들은 정말로 할 일이 없어서 논두렁에 쪼그리고 앉아 구경을 하고 있었던 것이다. 어쩌면 나름대로 '같은 배를 탄 동료 의식'을 발휘한 것이리라.

쪼그리고 앉아 있던 사람들이 그제야 고개를 돌려 이상하다는 듯 쳐다보며, 그런 걸 왜 물어보느냐고 되물었다.

홍콩에서 온 학자는 도리어 꿀 먹은 벙어리가 되었다. 뭐라고 대답하지? 논두렁에 앉아서 아무 일도 안 하다니 인력 낭비 아니냐고? 아니면 홍콩이나 타이완이나 미국에서는 사람들이 평생 일에 치여 사는데, 할 일이 없다니 그건 꿈도 꿀 수 없는 일이라고? 할 일이 없다는 것은 무서운 일이라고?

어떻게 대답해야 했을까?

또다른 이야기가 하나 생각났다. 아프리카에서 있었던 일이다. 적십자사에서 일하는 어느 유럽인이 아프리카의 한 나라로 파견되었다. 그는 매일 아침 하던 대로 아프리카에서도 조깅을 계속했다.

그날도 여느 때처럼 뛰고 있는데 현지인 한 명이 그와 보조를 맞춰 뛰면서 호기심 어린 눈빛으로 물었다.

"무슨 일이 생겼나요?"

유럽인이 숨을 헐떡이며 대답했다.

"아무 일도 없습니다."

아프리카인이 깜짝 놀라며 물었다.

"아무 일도 없다고요? 그런데 왜 그렇게 뛰고 있습니까?"

유럽인은 순간 무슨 말을 해야 할지 알 수 없었다. 어떻게 설명하지? 음, 왜냐하면, 늘 에어컨이나 온풍기가 돌아가는 사무실에서 컴퓨터 앞에 앉아 일하기 때문에 피부가 거의 햇빛을 받지 못하고, 손은 보드랍지만 어깨가 긴장으로 굳고 허리가 쑤시니까, 즉 운동 부족이니까 '조깅'으로 근육을 억지로 움직여야 한다고? 음, 좀더 심오하게, 유럽인과 아프리카인은 문화 수준이나 생활방식이 달라서 '조깅'

과 같은 운동은, 그러니까, "꼭 무슨 일이 생겨야만" 하는 것은 아니라고?

친구의 얘기가 계속 이어졌다. 그들은 그렇게 하루 종일 아무 일도 하지 않고 쭈그리고 앉아 담배를 피우며 광활한 논을 지켜보았어. 그런데, 나 역시 옆에서 그러고 있다보니 어느새 영혼이 빠져나가버리는 것 같은 기분이 들더라. 놀랍게도 저절로 탄성이 나오더라고.

"이렇게 논두렁에 쭈그리고 앉아 드넓은 논을 바라보고 있으니, 정말 좋구나."

나 역시 알고 있다.

나 또한 그런 경지, 그러니까 느림의 미학을 동경하기 때문이다.

필립과 보름 일정으로 동남아 여행을 떠나면서 그들의 속도에 최대한 맞추겠노라 마음속으로 단단히 다짐했다.

부두에는 시간표를 붙여놓은 사무실도, 권위 있는 목소리로 도착시간을 알려주는 직원도 없었다. 일단 배에 올라타, 지금부터 여기서 여생을 보내도 좋다는 각오로 가장 편해 보이는 자리를 찾아 앉았다. 그러고는 언제 도착하는지 생각조차 하지 않고 있는 나 자신을 깨달았다. 강물은 고요하지만 도도하게 그리고 거대한 폭발력을 숨긴 채 흐르고 있었다. 모래사장에서 태양에 몸을 말리는 회색 물소를, 산등성이에서 달려내려오는 아이들을, 하얀 갈대꽃 끝을 스치면서 흩어지는 금빛 햇살을, 나는 바라보았다. 그리고 강물에 동심원을 그리며 퍼져나가는 물결을 하나둘 세었다……

루앙프라방에서 앙코르와트로 가는 비행기가 갑자기 세 시간 연착된다는 안내방송에도, 사람들은 그럴 줄 이미 짐작하기라도 한 듯 눈

하나 깜짝하지 않는다. 당신 역시 느긋하게 공항의 상점들을 한 바퀴 돌아본다. 코끼리 조각부터 향료 상자, 목걸이, 비단 스카프까지, 하나하나 들어보고, 자세히 살피고, 만지고, 남새를 맡고, 어울리는지 둘러보기도 한다. 이러든 저러든 시간은 흘러가기 마련이다. 어느 시간 어느 장소든 몸을 편히 두고 할 일을 하다보면 결국은 바로 그것이 좋은 시절이고 멋진 낙원인 것이다.

나는 꿈을 꾼다. 집 앞에 텃밭을 만들고 수세미를 심으면, 수세미가 버팀대를 휘감고 올라가 태양을 향해 자라며 노란 꽃을 활짝 피우다가, 꽃이 지고 나면 주렁주렁 열매를 맺는다. 그러면 나는 땅바닥에 편하게 앉아 온몸에 돌기가 오돌토돌한 수세미를 바라본다. 느리고 느리게……

3부

시간

인생이란 본래 길 위의 삶이다.
남편과 아내로, 아버지와 아들로, 아무리 깊은 정을 나누고
긴 세월을 함께했어도,
결국 아침 햇살에 사라지는 풀잎 위의 이슬 한 방울에 지나지 않는다.
우리가 아무리 그리워하고 마음이 놓아주지 않더라도
한순간에 사라져버린다.

심연深淵

"아버지, 저예요. 오늘은 좀 어떠세요?"
"이가 아파서 당최 씹지를 못하는구나."
"산책은 하셨어요? 잠은 푹 주무셨고요?"

매일 밤 꿈을 꾼다. 항상 똑같은 꿈이다.

어쩌다가 이 광야까지 왔는지 모르겠다. 별 하나 없는 캄캄한 어둠 때문에 동서남북조차 가늠할 수 없다. 마을의 존재를 예감할 수 있는, 속세의 먼지를 뒤집어쓴 등불 하나 없다. 한밤중 숲에서는 곤충이 울기 마련이지만, 아무리 귀 기울여보아도 죽음과도 같은 적막뿐이다. 잠시 기다려본다. 새의 날갯짓 소리라도 들리지 않을까? 풀 위를 기어가는 지렁이 소리라도 들리지 않을까? 하지만 아무 소리도 없다. 차가운 밤안개 속에서 무언가 잡힐까 허공으로 손을 내밀어보지만, 차가운 한기만 느껴진다.

보통 들판이라면 저쪽 끝에 숲이 있고, 검푸른 능선이 구불구불 이어지면서 하늘과 함께 무언가 의미 있어 보이는 구도를 만들기 마련이다. 하지만 이 광야는 기괴할 정도로 적막하다. 소리도 사라지고, 능선도 없다. 바닥이 보이지 않는 심연처럼 캄캄한 하늘 아래, 들판이 얼마나 넓고 광활한지 가늠이 안 된다. 이 광야에 끝이 있기는 한 걸까? 어둠에 익숙해지자 눈을 더 크게 뜨고 두리번거려보지만 여전히 암흑뿐이다. 결국 시선을 거두고 다른 감각기관으로 위치를 가늠해보기로 한다. 피부의 땀구멍을 열고 바람을 기다린다. 바람이 가늘게 불고 있다. 바람은 얼굴 위를 쓸고 지나간다. 눈을 감고 모든 감각을 귀에 집중시켜본다. 혹시 바람에 저 멀리 옥수수밭 소리가 실려 있지 않을까? 푸른 옥수수 잎사귀들이 바람에 흔들리는 소리가 "쏴아" 하고 바람에 실려오지 않을까? 그렇다면 적어도 같은 시공간 어딘가에 옥수수밭이 존재한다는 뜻이다. 그것은 이 텅 빈 공동空洞에 나 혼자 떠도는 것은 아니라는 메시지가 되어줄 것이다.

하지만 음습한 냉기가 발목 근처를 감아오르면, 두려워서 한 발짝도 앞으로 내디디지 못한다. 갑자기 심연의 가장자리 바로 앞에 서 있는 듯한 강렬한 느낌이 엄습해온다. 내 앞에 놓인 공간이 드넓게 펼쳐진 광야가 아니라 가파른 낭떠러지일 것만 같다. 어쩌다 이곳까지 왔는지 알 수가 없다. 나가는 길이 어디에 있는지, 있기는 한 것인지조차 의심스럽다. 갑자기, 몸이, 끝없이 떨어진다……

화들짝 놀라 잠에서 깨는 순간, 여전히 눈을 꼭 감은 채 얼굴에 따갑게 부딪혀오는 햇살을 느낀다. 하지만 아직 정신이 멍해 지금 이곳이 어디인지 알 수가 없다. 어느 나라, 어느 도시, 그리고 삶의 어느 지점인지…… 스무 살? 마흔 살? 무슨 일을 하고 있지? 누구와 함께? 천천히, 어렴풋이 무언가 느껴지기 시작한다. 오른쪽, 멀지 않은 곳에 강이 있어야 맞다. 그렇다. 강이 있는 도시에 있다. 천천히 지각을 동원해보지만, 웬만한 도시에는 모두 강이 있지 않은가. 이 강은 어디에서 왔을까. 의식이, 멀리, 저 멀리서 조금씩 돌아온다. 수만 광

년 밖에서 되돌아오는 별빛처럼 천천히. 눈을 뜨고 빛이 드는 쪽을 바라보니, 창밖으로 방범 창살이 보이고, 그 밖으로 망고나무가 한 그루 보인다. 나무에는 푸른 망고가 잔뜩 달려 있다. 화려한 열대의 새가 창밖으로 날아가고, 갑자기 누군가 무성영화에 더빙이라도 한 것처럼, 파닥이는 날갯짓 소리가 들린다.

아, 여기로구나.

무장해제

"아버지, 저예요. 오늘은 어떠세요? 뭐하고 계세요?"
"붓글씨 쓰지. 일요일에 밥 먹으러 올래?"
"안 돼요, 회의가 있어요."

"아버지, 저한테 열쇠를 맡기세요. 네?"

등지고 서 있는 아버지는 못 들으신 모양이다. 물이 가득 담긴 커다란 플라스틱 물뿌리개를 껴안은 채, 무게를 이기지 못하는 듯 아버지는 등을 잔뜩 구부리고 있다. 두툼한 알로에는 윤기가 흐르고, 가느다란 참죽 이파리가 무성하다.

꽃시장에는 원래 백합을 사러 갔다. 그런데 가느다란 가지에 영양 부족인 듯 볼품없는 이파리가 달린, 눈에 띄지 않는 한구석에 외롭게 놓인 작은 나무가 눈에 띄었다. 화려한 장미와 풍성한 국화 옆에서, 아무도 그 나무에 눈길을 주지 않았다. 농부는 딱딱한 마분지에 삐뚤빼뚤하게 '참죽'이라고 써놓았다. 인파로 꽉 찬 시끄러운 꽃시장에서, 걸음을 멈추고 그 두 글자를 바라보았다. 어릴 적, 엄마는 참죽 얘기만 나오면 얼굴에 생기를 띠며 코를 벌름거렸다. 고향에 관한 모든 기억이 이 식물의 향기에 농축되어 있기라도 한 듯이. 원래 이렇게 생겼구나. 백합은 사지도 않고 택시를 잡았다. 부모님 집으로 가는 택시 안에서 나는 영양부족의 참죽 화분을 껴안고 앉아 있었다.

"더이상 운전하지 마세요. 네?"

아버지는 여전히 등을 돌린 채다. 강렬한 햇살이 발코니 안으로 들어와, 머리카락은 평소보다 밝고 그림자는 더 어두워져, 아버지는 가위로 오린 검은 종이인형처럼 보인다. 허리를 굽힌 채 아버지는 계속 꽃에 물을 주고 있다.

아버지는 여든의 연세에도 불구하고 매일 자동차를 몰고 나가 장을 보고, 친구를 만나고, 아들 대신 우체국에 가서 소포를 찾아온다. 자동차로 엄마와 함께 전국 일주를 하겠노라고 몇 달에 한 번씩 돌림노래처럼 큰소리를 치고, 걸핏하면 자동차를 몰고 타이베이까지 보러 오겠다는 말로 사람을 걱정시키면서 늘 신나 있다.

"고속도로 운전도 문제없다. 조심해서 모니까 걱정하지 마라."

하지만 걱정하지 않을 수가 없다. 아버지가 운전하는 차에 타면 언제나, 양손을 꼭 모아쥐고 온몸을 긴장시키고 있다가, 나도 모르게 튀어나오는 비명을 목구멍으로 꿀꺽 삼켜야 했다. 아버지는 아주 조심스럽게 운전을 한다. 너무나 조심스러운 나머지, 상반신은 거의 핸들에 붙어 있고, 가능한 한 길게 목을 앞으로 빼고 정면만 보면서 천천히 차를 몬다. 너무 느려서, 속도를 올리며 차선을 바꾸어 끼어들어야 할 순간에는 정작 계속 앞뒤를 살피면서 기어가듯 하다가, 갑자기 속도를 올려서는 앞서가던 오토바이를 냅다 들이받는다. 토마토를 실은 바구니가 땅바닥에 구르고, 바퀴가 그 위를 깔아뭉개 차도가 온통 붉게 물든다.

얼마 후, 전신주를 들이받았다는 소식이 들려왔다. 엄마가 전화로 하소연했다.

"심장이 떨려 죽겠구나. 글쎄, 네 아버지가 가속페달을 브레이크인 줄 알았다지 뭐니!"

차 앞부분이 거의 다 망가져 고치는 데 삼백만원이나 들었다. 몇 달 후, 또 전화가 왔다. 달려오는 레미콘을 피하려다가 급정거를 했단다. 이번에 전화를 건 사람은 "심장이 떨려 죽겠다"던 엄마가 아니었다. 엄마는 병원에 누워 있었다. 브레이크를 너무 세게 밟는 바람에 팔이 부러진 것이다.

형제들이 나에게 매달렸다.

"네가 좀 해결해봐. 우리는 아버지한테 말도 못 꺼내. 아버지는 네 말만 듣잖아."

저물녘의 어스름이 마루 위에 엷게 깔렸지만, 실내는 아직 불을 켜지 않아 어두침침하다. 조용한 방에서 벽시계만 혼자 재깍재깍 돌아간다.

황혼녘 어스름 속에 앉아 있던 아버지가 말 한마디 없이, 탁자 위에 자동차 열쇠와 운전면허증을 꺼내놓는다.

"외출하실 때는 택시를 부르세요. 아시겠죠?"

"아무리 먼 거리라도 삼백만원은 나오지 않아요."

계속 말을 걸지만 아버지는 여전히 묵묵부답이다.

열쇠와 운전면허증을 큰 봉투에 담고 혀로 핥아 입구를 봉한다.

"됐죠?"

이번에는 꼭 아버지의 입에서 승낙의 말을 듣고야 말겠나는 듯 큰 소리로 다시 묻는다.

아버지가 담담한 목소리로 대답한다.

"그래."

소파에 웅크리고 앉아서 아버지는 더이상 아무 말도 하지 않는다.

부모님 집을 나서면서 길게 한숨을 내쉰다. 스스로에게 만족한 듯이, 신출귀몰하며 온갖 악행을 저지른 게릴라 부대 두목을 설득해 무장해제라도 시킨 듯이.

다만 미처 예측하지 못한 사태라면, 평생 근검절약이 몸에 배어 택시는 탈 엄두를 못 내는 아버지가 그날부터 문밖출입을 하지 않으려 했다는 점이랄까.

"일요일에 함께 동창회에 갈 수 없겠니?"

갑자기 등 뒤에서 큰 소리로 묻는다. 방금 닫혀버린 철문을 사이에 두고. '쾅' 소리에 아마 "시간 없어요"라는 대답은 듣지 못하셨겠지.

반야심경

"아버지, 저예요. 식사 하셨어요?"
"식욕이 없구나."
"식욕이 없어도 꼭 드셔야 해요. 너무 마르셨어요."

비서가 쪽지를 건넨다.

"곧 의회가 시작됩니다. 서두르세요."

하지만 이메일 보관함에 열여덟 살 아들의 메일이 와 있다. 나는 재빨리 읽어내려간다.

엄마, 오늘 저녁에 있었던 일을 꼭 말씀드려야 할 것 같아요.

아까 저녁때 차를 몰고 친구 집에 갔어요. 친한 애들끼리 모이기로 했거든요. 곧 졸업이라 모두들 마지막 학기를 아쉬워하고 있어서요. 열 명이 넘게 모여 영화를 보면서 피자를 시켜 먹고, 그 난장판에서 삼삼오오 앉거나 누워서 웃고 떠들고 있었죠. 그때 아빠한테서 전화가 왔어요. 받자마자 다짜고짜 고함을 치더라고요.

"이 녀석아, 왜 차를 몰고 나가?"

운전면허증을 딴 그날부터 집에 있던 소형 지프는 제가 몰았어요. 아무도 안 타는 차였으니까요. 그래서 저는 대답했죠.

"저한테 차를 몰지 말라고 한 사람은 아무도 없어요."

"밤에 운전하지 말라고 내가 말했잖아. 아직 초보니까 밤에는 안 된다고."

"그렇지만 친구랑 시내에서 만나기로 했다고요. 십 킬로미터가 넘는 거리에 버스도 안 다니는데, 그럼 어떻게 해요!"

아빠가 더 크게 화를 냈어요.

"당장 차 몰고 집으로 돌아와."

저도 화가 나서 대꾸했어요.

"아빠가 직접 와서 몰고 가세요!"

계속 고함만 지르는 아빠 때문에 저도 참을 수가 없었어요.

물론 그렇게까지 심하게 화를 내는 데 이유가 없었던 건 아니에요. 인정해요. 엄마한테 미처 말 못했는데, 사실 두 달 전에 작은 접촉사고를 냈거든요. 유턴하다가 주차된 차를 살짝 긁어서 수리비를 좀 물어줬어요. 그래서 저를 못 믿는 거죠. 아빠는 처음부터 제가 운전할 때마다 조수석에 앉아 제 모든 동작을 독수리처럼 노려봤어요. 그러고는 사사건건 잔소리를 했죠. 지금은 이해해요. 그땐 뭐 제대로 하는 게 하나도 없었으니까요.

하지만 저도 조심하고 있어요. 그런데 정말 이해되지 않는 건, 정말 웃겨요, 아빠도 초보 시절이 있었을 거잖아요. 태어나자마자 차를 몰고 시내로 나가지는 않았겠죠? 아빠는 젊었을 때 차가 뒤집힌 적도 있잖아요. 도로를 벗어나면서 그대로 뒤집혔다면서요. 아빠도 젊어서 그랬겠죠?

하지만 젊었을 적 기억은 다들 통째로 상실했는지, 어른들은 늘

자기 의견만 고집하는 것 같아요. 즐겁게들 모였었는데, 제 기분은 엉망진창이 됐어요.

비서가 두번째 쪽지를 들이민다.
"지금 당장 출발하지 않으시면 늦습니다."
급하게 답장을 쓴다.

얘야, 아빠를 좀 이해해주렴. 사랑이라는 조급함에서 나온 행동들은 이해해주어야 한단다. 지금 의회에 출석해야 하니 저녁에 다시 얘기하자꾸나.

의회는 화약 연기와 악의로 가득하다. 무기처럼 마구 휘두르는 언어가, 쇠못이 촘촘하게 박힌 낭아봉狼牙棒이나 무거운 쇠망치 못지않게 위협적이다. 미리 서랍에 《반야심경般若心經》, 플라톤의 《대화》 그리고 《장자》를 한 권씩 넣어두었다. 서랍을 열고 아름다운 글자를 읽고 심오한 뜻을 음미하면서 무시무시한 언어의 공격으로부터 잠시 피신을 시도한다.

모든 사물은 공空이니, 나지도 않고 없어지지도 않으며, 더럽지도 않고 깨끗하지도 않으며, 늘지도 않고 줄지도 않느니라. 그러므로 공 가운데는 물질도 없고, 느낌과 생각과 의지와 판단도 없으며, 눈과 귀와 코와 혀와 몸과 뜻도 없으며, 빛과 소리와 냄새와 맛과 촉감과 의식의 대상도 없으며, 늙고 죽음도 없고 또한 늙고 죽음의 다함까지도 없느니라. 괴로움, 괴로움의 원인, 괴로움의 없어짐, 괴로움을 없애는 길도 없으며, 지혜도 없고 또한 얻는 것도 없느니라.

천천히, 숨을 깊이 내쉬고 들이쉬면서, 비밀을 담은 아름다운 글자들을 눈으로 읽는다. 나지도 않고 없어지지도 않으며 더럽지도 않고 깨끗하지도 않으니, 이까짓 고함 소리야 안 들린다고 생각하자. 그래도 사라지지 않는 거친 말투와 귀청을 찢는 고함소리가, 끊어진 강철 와이어로 팽팽한 신경을 때리기라도 하듯 나를 초조하고 불안하게 만든다.

갑자기 전화가 울린다. 얼른 전화를 받으며 촌각을 다투는 급한 자료가 왔나보다 생각한다. 마음이 급해진 나머지 목소리가 퉁명스럽게 튀어나온다.

"여보세요."

전화기 너머로 아버지의 느릿느릿한 후난湖南 사투리가 들린다.

"딸내미냐, 아버지다……"

천하태평인 목소리가 그날 오후에 있었던 일을 남김없이 늘어놓을 것만 같다.

사냥개처럼 재빨리 짧고 단호한 질문을 던진다.

"왜요, 무슨 일이세요?"

위축된 듯, 아버지가 우물쭈물 얘기를 꺼낸다.

"그게, 이번 주 일요일에 말이다…… 혹시 말이다, 그러니까…… 함께 헌병 동창회에…… 같이 가줄 수 없겠니?"

순간 나는 숨을 멈춘다. 안 돼. 정신을 놓으면 안 돼. 눈과 귀와 코와 혀와 몸과 뜻도 없고, 빛과 소리와 냄새와 맛과 촉감과 의식의 대상도 없다. 그렇게 되뇌면서 천천히 숨을 내쉬어 심장박동을 안정시킨다. 참호 속에 숨어 있는데 갑자기 머리 위로 대포알이 지나가기라도 한 것처럼 메마른 목구멍에서 소리가 도저히 나오지 않는다.

전화기 저쪽의 아버지가 쭈뼛거리며 말을 잇는다.

"동창회는 말이다. 헌병학교 18기 동창회인데, 일 년에 한 번 모인단다. 모두들 내 딸을 보고 싶다는데…… 아버지랑 함께 가서 밥 한 끼 먹을 수 없겠니?"

여인

"아버지, 저예요. 오늘은 괜찮으세요?"
"괜찮다."
"외출 좀 하세요. 아끼지 말고 택시 타시고요. 네?"

시내에 나가자고 엄마의 손을 잡아끌면, 엄마는 늘 완강히 저항한다.

"시내는 사람들이 너무 많아……"

"사람들과 부대끼는 데 익숙해져야 해요, 엄마. 몇 년 동안 집 안에만 틀어박혀 지냈잖아요. 위축되지 말고 외출하는 습관을 들이세요. 바깥세상에 적응해야죠. 집에만 있으면 빨리 늙어요."

내 말투가 점점 사회복지사를 닮아간다는 생각이 든다.

엄마가 내 손을 놓칠세라 꽉 붙든다.

지하철역 에스컬레이터가 꽤 빨리 움직인다는 사실을 처음으로 깨닫는다. 한 손으로 엄마의 허리를 감싸안고, 다른 손으로 엄마의 손을 꼭 잡으며 에스컬레이터 앞에 선다. 눈앞의 에스컬레이터가 천 길 낭떠러지인 듯 노려보다가, 발을 헛디디지 않도록 조심하면서 재빨리 엄마를 모시고 올라탄다. 허리춤에 총검을 차고 일렬종대로 뛰어가는 군인들처럼, 스륵스륵 에스컬레이터가 일정한 속도로 돌아간다. 지하철역에서 사람들은 분주히 움직인다. 모두들 갈 길이 바쁘다. 엄마가 끊임없이 중얼거린다.

"사람이 너무 많아. 사람이 너무 많아……"

아이스티를 마시면서 물어본다.

"엄마, 고향 항저우에 같이 가실래요?"

"안 간다."

단호한 대답이다.

"모두 죽고 없는데, 가서 뭐해?"

"그 사촌 여동생도 돌아가셨어요?"

"죽었지. 나보다 세 살이나 어린데도. 모두 죽고 없어."

'모두'란 함께 자란 형제자매, 친 동기간처럼 지냈던 동네 아가씨, 변발을 늘어뜨리고 같이 공부했던 학교 동창을 비롯해 당신을 아명으로 부르던 같은 세대를 말한다.

"그럼 시후西湖 호수를 유람할까요? 항저우에서 꽤 유명한 곳이잖아요. 꽃구경도 하고, 고향 명물인 참죽달걀볶음도 먹고. 좋잖아요."

담담한 눈길로 바라보던 엄마의 눈동자가 놀랍게도 투명한 유리알처럼 반짝 빛나더니, 조용히 대답이 돌아온다.

"네 아버지도 안 계신데, 그런 것들이 무슨 소용이니."

"그럼 우리 홍콩이나 선전에 가요. 가서 쇼핑이나 할까요?"

그러고는 상점들을 눈여겨보기 시작한다. 여든의 노인에게 어울릴 만한 옷을 파는 가게는 없나, 눈이 어두운 노인도 편하게 볼 수 있을 만큼 큰 글씨로 인쇄된 책을 파는 서점은 없나, 두리번거린다. 여든 살이 되면 어떻게 옷을 입고 무엇을 먹어야 하는지, 어떤 운동이 알맞고 친구는 어디서 사귀는지, 고독에 어떻게 대처하고 상실감을 어떻게 극복하는지, 어떻게 준비를…… 그러니까, 떠날 준비를 어떻게 해야 하는지 말해주는 책들만 진열해놓은 서점은 없을까? DVD를 고르면서도 여든 살의 사랑과 이별을 다룬 영화들을 진열한 코너가 없는지 주의 깊게 살핀다. 그렇다. 여든 살 여성의 심리, 사랑과 욕망 그리고 후회, 세월과 함께 퇴색하지 않는 미망迷妄, 흐르는 시간과의 줄다리기 등을 주제로 한 작품 말이다. 그런 DVD가게는 없을까? 있다면 기꺼이 사들고 가 엄마와 함께 볼 텐데……

어느 가게 앞에서 걸음을 멈춘 엄마가 쇼윈도에 진열된 구두를 열심히 구경한다. 옆에서 마음에 드는 게 있으면 사라고 부추기다가, 한참 후에야 엄마가 화려한 하이힐에 눈독을 들이고 있다는 사실을 알아챈다.

"엄마, 연세 때문에 굽 높은 신발은 안 돼요. 넘어져요. 넘어지면 큰일 나는 거 아시죠?"

"으응……"

하지만 엄마는 금세 또다른 하이힐을 집어들고는 금빛 테두리를 두른 뾰족한 앞코를 못내 아쉬운 듯 쓰다듬는다.

"엄마," 잔소리가 이어진다. "그것도 굽이 높잖아요. 안 돼요."

그제야 엄마는 하이힐을 내려놓는다.

앞코가 둥글고 바닥이 부드러운, 굽 낮은 신발을 골라 엄마 앞에 들이민다.

엄마는 고집스럽게 고개를 젓는다.

"안 예뻐."

그렇게 하찮다는 표정은 정말 오랜만이었다. 그 표정 덕분에 생각이 났다. 그렇다. 엄마는 늘 그토록 아름다움에 탐닉하던 여인이었다. 어느 날이던가, 피부가 하얗고 고운 항저우 부잣집 고명딸은 나와 어깨를 나란히 하고 화장대 거울 앞에 섰다. 자기 뺨을 쓰다듬으며 거울 속 자신의 모습을 한번 보더니 엄마는 옆에 있는 나에게 시선을 돌리며 물었다.

"얘, 올해로 예순다섯이지만, 아직 괜찮지?"

"예뻐요. 아직 저보다 미인이죠. 할머니 미인."

엄마는 젊은 처녀처럼 웃었다.

"얘, 너에게도 주려고 하나 더 샀단다."

엄마는 허리를 굽혀 서랍에서 뜯지 않은 작은 상자를 하나 꺼내 내 손에 들려주었다.

"꼭 챙겨 먹어."

핑크빛 종이상자 위에는, 얼굴에 애매한 미소를 띤 풍만한 여성의 나신이 그려져 있었다. 도대체 무엇인가 싶어 엄마를 쳐다보니, 엄마는 그 이상 자상할 수 없는 얼굴에 비밀스러운 미소를 보내고 있었다. '수밀도환', 가슴을 커지게 하는 약이란다.

"너도 너무 납작하잖니!"

나도 모르게 '엄마, 미쳤어?'라는 말이 튀어나오려는데, 순간 무언가 놓친 게 있다는 생각이 들었다.

"그럼 엄만…… 지금 이 약을 먹고 있단 말이야?"

다시 인파 속으로 돌아와, 사람들을 둘러본다. 거리에 가득한 사람들 속에 엄마와 비슷한 연배로 보이는 노인이 얼마나 되는지 찾아본다. 두 눈을 크게 뜨고 주의 깊게 살펴보지만, 없다. 백 명도 넘는 사람들이 지나갔지만 그 속에 여든쯤 되는 노인은, 없다. 로데오 거리에 갔을 때가 떠오른다. 쉰 살의 나는 도저히 그곳에 섞일 수 없는 이방인 같았고, 거리 전체가 나와는 다른 '종족'으로 가득 차 있는 듯한 기분이었다. 그렇다면 엄마는? 지금의 엄마는 로데오 거리뿐 아니라 온 세상이 낯선 이들에게 점령당한 기분이 아닐까? 하루아침에 혁명이 일어나 세상이 뒤바뀐 느낌? 망명을 강요당한 느낌? 어떤 느낌일까? 저항조차 용납되지 않은 추방? 은밀하게 진행된 세상과의 단절? 세상으로부터 버림받은 천애고아?

멀티플렉스 극장을 지나치면서 입구에 내걸린 포스터를 자세히 살펴본다. 혹시 액션이 아닌, 동성애나 스파이가 아닌, 지구 멸망이나 치정에 의한 살인 음모가 아닌, 단순하지만 깊이 있는 영화, 여든의 노인도 스스로 세상으로부터 '삭제'당하지 않았다고 느낄 만한 영화가 없을까?

"돌아가자꾸나."

너무나 갑작스럽다.

"안 돼요."

계속 손을 잡아끌던 나는 고개를 돌려 엄마를 똑바로 쳐다본다.

"엄마 마음에 드는 옷과 신발을 사고 나서요."

"모두 죽었다."

"누가요? 누가 다 죽었다는 거예요?"

"내 학교 친구들, 그리고 고향 친구들, 바오잉, 수란, 예페이 그리고 또 이름은 잊었지만……"

엄마에게 물어본다.

"이 화려한 국제도시 홍콩의 번화가에서 하필이면 지금, 왜 고향 친구들 생각을 하는 거예요?"

"어쩌겠니." 엄마 목소리가 너무 작아 잘 들리지 않는다. "그냥 생각이 나는걸."

꼬치를 파는 노점 앞에서 여고생 무리가 서로 이리 밀치고 저리 밀치면서 수다를 떨고 있다. 개중 키가 삐죽하게 큰 여학생이 대장인지 누가 무엇을 얼마나 먹었는지 세고, 꼬치 값을 계산한다. 누군가 우스갯소리라도 했는지 과장스러운 웃음이 터지고, 서로 옆구리를 찔러댄다. 나는 그제야 무엇이 엄마의 기억을 건드렸는지 깨닫는다. 어째서 홍콩의 여고생 교복은 아직도 파란색 치파오에 흰 운동화란 말인가.

틀니

"여보세요…… 아버지, 식사하셨어요?
안 들려요? 제 말 안 들리세요? 아버지 딸이에요.
여보세요, 식-사-하-셨-냐-고-요! 혹시 수화기 거꾸로 드셨어요?"

"틀니는 어쩌셨어요?"

틀니를 빼자 양쪽 뺨이 움푹 들어가 주름에 입술이 파묻힌다. 이가 없으면 사람들은 다 똑같아 보인다. 오랫동안 먹지 않고 한자리에 두어 뽀얀 먼지가 한 겹 덮인 사과처럼, 쭈글쭈글한 주름이 점점 깊어지면서 쪼그라든다. 이가 없어지면 남자든 여자든 모두 동화에 등장하는 마녀처럼 보이기 마련이다.

엄마가 현장에서 덜미를 잡힌 소매치기 소년처럼 잔뜩 겁먹은 표정으로 주머니에서 틀니를 꺼내 손바닥에 올려놓고 검사를 기다린다.

마리아가 옆에서 한마디 한다.

"어머님께서 칼로 틀니를 자르셨어요."

당황스럽다.

"말씀하시길," 마리아의 중국어에는 인도네시아 억양이 남아 있다. "틀니가 아프다고, 불편하다고, 손톱 줄로 쓸어내시더니 다시 칼로 자르시더라고요. 틀니가 잘못됐다고, 고쳐야 한다고요."

엄마는 미안하다는 듯이 웃어 보이며 순순히 내 손바닥 위에 틀니를 올려놓는다.

"틀니가 불편하시면 의사 선생님한테 가서 고쳐야지, 함부로 건드리면 안 돼요. 아셨죠?"

이미 발코니로 나간 엄마는 즐겨 앉는 흰 철제의자에 앉아 푸른 바다를 바라본다. 거실에 남아 있는 내 눈에 엄마의 뒷모습은 검은 실루엣으로 보이고, 정수리에 비친 동그란 햇빛만 눈부시다.

그토록 조용히 걷고 그토록 작게 말하는 엄마가 낯설다. 기억 속 엄마는 언제 어디서든 누구보다 크게 웃고 제스처도 과장되게 컸다. 소녀 시절에는 너무 호탕한 엄마가 교양 없어 보여 창피하기도 했다. 엄마는 웃을 때도 허벅지를 때려가며, 목젖이 드러나도록 큰 소리로 깔깔거리곤 했다. '미친년'처럼 데굴데굴 구를 때도 있었다. 하지만 '교양'이 부족했기 때문에, 엄마와 대화할 때면 나는 오히려 특별한 카타르시스를 느끼기도 했다. 언젠가 엄마는 그해 새로 출판된 책을 가지고 와서는 고개를 내저으며 말했다.

"얘, 네가 쓴 이 책은 차마 내 친구들에게 선물로 못 주겠구나."

"네? 왜요?"

엄마는 책을 펼쳐 한 구절을 손가락으로 가리켰다.

"여기 한번 읽어봐."

평소처럼 골목 입구에 떠돌이가 서너 명 앉아 있었다…… 개중 머리카락이 떡이 되도록 뭉친 남자가 다리를 꼰 채 비스듬히 앉아 있었다. 낡은 바지에는 지퍼가 떨어져나가고 없어, 나는 그의 양물과 터럭을 엿보지 않을 수 없었다…… 말 한 마리가 눈앞을 지나가면서 독특한 냄새가 따라 지나갔다. 건초와 땀이 뒤섞인 냄새일 테지? 남자의 아랫도리 털 냄새 같기도 하다. 좋다고 해야 할지 역겹다고 해야 할지 알 수 없는……

"어떻게 이런 얘기를 쓰니?"

생각을 좀 가다듬는 듯하더니 엄마는 다시 정색을 하고 물었다.

"네가 어떻게, 그러니까 '거시기' 냄새를 알아?"

엄마 고향에서는 '거기'를 '거시기'라고 한다.

나도 덩달아 정색을 하고 대답했다.

"엄마, 그럼 엄마는 그러니까, '거기' 냄새를 몰라요?"

엄마는 숨이 넘어가도록 웃다가는 헐떡이면서 겨우 대꾸했다.

"미쳤니! 내가 '거시기' 냄새를 어떻게 알겠어. 나는 양갓집 규수라고."

드디어 웃음이 그치자, 나는 모르는 척 엄숙하게 응수했다.

"엄마, 일흔이나 먹고도 '거시기' 냄새를 아직 모르다니, 확실히 문제가 좀 있네." 나는 엄마 손을 붙잡고 짐짓 진지하게 말했다. "걱정 마세요, 엄마. 아직 안 늦었어요."

"너 죽고 싶니!"

다시 웃음보가 터졌다. 엄마는 웃으면서 여고생처럼 손바닥으로 내 등을 때렸다. 웃음소리가 점점 커지면서 때리는 강도도 점점 세졌다.

동창회

"저예요, 아버지. 오늘은 어떠세요? 어디 아프세요?"
"다리가 저리네. 도저히 못 참고 닭고기를 먹었더니 통풍이 재발했나보다."
"닭고기는 드시면 안 되는 거 아시잖아요.
엄마가 드시지 말라고 했죠? 몰래 드셨어요?"

여든이나 되었지만 군복을 입고 있지 않아도 계급과 서열이 드러난다. '장군님'께 공손히 인사를 드린 장교가 허리에 부목이라도 댄 듯 꼿꼿이 자리에 앉고, 부하들은 끊임없이 장군에게 술잔을 올린다. 허리가 구부정한 노인들이 지팡이를 짚고 겨우 서서, 자리에 앉아 있는 장군 앞에 술잔을 올린다. 장군 역시 얼굴에 검버섯이 가득하지만, 미간에는 남다른 긍지가 서려 있다.

출발한다는 내 전화를 받은 아버지는 불편한 다리로 기어이 계단 난간을 붙잡고 내려와, 호텔 문 앞에서 나를 기다린다. 저 멀리 내가 탄 차를 발견한 아버지가 한쪽 팔을 높이 치켜들고 운전기사의 동선을 지휘한다. "이 공문을 가지고 의회로 돌아갔다가 두시 정각에 다시 이쪽으로 와주세요." 기사에게 당부하며 차에서 내리는데, 말이 채 떨어지기도 전에 아버지가 얼른 가자고 손을 붙잡는다.

예전에 에둘러서 아버지에게 부탁한 적이 있었다.

"저도 이제 마흔이에요. 더이상 길 건널 때 손 잡아주지 않으셔도 돼요." 그때는 "알겠다"고 하셨지만, 횡단보도 앞에 설 때면 아버지는 여전히 습관적으로 내 쪽으로 손을 뻗었다. 나중에 다시 한번, 그때는 더 직접적으로 당부했다.

"저도 이제 오십이에요. 길 건널 때 손 잡지 마세요." 역시 "알겠다"고 대답했지만, 횡단보도 앞에 설 때 내 손을 잡는 버릇은 바뀌지 않았다. 짧고 뭉툭한 아버지의 손이 무척 따뜻했다.

어느 날, 다리가 길고 늘씬한 청년이 대낮 큰길에서 나에게 정색을 하고 말했다.

"저도 벌써 열여덟 살인데, 이젠 그만 제 손을 붙잡고 길을 건너려는 충동을 극복할 때도 되지 않았어요?"

그 자리에 멈춰 선 나는 그대로 눈물을 쏟았다. 도무지 멎지를 않았다. 아들이 창피한지 성큼성큼 혼자 건너편으로 가더니 두 손을 바지 주머니에 찔러넣고는 제 발끝을 노려보았다. 마치 나와는 아무 상관도 없는 사람인 양. 오고가는 차량의 흐름에 제지당한 채 나는 도로 한복판에 서서 차 지붕들 너머로 햇살을 받아 반짝이는 아들의 머리카락을 보았다. 한때 저 아이의 머리카락에 뽀뽀를 하면서 나는 얼마나 행복했던가. 저 아이는 크리스마스카드 속, 잠옷을 입고 꿇어앉아 기도하는 남자아이처럼 천사 같은 두 뺨과 비누 냄새 나는 머리카락을 가졌었지. 내 어깨에 머리를 기대고 스르륵 잠이 들면 포동포동한 손발을 어루만지며 내 품에 안긴 아기의 따스함이 곧 행복이라고 생각했는데.

차들이 끊임없이 빵빵거리는 시끄러운 도로 한복판에서, 나는 마치 아지랑이처럼 스멀스멀 섬뜩한 귀신들이 몰려나오는 느낌에 진저리쳤다. 황량한 공허가 엄습해왔다.

오는 길에 결재를 마친 공문서를 봉투에 챙겨 기사가 떠난다. 나는 아버지에게 얌전하게 손을 맡기고 한 걸음씩 2층으로 올라간다.

아버지는 꽤 기분이 좋아 보인다. 처음으로 동창들에게 딸내미를 소개하는 자리였다. '장군님'이 일어나 나에게 술을 권한다. 정중하게 사양하며, 생각한다. 그는 내가 아직 태어나기도 전에 나라를 위해 생사를 넘나들었겠구나. '대대장님'이 책에 사인을 부탁한다. 천陳 숙부님은 자치통감과 작금의 정치 상황을 비교하고 싶은 눈치다. 술잔이 한 순배 돌고 나서 내가 묻는다.

"판潘 숙부님은 안 오셨어요?"

"중풍으로 쓰러져서 입이 돌아가고, 걸을 수도 없다는구나."

한 노인이 부축을 받으며 위태롭게 걸어와 술을 권한다. 황급히 일어나 몸을 굽히고 바싹 다가가 무슨 말을 하는지 귀 기울여보지만, 발음이 새서 도무지 알아들을 수가 없다.

다시 자리에 앉으려니, 내 접시에 어느새 고기가 산처럼 높이 쌓여 있다. 후난 시골의 이런 풍습을 얼마나 싫어했는지. 후난에서는 손님 접시에 요리를 계속 덜어주면서 풍족히 먹여야만 제대로 대접했다고 여긴다. 아버지를 쳐다보니 무언가 중얼중얼 말씀하고 계신다. 한참을 듣고 나서야 발음이 새는 노인 얘기라는 사실을 알아챈다. "우리 학교의 수재였어. 시도 잘 짓고 노래도 잘 부르고 군인으로서도 훌륭했지. 지금은 불쌍하게도, 아들한테 맞고 산다는군. 맞다가 넘어져 뼈까지 부러졌다지. 옛 친구들도 어떻게 도와야 할지 막막할 뿐이야." 고개를 들어 '수재'를 찾아보니, 노인은 어느새 자기 자리로 돌아가 음식을 먹고 있다. 등을 잔뜩 구부린데다 머리도 깊숙이 숙이고 있어 접시에 코를 박을 것만 같다.

"저분 성함이 뭐예요?"

그때 누군가 잡지 한 권을 들고 와 말을 건다.

"제 시가 실린 문집입니다. 가르침 부탁드립니다."

황급히 일어나 공손하게 문집을 받아드는 내 옆에서, 아버지가 두 손으로 술잔을 들고 응수한다.

"학장님 시라면 더할 나위가 있겠습니까. 잘하는 거라곤 공부밖에 없는 제 여식에게 가르침이라니요. 가당치 않습니다."

도저히 감출 수가 없다는 듯 자랑스러운 기색이 너무나 역력한 얼굴이다. 겸양의 한마디 한마디에 자랑이 뚝뚝 묻어나지만, 나는 꾹 참는다.

학장이 가고 나자 아버지는 돼지편육을 집어서는 더이상 빈자리도 없는 내 접시에 올려놓으며 묻는다.

"아직 《등왕각서滕王閣序》를 기억하느냐?"

"그럼요."

"저 수재의 이름이 바로 《등왕각서》를 지은 왕발王勃이란다."

고비

"아버지, 저예요. 여보세요…… 오늘은 어떠세요?"

"……"

"오늘은 어떠세요? 들리세요? 안 들려요? 대답 좀 해보세요……"

아버지는 고향 사투리를 섞어가며 가락을 실어 구수하게 시를 읊었다.

달 지고 까마귀 우짖을 제 하늘 가득 서리가 덮이고,
가을 강에 띄운 고깃배 등불 앞에서 깜빡 졸고 있는데.

아버지는 어릴 적 우리에게 시를 외우도록 시켰다.

하늘은 높고 땅은 아득하니, 우주가 무궁하고 광대하구나.
흥이 다하면 슬픔이 오니, 차고 비는 것에 규칙이 있도다……
고비를 넘기 어려우니, 길 잃은 이를 위해 누가 슬퍼할까?
부평초와 강물이 만났으니, 모두 타향의 길손이로다.

아버지는 또한 우리에게 서예를 가르치셨다. "팔꿈치를 들고 똑바로 앉아라. 허리는 쭉 펴고."

> 대붕이 아득한 남쪽으로 날아갈 때면 그 파장이 삼천 리에 미치고, 바람을 타고 구만 리 상공에 올라 여섯 달을 날아간 후에야 쉰다. (……) 야생마도 흙먼지도 생물이 서로 내뿜는 숨기운이다. 천지가 푸른 것은 제 색깔일까, 아니면 멀리 떨어져서 끝이 없기 때문일까. 대붕이 굽어볼 때도 그렇다면 푸르게 보이지 않겠는가.

열두 살의 내가 물었다.

"아빠, '야생마'가 뭐예요? '흙먼지'는요? 야생마가 달리면 흙먼지가 일어난다는 뜻인가요, 아니면 야생마도 곧 흙먼지라는 뜻인가요?"

아버지는 이렇게 설명해주었다.

"생명을 가리키는 말이란다. 아무리 찬란하게 약동하는 생명일지라도 모두 대지가 내뿜는 숨기운에 지나지 않지. 야생마나 흙먼지처럼 말이다. 하지만 괘념치 말아라. 크면 저절로 알게 될 테니."

아버지는 우리에게 〈진정표陳情表〉를 소리내어 읽도록 시켰다. 그 이유를 몰랐지만 물어보지 않았고, 거부한 적도 없었다. 열두 살의 나는 고풍스런 어투가 그냥 좋았다.

> 신臣 이밀李密이 아뢰옵니다. 신은 불행하게도 일찍이 부모를 잃었습니다. 태어난 지 여섯 달 만에 아버님을 여의고, 네 살에 외삼촌이 어머니의 수절하려는 뜻을 꺾었습니다. 할머니 유씨가 어리고 고단한 신을 불쌍히 여겨 몸소 키웠습니다. 신은 어려서 병약하여,

아홉 살이 되도록 걷지도 못했습니다. 외롭고 쓸쓸하게 자라 마침내 성인이 되었습니다. (……) 홀로 외롭게 살아가는 이내 몸과 함께하는 것은 그림자뿐이옵니다. 그래서 할머니 유씨가 병들어 자리에 눕게 되자, 신은 한시도 곁을 떠나지 않고 탕약을 올렸습니다.

낡은 등나무의자에 깊숙이 앉은 아버지는 하얀색 셔츠를 입고 있었다. 하도 입어서 낡은 셔츠에 나도 모르게 '남루'라는 단어가 떠올랐다. 무더운 여름날이었다. 툭 차면 부서질 것 같은 낡은 선풍기가 위잉위잉 구석에서 돌아가고 있었다. 아버지가 걸쭉한 고향 사투리로 한 소절을 읊으면, 내가 표준말로 따라 읽었다. "홀로 외롭게 살아가는 이내 몸과 함께하는 것은 그림자뿐이옵니다"라는 구절에 이르자 아버지가 길게 한숨을 내쉬었다. "불쌍하고 가련하구나. 가련하기 짝이 없구나."

아버지는 갑자기 서랍에서 '신발 한 짝'을 꺼내오라고 했다.

그것은 사실 신발이 아니라 천이었다. 천을 발 모양으로 잘라 한 층 한 층 덧댄 다음 한 땀 한 땀 꿰매 두툼한 신발 바닥을 만든 것이다. 원래는 고운 빛깔이었겠지만, 지금은 허옇게 빛이 바래 있었다. 아버지가 너무 자주 그 '신발 한 짝'의 역사를 되풀이한 탓에, 나는 이미 흥미를 잃고 있었다.

어쨌든 대포가 무슨 강인지 성省인지까지 떨어지고, 기차도 이미 오래전에 끊겼다고 했다. 아버지는 후난 산골짜기로 할머니에게 작별인사를 드리러 갔다. 후난 사투리로 할머니를 '아지'라고 하는데, 아버지는 여전히 할머니를 '아지'라고 불렀다.

"네 아지는 차나무숲에서 땔감을 줍고 있었단다. 황톳길에서 작별을 하는데, 아지가 이 신발 바닥을 내 품에 밀어넣고는 눈물을 줄줄 흘리며 그러시더구나. '새 천을 살 돈이 없어서 천조각들을 그러모아 만들다보니 이 한 짝 바닥밖에 못 만들었다. 아들아, 돌아올 때는 이 신발을 신고 오너라'라고."

아버지는 손수건을 꺼냈다. 반듯하게 접힌 정사각형 면수건이었다. 등나무의자에 앉아 눈물을 닦아보지만, 희끄무레하게 빛바랜 신발 바닥에 눈물이 뚝뚝 떨어졌다.

계산해보면, 내가 열두 살 때 아버지가 마흔여섯 살이었으니, 그때 아버지는 지금의 나보다 더 젊었다. 전쟁의 공황, 나라의 분단, 생이별과 사별이라는 고통의 터널을 지나온 지 겨우 십사 년이 지났을 뿐이었다. 천 신발을 신고 고향으로 돌아가 어머니와 재회하고픈 소망이, 아직 생생한 기억만큼이나 강렬했을 것이다. 그때만 해도 신문에는 남편이나 자식을 찾는 '이산가족'을 위한 코너가 따로 있었다. 하루걸러 한 번쯤, 기차에 뛰어들어 자살하는 이들에 대한 기사를 실으면서, 신문들은 약속이나 한 듯이 '신원미상의 시체'라고 보도했다.

그때 신발을 가져오게 한 아버지는 무엇을 말하고 싶었던 것일까? 갑자기 침묵한 것은 짜증스러워하던 내 눈빛을 보았기 때문일까?

평소 아버지는 검은색 모직으로 만든 경찰관 제복을 입고 씩씩하게 거리를 순찰했다. 아는 사람들이 모일 때면, 누군가 엄마에게 아버지의 젊을 적 멋진 모습에 반해 시집온 것 아니냐, 농을 걸기 마련이었고, 그러면 엄마는 살짝 눈을 흘기며 슬며시 자랑을 시작했다.

"왜 아니겠어요. 당시 긴 가죽장화를 신고 말을 타고 항저우까지 온 이 사람이 비단을 사는 척 우리 집에 와서는 수줍게 말을 걸었죠……"

아버지가 옆에서 웃었다.

"그때 나한테 시집오고 싶어하는 항저우 아가씨가 꽤 많았지……"

시골 읍내에는 늘 삶의 번잡함과 달콤함이 섞여 있었다. 비좁은 가게 앞 한길에는 온갖 물건들이 나와 있고, 타코야키를 구워 파는 노점이 길을 막고 서 있기도 했다. 할머니들이 한가로이 볕을 쬐며 앉아 있곤 하던 긴 의자도 놓여 있고, 아낙네들이 둘러앉아 짜는 어망과 어구도 길거리 한구석을 차지하고 있었다. 읍내에 유일한 큰길은 늘 그렇게 꽉 차 있었다. 가끔 흑돼지 몇 마리가 겁 없이 몰려와 길을 가로막고 누워 늘어지게 낮잠이라도 잘 때면, 읍내로 들어오던 장거리 버스가 그만 멈춰 서기도 했다.

그럴 때면 경찰 몇 명을 이끌고 양옆으로 비키라고 호통을 치며 길을 내던 아버지의 모습이 떠오른다. 사람들은 아버지에게 시원한 보리차를 권하곤 했다. 도대체 아버지는 마을 사람들과 어떻게 의사소통을 했던 걸까. 아버지는 사투리가 심해서 말을 잘 알아듣기가 힘들었고, 어렵게 흉내내는 표준어는 폭소를 이끌어내곤 했다. 아버지의 사투리는 듣기에는 재미있었지만 배우고 싶지는 않았다. 나는 웅변대회에 나가도 손색이 없을 정도로 표준어를 익혔다.

저녁이면 아버지는 일본식 집의 다다미에 혼자 앉아, 신문을 읽으며 라디오로 경극京劇을 들었다. 아들에 대한 어머니의 지극한 사랑을 그린 〈사랑탐모四郎探母〉를 들으면서는 몇 소절씩 따라 부르기도 했다.

"내 신세는 조롱에 갇힌 새처럼 날개가 있어도 펼쳐보지 못하고,

숲을 떠난 호랑이처럼 홀로 외로움을 견디누나. 얕은 여울에 사는 용처럼 모래사장에 묶인 내 신세는……"

잠시 대사가 끊기고 음악소리만 이어질 때면, 책상다리를 한 허벅지를 때리며 박자를 맞추면서 반주를 따라 흥얼거렸다. 〈사랑탐모〉는, 어린 나에게는 일종의 배경음악이었다. 집에서 늘 듣다보니 대사 한마디, 노래 한 곡조 빠짐없이 모조리 외워버릴 정도였지만, 그 뜻을 알게 된 것은 사십 년이 지난 후였다.

아지가 천으로 만든 신발 바닥을 아버지의 품에 밀어넣을 때 아버지도 사실은 귀찮았던 것은 아닐까? 아버지도 수십 년 후에야, 귀밑머리가 하얗게 세고 한번 흘러간 세월은 돌이킬 수 없다는 이치를 깨닫고 난 후에야, 그 의미를 깨닫게 된 것은 아니었을까?

손자의 재롱으로 즐겁게 해드리려고, 외국에서 자란 두 아이를 데리고 아버지를 찾아갔다. 두 형제가 얼굴을 찡그리며 투덜거렸다.

"할아버지랑 무슨 얘기를 해요. 할아버지는 대꾸도 잘 안 하시는 걸요."

그랬다. 언제부터인지 걸음걸이가 느려지고, 늘 꼿꼿하던 등허리가 굽더니, 아버지는 말수가 부쩍 줄고 침묵하는 시간이 점점 더 길어졌다. 이상하다. 아버지의 실어증이 언제부터 시작된 것일까? 한참 된 것 같은데, 미처 깨닫지 못하고 있었던 것이다.

아이들에게 방법을 일러주었다.

"이렇게 해봐. 둘이 시합을 하는 거야. 할아버지의 말문을 트이게 하는 쪽이 이기는 거지. 상금은 만원!"

눈치 빠른 큰아이가 연달아 질문을 던져도, 할아버지의 대답은 늘 그렇듯 단답형이다.

"응." "그래." "좋지."

옆에서 큰애에게 힌트를 준다.

"고향에 뭐가 있었는지 여쭤보렴."

"할아버지 고향에는 뭐가 있었어요?"

아버지가 갑자기 고개를 들더니 대답한다.

"뭐가 있었더라…… 차나무, 흰 꽃이 피는 차나무가 있었지."

"그리고요?"

"그리고…… 도롱뇽."

"네? 도롱뇽이라고요?"

두 아이가 귀를 쫑긋 세운다.

"어떤 도롱뇽이에요? 카멜레온 말인가요?"

"회색인데…… 등에 파란 무늬가, 파란 불꽃 무늬가 있었지."

아이들이 계속 귀찮게 묻고 졸라대지만, 아버지는 다시 침묵 속으로 빠진다.

둘째에게 눈짓하며 귓속말로 일렀다.

"할아버지의 엄마에 대해 여쭤봐."

둘째가 아이답게 카랑카랑한 목소리로 묻는다.

"어릴 적 할아버지 엄마 기억나세요?"

"우리 엄마?"

갑자기 등이 꼿꼿해지고 목소리도 또렷해진다.

"얘기 하나 해줄까……"

드디어 성공이다. 아이들이 몰래 키득거리며 탁자 아래에서 발을 앞뒤로 흔들어대다 내 다리를 찬다.

"눈이 엄청나게 많이 내린 날이었지. 학교에서 집까지는 산길을 꼬박 두 시간 동안 걸어야 했단다. 집에 도착할 때쯤에는 새하얀 눈 때문에 눈이 부셔서 앞이 잘 보이지 않았지. 주린 배를 움켜쥐고 덜덜 떨면서 들어서는데 어머니께서 하얀 쌀밥이 담긴 밥공기를 주시는 거야……"

아버지가 벌떡 일어나 당시 모습을 직접 몸짓으로 보여주었다.

아이들이 깔깔 웃고, 큰애는 소곤소곤 항의했다.

"안 돼. 만원은 나랑 나눠야 해. 엄마가 몰래 널 도와줬잖아."

"어머니의 손에서 밥공기를 받아 식탁에 올려놓으려는데 눈이 부셔서 그만 놓쳐버린 거야. 쿵, 하고 밥공기가 바닥에 나뒹굴고, 밥알이 땅바닥에 흩어졌지."

탁자 밑으로 형을 발로 차려던 둘째는 가만히 있으라는 첫째의 으름장에 얌전해졌다. 아버지가 어느새 눈물을 줄줄 흘리고 있었던 것이다.

"어머니 가슴이 얼마나 아팠을까. 눈이 부셔서 그런 줄도 모르고, 반찬도 없이 밥만 주니까 내가 화가 나서 밥공기를 집어던진 줄로 알았던 거지. 하루 종일 일하느라 퍼렇게 얼어붙은 손으로, 자신은 굶으면서 아들 주려고 지어놓은 쌀밥인데, 그 쌀밥이 땅바닥에 나뒹구니까, 어머니가 머리를 쥐어뜯으면서 대성통곡을……" 아버지는 목이 메어 제대로 말을 잇지 못한다. "어머니, 죄송해요……"

아이들은 두 눈을 크게 뜨고 나를 보며 어쩔 줄 몰라한다.

천천히 소파로 돌아가 앉은 아버지는 고개를 숙이고 눈가를 훔친다. 아버지에게 다가가 따뜻한 물을 따라주며 화제를 돌린다.

"아버지, 애들에게 시를 가르쳐보시겠어요?"

내 목소리에 내가 깜짝 놀란다. 어쩌다 이렇게 큰 소리가 나왔담.

잠시 어색한 침묵이 흘렀지만, 드디어 대답이 돌아온다.

"좋지. 애들에게 〈해는 서산에 기대어 지려 하고〉를 가르쳐볼까?"

노자老子

"아버지, 저예요. 오늘은 어떠세요?
오늘은 어-떠-시-냐-고-요!
엄마, 아버지가 뭐라고 하시는 거죠?
무슨 말인지 못 알아듣겠어요. 어떻게 된 거예요?"

"선생님께서 숙제를 내주셨어. 노자를 소개해보래. 엄마, 엄마는 노자가 누군지 알아?"

나는 깜짝 놀란다. 유럽에서는 열세 살 아이에게 노자를 가르치는구나.

"그럼, 알지. 침대 머리맡에도 노자의 책이 있는걸."

"아! 마침 잘 됐네!"

아이의 목소리가 달라진다. 감이 먼 국제전화로도 어느새 목소리 톤이 우물에 갇힌 개구리 기침소리처럼 나지막해진 게 느껴진다.

"노자가 정말로 유명한 사람인가봐?"

"그럼."

손을 뻗어 《도덕경道德經》을 집어든다.

"삼천 년 동안 꾸준히 팔린 스테디셀러 작가야."

"어쩐지, 독일 웹사이트에 '노자'로 검색해봤더니 팔천 개가 넘는 페이지가 뜨더라니……"

침대에 엎드려 가슴께에 베개를 받친 채, 한 손으로 전화기를 잡고 독일어를 섞어가며 의미를 해설한다.

"천하에 물만큼 부드럽고 약한 것이 없지만, 굳고 강한 자를 치는 데 이보다 뛰어난 것도 없으니, 그 없음으로 그것을 변화시키는 것이다. 예로부터 부드러운 것이 강한 것을 이기고 약한 것이 굳센 것을 이긴다는 것을 천하에 알지 못하는 사람이 없다."

그날의 '만 리 통화'가 거의 끝나갈 무렵, 아이가 갑자기 묻는다.

"우유 마셨어?"

"응?"

무슨 뜻인지 감을 잡기도 전에 아이는 다시 묻는다.

"이는 닦았어?"

"아직……"

도중에 아들이 말을 끊는다.

"숙제는? 비타민은 먹었어? 텔레비전 너무 오래 보지 않았지? 옷은 따뜻하게 챙겨 입은 거야?"

잇단 질문에 멍해지는데, 또 묻는다.

"엄마, 나쁜 친구 사귀는 건 아니지?"

잠깐 의도된 침묵이 흐른다. 나는 그제야 알아채고 목소리를 높여 항의한다.

"아니 너, 지금 엄마를 가르치려 드는 거야?"

아이가 장난스럽게 헤헤 웃는다.

"그저, 받은 만큼 돌려주라는 속담대로 하는 것뿐이야. 일 년 삼백 육십오 일, 엄마가 매일 전화로 하는 잔소리잖아. 이제야 엄마가 얼마나 우스꽝스러운지 알겠지?"

잠시 대답할 말을 찾지 못하는데, 내친 김에 아들이 한 방 더 먹인다.

"난 이제 아이가 아니라는 걸 엄마는 언제쯤 깨닫게 될까?

갑자기 말이 잘 나오지 않는다.

"엄마가…… 고치려고 노력은 하는데……"

꾸지람이 계속된다.

"이것 봐. 엄마는 나랑 얘기할 때 아직까지 삼인칭으로 말하잖아. '엄마 나간다.' '엄마 왔다.' ……이보세요, 언제쯤 그만하실 거예요? 나는 이제 엄마의 '아기'가 아니라고요."

아들에게 잘못을 '시인'하고 앞으로 '시정'하겠노라 약속한다.

"그리고 또," 아직 끝나지 않았다. "이제 다른 사람 앞에서 내 어릴 적 별명은 부르지 마. 창피해."

전화기를 내려놓고 침대 가장자리에 멍하니 앉는다. 방금 무언가 굉장히 중요한 일이 일어난 것 같은데, 도대체 무슨 일인지 깨닫지 못한 듯한, 이 헛헛함이 도대체 어디서 비롯됐는지 모르겠다. 차라리 생각을 하지 말자. 욕실로 들어가 양치질을 시작한다. 입안에 잔뜩 거품을 물고 고개를 들어 거울 속의 나를 바라본다. 오랫동안 자세히 뜯어본 적이 없는 얼굴이라 어쩐지 좀 낯설게 느껴진다. 순간, 나는 알아챘다. 양쪽 입가에 잔주름이 더 깊어져 밑으로 늘어진데다, 볼살도 함께 처져 입술 양쪽으로 불룩 심술보가 솟았다. 그 얼굴을 보면서 생각한다. '잘됐네. 내 얼굴이 이제야 호랑이 같군.'

걸음마

"엄마, 저예요. 아버지 이제 말씀 좀 하세요?"
"하루 종일 한마디도 않는구나."
"전화기를 아버지한테 좀 줘보세요. 제가 한번 말을 걸어볼게요."

겨우 스케줄이 비는 일요일이 되자, 아버지를 보러 부모님 댁으로 달려갔다. 마치 머리가 너무 무거워서 감당이 되지 않는 듯 고개를 떨구고 낮은 소파에 앉아 있는 아버지를 보고 나는 소스라치게 놀랐다. 이름을 부르자 아버지는 억지로 고개를 들었지만, 초점을 잃은 눈동자는 흐릿했다. 다시 한번 놀랐지만, 간신히 선물로 아버지 옷을 샀다는 걸 떠올리고는 하나씩 펼쳐 보였다.

가는 길에 아버지가 입을 만한 옷을 찾아보았다. 옷가게들은 대부분 젊은 아가씨를 위한 곳이었고, 백화점의 남성복 코너는 너무 '모던'했다. 아버지는 옷을 한 벌 사면 다 떨어질 때까지 입고 나서야 새 옷을 사야 한다고 생각하는 분이다. 하지만 외출할 때는 항상 머리부터 발끝까지 깔끔하게 차려입는 분이기도 했다. 하얀 와이셔츠, 단정하게 맨 넥타이, 잘 다려진 짙은 색 양복. 이십 년 동안 한 벌로 버틴 단벌 신사였지만, 꿈에도 한 벌 더 사려는 생각은 하지 않았다.

한참을 헤매다가 작은 골목 앞에 멈춰 섰다. 사실 골목이라기보다 건물과 건물 사이의 작은 틈이나 다름없었는데, 거기에 바지와 상의, 털조끼, 솜저고리 등속이 가득 쌓인 노점이 있었다. 모자를 눌러쓴 할아버지가 의자에 앉아, 추워 죽겠다는 듯 목을 움츠린 채 양손을 비비고 있었다. 도저히 믿기지 않았다. 어릴 적에 늘 보던 바로 그 풍경이었다. 외성인이 모여 사는 고향 마을에서 바로 이런 바지와 저고리를 팔곤 했다.

중국 북부 사투리를 쓰는 할아버지가 '틈'으로 들어가 내가 가리키는 물건들을 꺼내왔다. 면 양말, 면바지, 속옷, 흰 셔츠, 적갈색 양모 조끼, 남색 모직 외투, 파란색 면 조끼, 회색 모자, 갈색 목도리, 털실로 짠 장갑까지 모조리 갖춘 후에 빠진 것이 없는지 살펴보며 물었다.

"천 신발은 없나요? 검은색으로요."

할아버지가 비닐봉지에서 검은색 천 신발을 꺼냈다. 한쪽을 손바닥에 위에 올려놓고 자세히 들여다보니, 아버지의 고향에서 강을 따라 흘러다니던, 지붕 씌운 배와 꼭 닮았다. '아지'에게 천이 충분했다면 아마 이런 모양의 신발을 만들었겠지.

나는 사온 옷들을 엄마와 함께 성가셔하는 아버지에게 하나 하나 입혀보았다. 마지막으로 천 신발까지 신기자, 아버지가 희미하게 웃으며 고개를 끄덕였다.

"좋구나. 딱 맞는다."

모시고 산책을 나가려는데 아버지가 소파에서 일어나지 못한다. 앉은 자세조차 오른쪽으로 약간 기울었고, 그래서인지 오른쪽 입가로 침이 흘렀는지 자국이 말라붙어 있다. 양손을 붙잡고 힘껏 당겨 겨우 소파에서 일으켰지만, 이번에는 양발이 대뇌의 지휘에 따르지 않는다. 아무리 애써도 도무지 발을 앞으로 내디디지 못한다. 손까지 가늘게 떨린다.

아버지와 마주 보고 서서 양손을 맞잡는다.

"자, 저와 함께 걸어보세요. 왼발……"

아버지가 힘겹게 한 발을 내민다.

"이번엔 오른발……"

나머지 한 발은 꿈쩍도 않는다.

"자, 다시 한번. 하나, 둘…… 왼발, 오른발……"

아버지가 목까지 시뻘게지며 기운을 쓰지만 한 발짝 내디디기가 어렵다. 뇌의 명령이 두 발에 도달할 때까지 참을성 있게 기다려본다. 저 멀리 고기만두 장수의 목소리가 들리는가 싶더니, 소리가 점점 가까워진다. 황혼녘 햇빛에 마룻바닥이 환해진다. 옆에 앉아 걱정스럽게 지켜보던 엄마가 고개를 들어 올려다본다. 다시 한번 낭랑한 장사치의 목소리가 지나간다. 여느 때처럼 벽시계 아래 놓인 테이블 위의 마작패가 함락된 성벽처럼 엉망으로 흩어져 있다.

"이렇게." 다시 아버지에게 주의를 돌린다. 여전히 손을 단단히 맞잡은 채다. "시를 읊으면서 걸어보세요. 준비, 시작! 해는, 서산에, 기대어, 지려 하고……"

놀랍게도 아버지가 움직인다. 앞으로 한 발짝 내디딜 때마다 나 역시 뒷걸음질을 친다.

"황하는, 바다로, 흐을러, 가안다……"

천신만고 끝에 창가까지 걸어간다.

"방향 바꿔서…… 천지 저, 멀리까지, 바라보고, 시이퍼, 다아시, 한 층, 누각을, 오르노라."

옆에서 흥분한 엄마가 박수를 친다.

"걷는구나, 걸었어. 아버지가 걷는구나."

고개를 돌리지 못해 슬쩍 곁눈질해보니, 엄마는 부스스한 머리에 아직 잠옷 차림이다.

"방향 바꿔서…… 달 지고, 까마귀 우짖을 제, 하늘 가득히, 서리가 덮이고, 가을 강에, 띄운 고깃배, 등불 앞에서……"

아버지는 자신의 발에 온 정신을 집중하고, 나는 아버지를 앞으로 이끌면서 뒷걸음질친다. 그래, 생각난다. 걸음마를 가르칠 때 느껴지던 통통한 아이의 손가락, 포동포동한 팔뚝과 장딴지, 그리고 올려다보며 해맑게 웃던 동그란 얼굴. 뒤로 물러나며 이번에는 옆에서 박자를 맞춘다.

"이번에는 엄마랑 걸어보세요. 어화둥둥, 우리 아기, 잘도 걷네, 우리 아기, 사기전에, 가는 건가, 삼삼하게, 어여쁘고, 옹기전에, 가는 건가, 옹골차게, 어여쁘네."

아버지가 즐거운 웃음을 터뜨린다. 하지만 어쩐지 엇박자가 난다.

"자, 마지막이에요. 아버지, 천천히 하세요. 시작! 젊어서, 고향 떠나, 늙어서, 돌아오니, 사투리는, 여전한데, 귀밑머리, 희어졌네. 방향 바꿔서! 아이들은 마주 봐도, 알아보지 못하고……"

눈

"여보세요…… 저예요, 엄마. 아빤 오늘 좀 어떠세요?"
"좀 좋아졌단다, 하지만 하루 종일 눈을 감고 계시는구나."
"말씀은 좀 하세요?"

험악한 얼굴로 마리아를 노려보았다.

"세수를 어떻게 시킨 거죠? 수건으로 쓱 닦으면 끝이에요?"

아버지는 소파에 앉아 있었다. 면봉에 물을 묻히고 손가락으로 눈꺼풀을 열어 눈 가장자리 안쪽을 세심하게 닦았다.

"아버지께서 눈을 못 뜨신다고 하더니," 분이 식지를 않았다. "오랫동안 닦아주지 않아서 눈꺼풀에 눈곱이 다 엉겨붙은 거 안 보여요?"

깨끗이 닦고 나자 아버지가 눈을 떴다. 엄마도 옆에서 웃었다.

"눈을 떴네, 눈을 떴어."

여전히 아버지의 눈자위가 조금 부어 보였지만, 그래도 눈을 떠 우리를 보는 눈가에 웃음이 묻어났다. 곁에 앉아 아버지의 손을 잡아보지만 떨리는 가슴이 진정되지 않는다. 자식들이 매일 전화를 걸어 안부를 물었지만 전화로 눈동자를 직접 볼 수는 없었다. 그토록 자주 찾아뵈면서도 아버지의 눈동자가 눈곱 때문에 점점 작아져 결국 들러붙어버릴 때까지 왜 알아채지 못했을까? 내가, 우리가, 언제 아버지의 눈동자를 찬찬히 들여다본 적이 있었던가……

아버지는 늙었고, 등이 굽었다. 당연한 일일 것이다. 치아도 음식을 씹지 못할 정도로 약해졌다. 역시 당연한 일이다. 걷지도 못하신다. 당연한 일이다. 그런데 아버지의 곁에서 걷고, 함께 밥을 먹고, 부축해가면서 같이 앉고, 인사를 하고 떠나는 그 모든 순간에, 한 번이라도 아버지에게 제대로 시선을 준 적이 있었던가?

그렇다면 '늙는다'는 말의 의미는 곧, 사람들의 눈길을 받지 못한다는 뜻일까?

문득 고개를 돌려 엄마를 보았다. 겨울철 건초처럼 부스스한 흰머리를 대충 틀어올려 묶고 있지만, 아버지를 물끄러미 바라보는 엄마의 눈동자에는 집착이 가득했다. 강렬하게 타오르는, 얼마간은 광기어린 눈빛으로 뚫어져라 쳐다보며 엄마는 웅얼거린다.

"말 좀 해봐요, 여보. 나 혼자 어떻게 살라고. 뭐라고 말 좀 해봐요."

창밖에서 누군가 농구를 하는지, 농구공이 땅바닥에서 튀는 소리가 지루하게 이어진다. 날이 어두워진다. 이제는 불을 켜야 한다.

말

"저예요, 엄마. 아빤 좀 어떠세요?"
"……"

휴대전화를 켜놓는다. 스물네 시간 켜둔 채 집에서는 침대 머리맡에, 호텔에서는 스탠드 옆에 전화기를 둔다. 산더미처럼 쌓인 붉은색 긴급 공문 옆에 두고, 언제라도 바로 꺼낼 수 있도록 여행가방의 가장 바깥 주머니에 넣는다. 진동으로 바꾸어 회의가 진행중인 마이크 옆에 놓고, 걸을 때는 가장 꺼내기 편한 주머니에 넣는다. 밤이면 휴대전화의 LED 램프가 어둠 속에서 켜졌다 꺼지기를 반복한다. 마치 병원 응급실의 불빛 같다.

휠체어를 밀며 아버지와 함께 바람을 쐬러 바깥으로 나가본다. 병원은 마치 커다란 공원 같다. 나무가 일렬로 심어져 있고, 하얀 꽃잎에 노란 꽃술을 가진 협죽도가 사방에 꽃향기를 뿌린다. 하얀 가운을 걸친 남동생이 자살 환자가 들어왔다는 연락을 받고 뛰어간다. 당신이 지켜보는 가운데 급하게 뛰어가는 그의 뒷모습이 용안나무 뒤로 사라진다. 너무나 많은 고통을 지켜보다보니 고통 앞에서 무덤덤해진 것일까? 아니면 의사로서의 역할과 아들로서의 역할 사이에서 갈

등하면서, 날로 쇠약해지는 아버지의 모습을 보며 자신의 감정을 애써 억누르는 것일까?

아버지의 병상 옆에서 의사인 동생이 아버지의 병세에 대해 주치의와 의논하는 모습을 지켜본다. 늘 의사다운 냉정함을 유지하는 그 얼굴을 보면서 마음속으로 묻는다.

'넌 어떠니? 매일 고통을 다루고 죽음을 대하는 의사이기 때문에 아버지의 중병도 가볍게 느껴지니? 아니면 그 고통을 여과 없이 고스란히 받아들이는 의사이기 때문에 더 무겁게 느껴지니?'

차마 입 밖으로 나오지 않는 질문을 삼키면서 형제의 흰머리를 바라본다. 내 마음속에서는 영원히 '어린' 동생이지만, 신중한 표정으로 병력에 귀 기울이는 그의 이마 위에는 벌써 백발이 한 움큼이다.

"생각해보면," 무언가 생각난 듯 동생이 입을 연다. "아버지의 갑작스런 노화는 우리가 운전을 그만두시도록 하면서 시작된 것 같아."

그 말에 멍해져 한참 동안 할 말을 잃는다. 피곤한 나머지 뻑뻑해진 눈동자를 비빈다.

여전히 싱싱하지만 땅에 떨어져버린 협죽도 꽃송이를 주워 아버지의 코끝에 대준다.

"맡아보세요."

아버지는 고개조차 들지 않는다. 아직 후각이 남아 있는지조차 알 수 없다. 담요를 덮은 무릎 위에 꽃을 올려놓는다. 그제야 바지 자락에서 흘러내린 누런 오줌이 양말까지 적시고 있다는 사실을 발견한다.

따뜻한 물에 적신 타월로 아버지의 몸을 닦는다. 보통 사람들은 엉덩이가 가장 통통하지만, 아버지의 엉덩이는 쭈글쭈글한 부채처럼 껍질만 남아 쪼그라들어 있다. 살이란 살은 모조리 빠져나간 것만 같다. 옷에 묻은 오줌이 잘 닦이지 않는다.

다시 아버지를 침대에 누이고 이불을 잘 여미고는 귓가에 속삭인다.

"저는 오후에 회의가 있어서 타이베이로 돌아가요. 세시 비행기로 떠나요. 며칠 후에 다시 올게요."

앉아 있는 엄마에게로 가 안아주며 머리에 입을 맞추지만 엄마는 목석처럼 아무 반응도 없다. 몸을 돌려 여행가방을 끌고 나가려는데, 병실 문 앞에 이르렀을 때 울음소리가 들린다. 갑자기 아버지가 어린애처럼 서럽게 대성통곡을 하기 시작한다.

스님은 일단 아버지를 위해 축문을 외우는 데 필요한 이름과 생년월일을 적으라고 한다. 스님과 나는 서로 마주 보고 앉는다. 스님을 똑바로 쳐다본다. 나보다 훨씬 젊어 보이는데, 내가 모르는 비밀이라도 알고 있는 것일까?

이런 자리가 낯선 나는 안절부절못한다. 어디서부터 말을 꺼내야 할지 모르겠다. 그래, 단도직입적으로 여기 온 목적을 말하자.

"우리 가족은 아무도 믿음이 없습니다. 종교를 찾은 적도 없어요. 그런데 아버지가 두려워하시는 것 같은데, 어떤 말로도 안심시켜드릴 수가 없어요. 어떻게 하면 좋을까요? 좀 가르쳐주세요."

스님은 책 몇 권과 향을 가지고 나온다. 어젯밤 꿈에서는 또 가없는 광야에서 바닥이 보이지 않는 검은 심연에 빠졌다. 곤장 사무실로 돌아가고 싶지 않아서 강을 따라 걷는다. 요염한 자줏빛 꽃이 바람에 흔들리고, 햇살이 공기 속에 떠다니는 꽃가루를 비춘다. 공원에는 아이들이 즐겁게 놀고 있다. 걷는 데에만 온 정신을 집중한다. 걷고 또 걷다보니 황량한 강가에 이른다. 잡초가 무성하고 덩굴이 뒤엉켜 있다. 강둑에 서서 새삼 주위를 둘러본다. 여기는 대체 어디일까.

작별

"여보세요…… 오늘은 어떠세요?"
"여보세요…… 오늘은 어떠세요?"
"여보세요…… 오늘은……"

마지막인가? 이제 작별해야 할 순간인가?

하늘이시여, 당신은 왜 이제껏 저에게 삶과 죽음이라는 과목을 가르치지 않으셨나요? 다른 모든 과목은 가르치면서, 왜 인생에서 가장 기본적이고 중요한 첫 과목은 빼먹으신 건가요?

아버지의 목에 구멍을 내고 튜브를 삽입한다. 팔과 가슴에 붙여놓은 선에 연결된 기계가 심장박동을 유지하고 있어, 규칙적이지만 숨가쁜 호흡이 계속된다. 두 눈을 크게 뜨고 있지만, 아버지의 눈 속은 텅 비어 있다. 알아보지는 못해도 목소리를 알아듣는다고 우리는 믿는다. 최소한 나는 그렇다. 아버지의 손을 꼭 잡는다. 조금 부어 있다. 이마에 부드럽게 입을 맞추고, 귓가에 바싹 다가간다……

아직, 아직은 저곳의 언어를 배우지 못했기에, 이제는 배울 시간도 없기에, 그동안 써왔던 익숙한 언어로 말을 건넨다.

아버지, 모두 보였어요. 이제 놓으세요. 놓으셔도 돼요. 그저 흙먼지와 야생마인걸요. 하늘은 높고 땅은 아득하니 우주가 무궁하고 광대하다고, 흥이 다하면 슬픔이 오니 차고 비는 것에 규칙이 있다고 말씀하셨죠? 강 건너편에서 아버지를 기다리는 분이 바로 그토록 그리워하던 '아지' 아닌가요? 아버지가 즐겨 읽던 장자의 《소요유》 기억나시죠? 초나라 남쪽에 명령冥靈이라 불리는 나무가 있어, 오백 년을 봄으로 보내고 다시 오백 년을 가을로 지낸다고. 또 말씀하셨죠, 옛날 옛적 대춘大椿이라는 나무가 있어 팔천 년을 봄으로 보내고, 다시 팔천 년을 가을로 지낸다고. 가세요. 우리의 모든 사랑과 깊은 감사를 뒤로하고…… 이제 떠나세요, 아버지.

아버지의 입은 말하지 못하고, 눈으로도 의사를 전달하지 못한다. 손가락 하나 움직이지 못하고, 심장박동은 점점 약해진다. 아버지는 우리와 의사소통 가능한 모든 수단을 빼앗겼지만, 그래도 나는 안다. 아버지는 차마 버리지 못해서, 차마 떠나지 못한다. 함께 어루만지고 껴안고 울고 사랑하고픈 마음을, 차마 놓아버리지 못하는 것이다.

스스로에게 다짐한다. 아버지를 똑바로 봐. 절대 눈 돌리지 말고. 떠나는 아버지를 지켜봐야 해. 아버지의 마지막 모습을 기억해야 하니까.

낭랑한 염불이 시작되고, 사람들이 아버지를 노란 비단으로 감싼다. 나는 그 곁에 앉아 있다. 사람들 말로는 여덟 시간, 여덟 시간 동안 계속 불경을 외워야 아버지의 영혼이 평안해진단다. 아버지가 내 앞에 누워 있다. 노란 천으로 얼굴을 덮은 채. 그렇다. 이제 시신이다. 그렇지만 여전히 친근하기만 하다. 손을 뻗어 맞잡으면 여전히 따뜻할 것만 같다. 일어나서 아버지의 이마에 입을 맞추고 뺨을 쓰다듬으면서 열은 없나 살펴야 할 것만 같다. 아버지가 예전처럼 뒤척이며 기침을 한다면 얼마나 좋을까. 다시 한번 앙상해진 아버지의 어깨를 힘주어 껴안고 싶지만 꾹 참는다. 고름이 조금씩 스며들면서 노란 천에 점점 또렷해지는 반점을 지켜본다. 여섯 시간이 지나면서 조금씩 냄새가 난다. 냄새를 기억해두려고 애쓰면서 계속 지켜본다.

맞은편에 독경을 위해 전국 각지에서 온 스님들이 앉아 있다. 검은색 가사 차림에 엄숙한 표정들이다. 궁금하다. 이들은 지금 이 순간 내가 겪는 일들을 모조리 경험해본 것일까? 직접 겪어보았기에 알지도 못하는 사람을 위해, 알지도 못하는 시신을 위해, 송별을 위해 달려온 것일까? 죽음은 비밀결사의 암호 같은 것일까? 죽음을 겪었다는 암호를 공유하기에 말 없이도 그 모든 것을 이해하는 것일까?

여덟 시간이 흐르고, 노란 천을 걷어 아버지의 얼굴을 확인한다. "두려워할 필요 없습니다." 누군가 말한다. "경건해 보일 겁니다." 약간 부어 보인다. 눈을 감은 아버지는 나에게 너무나 익숙한 얼굴, 늘 그렇듯이 《장자》를 읽으며 생각에 잠긴 듯한 표정이다.

누군가 아버지에게 '수의'를 입힐 생각이냐고 묻는다. 아니라고 대답한다. 아버지는 우리가 준비한 여행복을 입어야 한다. 면 양말, 면 바지, 몸에 꼭 맞는 속옷, 하얀 셔츠, 적갈색 양모 조끼, 남색 모직 외투, 파란색 면 조끼, 회색 모자, 갈색 목도리, 털실로 짠 장갑, 그리고 검은색 천으로 만든 신발까지.

화장하기 직전에 다시 한번 아버지 얼굴을 들여다본다. 홀쭉해진 얼굴이다. 얼굴 전체가 움푹 꺼진, 생명을 잃은 사자死者의 얼굴이다.

한없는 사랑을 담아, 이미 부패가 시작된 아버지의 얼굴을 바라본다. 장갑은, 손가락이 뻣뻣해져서 한참 실랑이를 벌인 끝에 겨우 끼워드린다. 아버지의 발을 쓰다듬어본다. 운동화가 조금 헐렁해진 것 같아 다시 잘 신겨드린다. 엄마의 허리를 감싸안고 말한다.

"엄마, 보세요. 천천히 가시기에 딱 맞게 차려입으셨어요."

서 있는 것조차 힘겨울 정도로 쇠약해진 엄마는 대답이 없다.

공空

"여보세요…… 오늘은 뭐하셨어요?"
"누구세요?"
"엄마? 제 목소리 잊으셨어요?"

시도 때도 없이 거리로 나가 걷는다. 얼굴에 따갑게 내리쬐는 가을 햇빛도, 속눈썹 사이사이 느껴지는 따뜻함도 모두 좋다. 금융가 쪽은 피한다. 거기에는 온통 짙은 색 양복을 차려입고 바쁘게 지나가는 사람들밖에 없다. 대학로 쪽으로도 가지 않는다. 그곳에는 갖가지 색깔로 머리를 물들인, 미성년의 아이들로 발 디딜 틈 없이 붐빈다. 나는 주로 계단이 많은 구시가지를 쏘다닌다.

머리칼을 단정하게 빗어올려 쪽을 찐 할머니가 신문 가판대 앞에 앉아 가슴께까지 고개를 떨어뜨린 채 꾸벅꾸벅 졸고 있다. 베란다에 앉아 바느질하는 노인도 있다. 가까이 가보니 양복을 짓고 있다. 한 땀 한 땀 올이 풀리지 않게 할아버지는 시침질을 하고 있다. 등이 구부정한 할머니가 고개를 처박고 쓰레기통을 뒤적거리고, 노부부가 인도에서 마주 보며 일을 하고 있다. 그 자리에 서서 한참을 지켜본다. 두 분 모두 일흔은 넘어 보인다. 할머니가 다디미 크기의 알루미늄 판에 선을 그으면, 그 선을 따라 할아버지가 높이 치켜든 망치로 힘껏 내리쳐서 두들긴다. 인도를 작업장 삼아 두 노인네가 수공예 상자를 제작하는 것이다.

멍하니 계단에 앉아 있는다. 막막하다. 어디에 있을까? 북극으로, 아프리카 사막으로, 남미의 밀림으로, 신비한 버뮤다 삼각지로, 멀리 인적 없는 빙산으로, 우리는 언제나 어딘가를 향해 간다. 어디에 가든 먼저 가방을 내려놓고 기지개를 한번 켠 다음 물부터 한 잔 마신다. '육체'가 있으니까 어쨌든 '육체'가 머물 곳이 필요하다. 그게 신분증에 적힌 주소일 수도, 숫자로 이루어진 번호일 수도, 시간일 수도, 장소일 수도, 아직 온기가 남아 있는 찻잔일 수도, 반쯤 피운 담배일 수도, 휴지통에 버려진 코 푼 휴지일 수도, 전화번호를 적은 메모지일 수도, 베개 위에 떨어진 머리칼일 수도, 도장일 수도, 개찰 표시가 찍힌 차표일 수도, 좀처럼 찢어지지 않는 오래된 사진일 수도 있겠지만 어쨌든, 어딘가에는 '머문다'.

또 어디를 가도, 아무리 오래 머물렀어도, 제기랄, 결국은 돌아와야 한다. 그렇지 않은가?

거리를 둘러본다. 거리는 사람들로 가득하다. 하지만, 하지만 그는 어디에 있는가? 누구라도 말해줬으면 좋겠다. 그는 어디로 간 걸까? 간다면 한마디 말이라도, 메시지라도, 변명이라도 남겨야 하지 않은가? 한밤중에 비밀경찰이 들이닥쳐 잡아가는 경우라도, 죄명은 알려달라고 매달릴 수 있지 않은가? 한 사람의 행방이, 어떻게…… 흔적조차 없이 묘연하단 말인가?

'공空'이 '존재存在'의 동의어라니, 말도 안 된다.

우르르 몰려온 아이들이 웃고 떠든다. 누가 계단 꼭대기에 먼저 도착하는가를 두고 경쟁하는 모양이다. 일어나 아이들에게 계단을 비워주고 다시 걷기 시작한다. 걸으면서 계속 살피고, 계속 찾는다. 약재상 앞에 잠시 멈춰 서서 신기한 한약재를 유심히 살펴본다. 골동품 가게에 들어가보기도 한다. 모두 청나라 때 목공예품들이다. 발 닦는 대야, 서랍장, 화장함, 뒤주, 밥그릇…… 꽃을 조각한 반닫이 앞에서 조각 솜씨를 유심히 살핀다.

세수를 하고, 이를 닦고, 로션을 바르고, 머리를 빗고, 손톱을 깎는다. 부엌으로 가 계란 프라이를 두 개 만들고 토스트를 굽는다. 아침을 먹으면서 신문을 펼쳐든다. 이라크 전쟁, 수단 내전, 북한의 핵 위협, 온실 효과, 광산 폭발 사고, 타이완의 여야 충돌, 연탄불을 피워놓고 자살한 부부…… 발코니로 나가 하늘에서 홀로 날개를 펼치며 외롭게 날고 있는 늙은 독수리를 본다. 천천히 날고 있다. 독수리의 날개를 떠받치듯 바닷바람이 쏴 하고 힘차게 불어오고, 떨어지는 해가 바다를 끝없이 붉게 물들이고 있다.

잠들기 전에 휴대전화를 끈다.

1918년, 겨울

"여보세요…… 엄마는 오늘 어떠세요?"
"소파에서 주무시고 계세요."
"엄마가 요즘 동문서답을 잘 하세요, 신경 좀 써주세요."

달이 바다 위로 두둥실 떠오를 때쯤, 컴퓨터 앞에 앉아 키보드를 두드린다.

아버지는 1918년 겨울에 태어났다.

더이상 쓸 말이 없다. 머릿속이 텅 빈 것 같다. 잠시 손을 멈추고, 천천히 생각에 잠긴다. 1918년, 세상에는 어떤 일이 있었을까? 제1차 세계대전이 막 끝났고, 러시아에서 혁명이 일어났다. 그리고 군벌이 차관을 받는 대신 '기분 좋게' 산둥山東을 넘겨주자, 일본이 블라디보스토크까지 단숨에 진격했다. 그리고 이천만 명이 스페인 독감으로 죽고, 중국에서는 한 마을 전체가 사라지기도 했다. 이제, 1918년 겨울이 상상되는가?

우리는 모른다. 후난 산골짜기의 가난한 농가에서 태어난 아이가 어떻게 살아남았는지. 산골짜기의 겨울은 유난히 추웠고, 폭설도 자주 내렸다. 낡은 집은 몰아치는 눈보라를 제대로 막아주지 못했을 텐데.

우리는 모른다. 일곱 살의 아버지가 어떻게 학교를 다녔는지. 학교에서 집까지 두 시간은 족히 걸리는 산길을 혼자 걸으면서 무섭지는 않았을까? 집에 도착하기도 전에 캄캄해졌을 텐데.

우리는 모른다. 아직 어린 티도 벗지 못한 열여섯의 아버지가 어떻게 당신의 엄마와 이별했는지. 하나뿐인 아들이었다. 그후로 아버지는 고향에 돌아가지 못한 채 세상을 떠돌아야 했다.

우리는 모른다. 난리의 와중에도 헌병대를 이끌고 질서를 유지하던 아버지가 대포가 날아드는 전방 참호에서도 밤이면 《장자》를 읽고 당시唐詩를 읊을 수 있었던 이유를.

1950년 여름, 불타는 하이난 섬을 떠날 때, 자신의 이름을 목 놓아 부르던 '아지'를 다시는 보지 못할 거라고 생각이나 해봤을까? 사십 년이 지난 후에야 고향에 두고 온 당신의 큰아들과 재회할 거라고, 꿈에라도 생각하셨을까?

물론 우리는 알지 못한다. 아버지가 엄마와 함께 네 아이를 키워내기까지 얼마나 많은 아픔과 고통을 감내했을지. 아이들의 학비를 마련하기 위해 기어들어가는 목소리로 이웃에게 돈을 꾸러 다닐 때, 얼마나 마음을 다잡고 다잡아야만 했을까? 한 번쯤은 모든 것을 포기하고 싶지 않았을까?

우리는 기억한다. 아버지가 등불을 켜면, 우리는 〈진정표〉를 외워 바쳤다. 늙은 할머니를 봉양할 이가 없다는 대목에 이르면, 아버지가 먼저 눈물을 흘렸다. 우리는 또 기억한다. 등불을 켜고 우리에게 〈출사표出师表〉를 가르치던 아버지의 눈시울은 늘 젖어 있었다. 엄마가 아플 때면 아버지는 한시도 떨어지지 않고 곁에 붙어서 끼니와 약을 살뜰히 챙겼다.

아직도 기억이 생생하다. 하늘을 우러러 한 점 부끄럼 없는 바른 사람이 되라고 늘 말씀하시던 아버지는 선물 밑에 숨겨놓은 돈봉투를 굳이 되돌려주었고, 자신보다 처지가 어려운 친구에게는 마지막 한 푼까지 털어주었다.

우리는 물론 잊지 않았다. 아버지는 고집이 세고 거친 분이셨다. 하지만 우리에게 더 소중한 기억으로 남은 것은 아버지의 따뜻함과 인자함이었다. 아버지의 눈을 보면, 그 무조건적이고 한없는 사랑을 느낄 수 있었다.

아버지는 강인한 엄마와 함께 가난과 혼란의 광풍에 맞서 큼지막한 우산을 펼쳐들었다. 폭풍우가 몰아칠 때면 힘에 부친 나머지 우산을 받쳐든 손이 가늘게 떨리기도 했지만, 아늑한 우산 아래에서 우리는 무럭무럭 자랐다. 그리하여 우리는 어느 날 〈진정표〉를 통해 인간에 대한 사랑을 가르치고 〈출사표〉를 통해 사회에 대한 책임감을 깨닫게 한 아버지의 큰 뜻까지 알게 되었다.

형제들은 각자 자기 자리에서 나름의 방식대로 책임을 다하고 사랑을 베풀고 있다. 하지만 우산을 씌워주던 분이 우리를 떠나려 한다. 그것도 영원히.

인생이란 본래 길 위의 삶이다. 남편과 아내로, 아버지와 아들로, 아버지와 딸로, 아무리 깊은 정을 나누고 긴 세월을 함께했어도, 결국 아침 햇살에 사라지는 풀잎 위의 이슬 한 방울에 지나지 않는다. 우리가 아무리 그리워하고 마음이 놓아주지 않더라도 한순간에 사라져버린다.

우산이 되어주셨던 아버지, 스스로는 혼란한 세월의 고아로 버려졌지만, 자신을 희생하고 남을 돕는 삶을 사셨던 아버지. 자식들의 감사와 아내의 그리움을 이제 알 길이 없지만, 그래도 우리는 믿는다. 양초가 다 타 없어져도 마음을 밝힌 촛불이 우리 인생의 여정을 끝까지 함께할 것이라고. 보이지 않지만 우리 인생의 여정과 평행선을 달리는 그 길로, 아버지 부디 잘 가세요. 해가 서산으로 지듯이, 그리고 강물이 바다로 흘러가듯이.

글을 마치고 저장 버튼을 누르려는 순간, 뭐가 잘못됐는지 화면이 사라진다. 급히 이것저것 누르며 애써보지만, 도저히 찾을 길이 없다. 글은 모조리 삭제되었다.

귀혼魂歸

"여보세요…… 오늘은 어떠세요? 《심경心經》은 다 쓰셨어요?"
"하도 안 썼더니, 한자를 다 잊었나봐."
"엄마, 부담 갖지 마시고 한번 써보세요."

여기는 아버지가 열여섯 살 때 떠난 산골짜기 고향이다. 그때 '아지'는 아버지의 멜대에 광주리 두 개를 걸어주며 시장으로 심부름을 보냈다. 시장에서 마침 소년병을 모집하고 있었고, 아버지는 그길로 멜대를 내려놓고 따라나섰다.

정확히 칠십 년 후에야, 우리는 아버지를 모시고 이곳으로 돌아왔다.

두 사람이 문 앞에서 우물을 파고 있었다. 한 사람이, 입구 쪽에서 지하에서 퍼내는 흙을 도르래로 끌어올려 대나무 삼태기에 쏟아부었다. 삼태기 두 개가 꽉 차면 멜대로 지고 날랐다. 흙 무게에 비틀거리며 걷는 그의 어깨에 끈 자국이 깊이 패었다. 너무 깊고 컴컴해서 밑에 있는 사람이 보이지 않았지만, 아득한 우물 바닥에서 가끔씩 기침 소리가 들렸다.

"바싹 말랐어요." 헐떡이며 흙을 나르던 이가 하소연했다. "가뭄이 벌써 두 달째라 마실 물도 없어요."

"하루에 얼마나 벌어요?"

"구십 위안이에요. 두 사람 몫으로."

"우물 파는 일이 꽤 위험하죠?" 내가 물었다. "가스 때문에."

그가 웃자 앞니가 빠진 잇몸이 드러났다.

"어쩔 수 없죠, 뭐."

낡은 장거리 버스가 흙먼지를 날리며 들어와서 멈춰 섰다. 화환을 등에 진 사람이 내렸다. 종이로 만든 화환이어서 장식이 화려해도 가벼워 보였다. 거대한 종이풍차 같았다. 낡고 빛바랜 군청색 조끼를 입었는데, 해진 신발에 흙먼지가 뽀얗게 앉았다.

아버지 영정이 대청 한복판에 놓였다. 파리가 어지럽게 날아다녔다. 사자死者를 애도하는 글귀에 앉은 파리가 언뜻 보면 글자의 일부 같았다.

아버지처럼 역사에 납치당해 고아로 살아야 했던 큰오빠가 나를 불렀다.

"어르신들이 하실 말씀이 있다는구나."

따라가보니 집 뒷마당에 마을 사람 여럿이 빙 둘러앉아 있었다. 엄마도 차가운 표정으로 앉아 있었다.

작은 의자 하나가 비어 있었다. 피고인석에 앉는 기분이었다.

여자들이 땅바닥에 앉아 채소를 다듬고 있었다. 방금 전까지 왁자지껄 수다를 떨었겠지만, 지금은 조용했다. 긴장된 분위기 때문인지 개조차 짖지 않았다. 가장 나이들어 보이는 고향 어른이 헛기침을 몇 번 하고 담배를 뻐끔뻐끔 들이마시고는 말을 꺼냈다.

"조용히 모시려는 너희들 뜻은 잘 알겠다만, 어차피 돌아왔으니 고향 풍습에 따라야 하지 않겠느냐. 여기 풍습으로는 스님을 청해 독경을 하고, 북과 날라리 악대도 불러 삼일장을 치른다. 게다가 자식들이 직접 부모를 묻는 법은 없어. 상여꾼을 사서 장지까지 가야지. 그게 우리 가문의 전통이야."

열댓 명의 엄숙한 얼굴이 빤히 쳐다보며, 유구한 전통을 강요했다. 노동으로 검게 탄, 생활고에 찌든 얼굴들이었다. 모두 아버지의 집안 어른들이었다. 문득 그런 생각이 든다. 열여섯 살에 떠나지 않았다면, 아버지도 여기 함께 앉아 있었겠지.

엄마가 차갑게 대답했다.

"여기 안 모시면 그만이죠."

황급히 엄마의 손을 꽉 쥐며 만류했다.

가능한 한 부드럽게 설득을 시작했다.

"독경은 타이완에서 이미 했고, 아버지는 평생 허례허식이라면 질색을 했어요. 삼일장은 아버지 뜻에 어긋나니 도저히 따를 수가 없어요. 하지만 고향 풍습이라면 당연히 악대를 부를게요. 또 장지까지 모시고 갈 사람을 따로 사는 문제는, 죄송합니다. 자식 된 도리로 도저히 안 되겠습니다. 아버님의 유골을 마지막으로 모시는 일만은 꼭 우리 손으로 하고 싶습니다.

그 어떤 이유로도 아버지와 마지막을 함께하고픈 저희를 막을 수는 없습니다."

그들의 눈동자를 똑바로 쳐다보았다. 세월의 흔적이 역력한 그 눈동자에서 아버지의 흔적을 찾고 싶었다.

아버지를 모시고 산으로 올라가는 날 새벽이다. 하늘이 어두컴컴한 게 곧 빗방울이 뚝뚝 듣을 것처럼 습기를 머금고 있다. 마을 사람이 너도나도 반가운 비 소식을 입에 올린다. 오랜 가뭄 끝에 단비가 내리려는 모양이다. 여기에 온 뒤로는 낯설어서 그런지 눈물이 한 방울도 나오지 않는다. 장례를 주관하는 이가 고향 사투리로 "향을…… 올리시오" 외치는 순간, 나는 소스라치게 놀란다. '아지' 얘기를 할 때 아버지의 그 목소리다. "떨어지는 저녁노을이 외로운 기러기와 창공을 날고, 드넓고 맑은 가을의 가없는 쪽빛 하늘과 한 색을 이룬다……" 그렇게 《등왕각서》를 읊던 아버지의 그 가락이다. 아버지의 고향 음색이다. 장례사가 "일 배…… 이 배…… 삼 배……" 길게 외친다. 고개를 깊이 숙여 절을 하다가 그대로 울음이 터진다. 아, 수천 년 동안 고향에서는 이토록 구슬픈 음색으로 죽은 넋을 불러 위로해왔구나.

> 넋이여, 돌아오라. 그대는 하늘에 오르지 못할 것이다. 하늘의 문을 지키는 맹수가 올라오는 사람을 족족 물어뜯어 죽인다네. 머리가 아홉인 힘센 사나이, 종일 큰 나무 구천 그루를 뽑는다는데…… 돌아오라, 돌아오라. 그곳에서 어정거리면 잡아먹히고 말리라…… 넋이여, 돌아오라. 그대 살던 옛집으로 급히 돌아오라.

고향 사투리에 사람들이 웃음을 터뜨릴 때, 어색한 표준어에 사람들이 몰래 비웃을 때, 아버지는 왜 한 번도 변명하지 않았을까? 자신의 사투리가 깊은 산골짜기와 가없는 하늘을 가진 고향을 닮아서 그런 거라고. 장례사의 음색은 〈진정표〉를 외우던 아버지의 그것이다. 구슬픈 한마디 한마디가 심장을 콕콕 찌른다. 지금 이 순간, 갈 곳 잃은 아버지의 영혼을 느끼고, 《사랑탐모》에 흐르던 아버지의 눈물을 이해한다. 지금 이 순간에야 아버지가 진정으로 집에 돌아왔다는 사실을 깨닫는다.

북 치는 이는 세월의 흔적이 역력한 아낙이다. 흰옷을 입고 선 여인의 소매가 바람에 흩날린다. 멀리서 점점 가까워지는 날라리 소리에 꽹과리 소리도 간혹 섞여든다. 남색 두건을 쓰고 남색 조끼를 입은 악사의 등이 구부정하다. 노인 십여 명이 꽹과리를 치고 날라리를 불며 가까이 다가온다. 가장 나이든 노인을 가리키며, 어릴 적 아버지의 죽마고우라고 일러준다. 열여섯 되던 해에 함께 시장에 갔다가, 아버지를 멀리 떠나보내고 혼자 마을로 돌아왔던 동무다.

하늘에서 부슬부슬 가는 비가 흩날리고, 축축한 공기에 흙냄새가 섞여든다. 유골함을 든 형제들이 앞장선 악대를 뒤따른다. 나는 족히 오 리는 되는 길을 걷겠다고 고집하는 엄마를 부축한다. 저 멀리 논두렁을 뛰어오는 아낙네가 보인다. 양팔에 폭죽 다발을 끌어안은 채 붉은 벽돌로 지은 농가에서 뛰어나와 큰길을 향해 힘껏 뛴다. 장례대열이 논두렁에서 나와 큰길과 만나는 지점에 이르자, 어느새 도착해 폭죽에 불을 붙인다. 타다닥 팍팍, 폭죽 소리가 울리고 금세 짙은 연기가 가득 찬다. 뛰어오느라 숨을 헐떡이는 그이 앞에, 장손이 무릎을 꿇고 깊게 절을 올린다. 멀리서 다른 논두렁으로도 아낙네들이 뛰어온다. 길목마다 경쾌한 폭죽소리가 터지면서 연기가 자욱해진다. 장지까지 가는 길은 곳곳에서 터지는 폭죽과 신나게 박자를 맞추는 북소리 때문에 마치, 마치 잔치 같다.

드디어 마지막 길목이다. 귀청이 찢어지도록 요란한 폭죽이 터지고, 장손이 진흙길 위에 꿇어앉아 마을 사람들에게 절을 올린다. 자욱한 연기에 휩싸이면서 결국 나는 깨닫는다. 이 산골짜기 사람들에게는 오늘이, 마을에서 잃어버렸던 열여섯 살 소년이 마침내 돌아온 날이라는 것을. 강산이 일곱 번 바뀐다는 칠십 년의 세월조차도, 이들에게는 그저 시장에 장보러 갔다가 돌아오는 반나절에 불과한 것이다.

산과 들에 가득한 차나무마다 꽃이 활짝 피어, 온 천지에 하얀 꽃잎이 흩날린다. 엄마를 부축하고 산을 내려온다. 엄마의 신발이 온통 진흙투성이다.

"닦아드릴까요?"

"괜찮다."

엄마의 눈길이 저 멀리 아버지를 두고 온 산으로 향한다. 한 줄기 바람이 불어 와, 엄마의 머리칼을 흩어놓는다.

산을 내려오는 길에 차나무 꽃 한 송이를 꺾어 손수건에 싼다. 도롱뇽 한 마리가 진흙길을 건너고 있다. 길 가장자리 쪽으로 비켜난다. 천천히 기어가는 도롱뇽의 등 위에, 아버지 기억처럼 정말 푸른 불꽃 무늬가 있다.